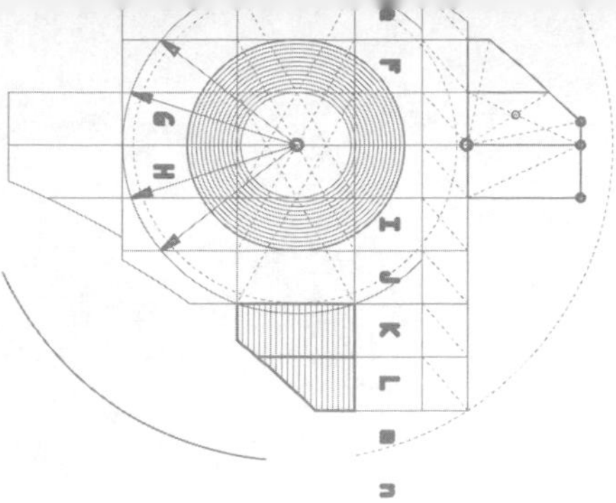

丈量世界

Die Vermessung der Welt

by Daniel Kehlmann

丹尼爾・凱曼　著　　鬫旭玲　譯
陳雨航　專文推薦

〈專文推薦〉
以狂飆歲月呈現生命的深沉

陳雨航

德國作家丹尼爾．凱曼的《丈量世界》可視為對數學家／天文學家高斯和科學家／探險家洪堡所立的「雙傳」，卻是以小說行之。

歷史名人的小說化屢見不鮮，以十九世紀歐洲為背景的，這兩、三年譯成中文的就有南非作家柯慈的《聖彼得堡的文豪》和愛爾蘭作家托賓的《大師》，分別以一個驚心事件或幾年時光的生活切片，來追索杜思妥也夫斯基和亨利詹姆斯兩位小說家的內心世界。以眞實人物為主的小說，需要結合史實資料和想像力，《丈量世界》主人翁的精采傳奇和他們所生存的變動時代，先天上使小說的意象豐富且多姿。

十八世紀末十九世紀初葉，地球還有許多邊陲，宇宙還有更多未知，正是許多探險家和科學家大展身手的時代。德國（統一前）的高斯和洪堡是其中的佼佼者。

被譽為「數學王子」的高斯，雖然出身窮苦平民，卻是數學神童，十幾歲時多次解開數學難題，二十出頭出版《算學研究》，即已完成他數學上的畢生傑作，然後轉向研究天文學，長期觀測星球，解明許多天體運行的原理，經由計算，推測行星的軌道和位置。是科學家也是探險家的洪堡，出身富有貴族家庭，於十八、十九世紀之交，與邦普蘭結伴到南美洲探險，以科學儀器測繪地理、氣候，研究動植物等自然生態，並攀登欽博拉索山創造前此未有記錄的高度，回返歐洲後，他的研究和探險仍然持續到他的暮年。

主角是數學家、科學家，小說對他們這部分的成就都以淺顯易懂的文字敘述和比喻，作者著力的毋寧是他們波瀾壯闊同時又不乏磨難的人生。於是我們看到高斯撫著痛苦的臉頰，因爲理髮師（沒錯，那是沒有牙醫的時代）用鉗子錯拔了他的牙齒；我們看到他嫖妓；我們看到他想到重要的原理而從溫存中的女子身邊起身；我們看到他去見一個行爲奇怪的小老頭——大哲學家康德……於是我們也看到洪堡在亞馬遜河上行舟，帶著造型與他截然不同的嚮導；我們看到他被永遠揮之不去的蚊蟲叮咬；我們看到他帶著他那不離身的奇特儀器，踩在海拔五千八百公尺高峰上的深雪中；我們看到他在叢林裏躲避著美洲豹和食人族；我們看到他以名滿天下之姿，在回程中拜訪一個落後地區立國不久的總統湯瑪斯·傑佛遜……

傳奇從一八二八年兩位大師的第一次會面開端，平行倒敘兩人一靜一動充滿驚奇的前半生，等回到會面點之後，繼續他們之間心靈、智慧碰撞的火花，他們在社會思潮變化和政治動亂下受到的影響，他們的互動和友誼，以及料想不到且深具意義的結局。

兩位大師生命歷程固然大爲不同，卻有相通之處，那就是他們都花了數十年的歲月在丈量世界，高斯在家鄉測量土地，洪堡則遠赴西班牙和南美新世界。從實體推而廣之，他們也在丈量宇宙，丈量他們（還有許多其他的人）所拓展的知識世界。

這種求知的熱情來自對理性世界的服膺，一如高斯老是抱怨「人們根本不想應用自己的理解力，……不想思考」，一如洪堡不放過他所經的每一座山，他說，一座山，如果人們對它一無所知，不知道它有多高，這對理性是一種侮辱，會讓他感到非常不安。這種態度後來就演變成理直氣壯的：「因爲想知道，所以要知道。」

在幽默並充滿警語的字裡行間，作者試圖揣摩兩位主人翁對人生的觀照。似乎天縱的才情也不能使他們在青春正盛之時免於孤寂和沮喪。高斯在《算學研究》完成前夕突然有所感觸，覺得科學、他的研究、甚至他整個人生都好陌生、好多餘。洪堡會懷疑：「我們的豐功偉業終將毫無用處，不管我們如何功成名就，最後終會消失，……腐朽、灰飛湮滅。」高斯研究概率的計算，得出一個人生結論：大家總認爲，我們的存在方式是由自己決定的，我們開創人生，努力賺錢，娶妻生子，然後衰老死亡，但實際上自然法則主宰我們。

宿命如此，人如何面對？洪堡說，沒有人生來具有使命，我們唯一能做的，只是下定決心去假裝自己有一項使命，一直假裝到連自己都信以爲眞。爲了達成使命，他必須付出代價，刻苦自己，對自己殘酷。

英雄遲暮，人生來到它悲哀的一面，思考不再敏銳，探險不再自由，於是天才的生命熟成，面對人世有了寬容，對知識有了謙遜。

他們理應有寬容和謙遜，因爲諸如高斯之前的幾個數學神童，面對幾乎是上帝代言者的高斯，洪堡老是被世人忽略的密切探險夥伴邦普蘭，那種痛苦的瑜亮情節，然而他們都超越了薩利耶里面對阿瑪迪斯·莫札特的嫉恨，選擇了愛上帝選擇的天才。

丹尼爾·凱曼以高斯和洪堡狂飆的歲月呈現了生命的深沉。

二〇〇六年十二月二十日

（本文作者爲作家）

國內名家推薦

（按照姓氏筆劃順序）

高斯和洪堡：一個是繼牛頓以來最偉大的數學天才，一個被稱爲哥倫布第二，在南美洲熱帶雨林裡探險的勇者。洪堡專注研究土著頭上的頭蝨，不爲什麼，只因爲沒人研究過。他親自執行科學測量，畫出精準的地圖，只因爲不準確讓他難過。高斯則認爲，要解決一個找不到答案的問題一點都不難，問題在於看問題的方法，找出問題的架構。「只要能跳脫成見和習慣，答案自然就會出現。」

十八、十九世紀的歐洲正值啓蒙與科學精神發揚的階段，科學家們紛紛以高度的熱忱去尋找世界的答案。現在歷史進展到二十一世紀，有一樣東西是不容改變的：求知求解的熱忱，這才是科學與知識會進步的最基本動力。願與大家共勉之！

——暨南大學李家同教授

故事的圖像鮮明，充滿了作者個人獨特的創意。一句句讀下去，角色們生動的個性與表情彷彿就在眼前，有時候像喜劇電影，有時候又像幽默的卡通或漫畫。每一行每一句，都有新奇的發現。

——格林文化發行人郝廣才

令人驚嘆和艷羨！如此輕描淡寫，何等歷史重量，我完全被作者的文字俘虜征服了，這是一本要瞭解現代德國人必讀的作品。

——知名旅歐作家陳玉慧

這本書應該給求學階段的年輕人看，因爲兩位科學家執著嚴謹的治學態度，爆發出精采的生命能量。這本書應該給老師家長看，因爲成就兩位科學家不是苦學不斷的努力，而是對世界事物的熱情，激發孩子對世界的熱情，他就會找到自己要走的路。這本書適合任何讀者，如果他期待在愉悅明快的小說情節裡依然看到平凡生命的深刻。

——資深國際版權經理陳語萱

與其說它是一部奇怪的小說，對我而言，它更是一部充滿想像力的小說，所有被發生的人、事、物，都因爲作者巧妙的文字，變得飽滿而立體。於是，我再度確認，「原來，我們的世界可以這麼有趣，原來，我們的地球可以如此神奇！」

——愛地球的眼球先生

歸納與演繹，實證與推理；到底那一種取徑才是通向眞理的王道呢？這麼重大的方法論問題竟然被丹尼爾・凱曼變成了一部小說的主題。在《丈量世界》這部精巧、溫柔但又視野宏闊的佳構裡面，洪堡和高斯這兩位不世出的天才分別被寫成了這兩種逼近眞理方式的道成肉身，各有困惑，各具深情，還理論與科學一個最具體最人性的本來面目。丹尼爾・凱曼那幾可亂眞的歷史細節和飽蘊同情的角度，使得這本書就像是一首寫給啓蒙運動的輓歌。我們如何得到知識？知識是可能的嗎？或許，最後的重點已不在於孰是孰非，而在於潛埋在一切人類知識活動背後的心智之激情。

——作家、主持人梁文道

數學家高斯和探險家亞歷山大・封・洪堡這兩個角色，或許在現實生活並不是那樣有趣，但透過丹尼爾・凱曼的妙筆一揮，他們立刻變得活靈活現，顯然，這是一部好小說的要件之一。不過，讀者願意一口氣看完整本作品，則是作者運用生動幽默的筆調，敘述冒險故事和數學的奧秘，從而讓歷史的插曲彷彿是身邊發生的趣事。看來，除了徐四金《香水》之外，《丈量世界》也是一本值得閱讀的德國小說。

——文化評論家、作家辜振豐

《丈量世界》對我而言是一個嶄新的閱讀經驗，打開第一頁就無法停下來，輕快的敘事節奏，幽默嘲諷的視角筆觸，時不時卻會令人糾心惆悵。

《丈量世界》是一本不容人輕易定位的小說，既是探險傳奇，也是歷史的精彩片刻，同時也是人物傳記。或許這就是一本好書的特色，我們無法清楚地描述它，但它卻打開我們所有的天線觸角。

閱讀《丈量世界》，我們也開始思索世界。

——喻小敏

自然學家兼探險家洪堡和數學家兼天文學家高斯，都是科學史上精采絕倫的人物。兩人的性格、事蹟與學問都有講不完的逸聞與故事。他們當中一位勇敢冒險，足跡遍布新世界；另一位則天馬行空，心智世界廣不可測。沒想到竟然有小說家想到這個題材，借他們人生慧星交會的一刻，寫出一部機智、淵博、趣味洋溢的作品，翻開第一頁，你就沒辦法停止。

——PC HOME ONLINE董事長詹宏志

如何丈量世界？如何丈量未知的土地與宇宙？《丈量世界》讓我們得以用更爲人性化的方式，一窺天才的世界。當讀者爲數學家高斯迅速深刻的思考而驚嘆，爲冒險家洪堡激越的勇氣所折服，也將同時看見天才內心的苦惱與固執。

——詩人、作家楊佳嫻

非常高興這本書有了中文譯本！《丈量世界》是給對生命有想法的聰明成人必讀，對世界有冒險精神的青少年必看之書。

——知名旅歐作家鄭華娟

國際佳評迴響

深具娛樂性，幽默感十足，以簡單易懂的方式打動人心，並且充滿智慧。角色描寫與對話處理得優雅俐落，唯有具有高度文學藝術的作家，才能寫出這樣的作品。

——《法蘭克福匯報》

讀者喜歡它，評論家也愛死它。內容很滑稽，卻也會令人多愁善感。滑稽和多愁善感結合在一起，竟然能讓人很高興，簡直是不可思議。

——德國《時代週報》

具有專業水準——簡單說就是「寫得好」，所以受到重視。

——《世界報》

這本書能增加人汲取新知的熱忱，讓人藉以探索未知的新世界。

——德語文壇泰斗安森伯格

一部巨作，可謂神來之筆。

——《法蘭克福環視報》

本年度最奇怪的小說——太傑出了！

——《南德日報》

爲德國文學帶回了輕鬆與幽默！《丈量世界》的出版，無疑是文壇上的盛事。

——英國《衛報》

凱曼是個奇才。在內容的設計與表達上，《丈量世界》既優雅又有節奏！

——《紐約時報》

德國人竟然跟幽默出現在同一本書中！

讀了會上癮，而且內容非常滑稽。要謹記著這點，因爲凱曼的主題和角色在乍看之下也許有點嚇人。《丈量世界》的故事精巧熟練、娛樂效果絕佳，讀來讓人心滿意足。

——《洛杉磯時報》

凱曼是個有天賦的寓言家，作品中有喜劇式的異想天開。有〈我愛露西〉般的喜劇片段，也有瘋子碰上警世喇嘛的調調。

《丈量世界》的筆觸像是卡爾維諾的《樹上的男爵》。

——《舊金山紀事報》

確實寫出科學感性的一面。《丈量世界》的內容並不嚴肅，值得大力推薦。讓人感受到聰明機智的輕鬆小說。

——《紐約太陽報》

行文輕快、活潑，帶有一種荒謬的幽默感。

——《出版家週刊》

凱曼爲我們竊取了大自然的美妙產物！

——《新聞與觀察家》

才華洋溢！如果可以將高斯比喻爲超人類，洪堡幾乎可說是來自另外一個世界。

——《科克斯評論》

《丈量世界》盤據德國暢銷書榜超過一年，銷量超過百萬冊。若比同美國書市，其力道相當於十幾歲小巫師的奇幻冒險和耶穌會的陰謀。看似科普書，實際上卻十分滑稽，讓人忍不住從頭笑到尾。

——《華盛頓郵報》

我從沒想到，這本書會這麼成功。

——丹尼爾・凱曼

這本書在德語現代小說中具有非凡的獨特性，其成功的因素在於：可以由許多各種不同角度來閱讀，並且感染了比文學基本讀者群更廣大的閱讀群眾。

——出版人亞歷山大・費斯特

一本冒險小說，貨眞價實的。縱使在截然不同的場景下，卻同樣緊湊：在安地斯山脈的山巔上、在活死人洞穴裡、在奧利諾科河的漩渦中、在普魯士復辟的風暴裡、在德意志各公國間的窘境裡。兩位主角猶似兩條永無止境的平行線，在具體的時間中交會，而且是一場多麼古怪的交會啊！作者可不是爲我們寫了一本歷史小說，而是以歷史人物來反映當前現實的現代作品。我們的現實世界，被架構在冒險的舞台上。

——文學評論家馬丁・盧德克教授

凱曼寫出了一齣迷人的歷史喜劇，裡面充滿了鬼魂、食人族、會飛的狗、妓女和政治陰謀，卻沒有誘使高斯和洪堡偏離他們長久以來的激情：科學。無論如何，這是本夠格的德語小說，讓我們沉浸其中，去思索何謂老化、何謂德國人特質等問題。

——美國《書壇雜誌》

擺脫現代德語文學裡常見的道德壓迫（譬如葛拉斯和波爾），三十一歲的作者運用人類天性和邏輯的鐵則，鍛造出機巧的散文風格作品——完全符合日耳曼嚴謹精確水準的魔幻寫實小說。

——美國《娛樂週刊》

關於作者

像丹尼爾·凱曼這樣能寫出高可讀性作品的作家，實在不多見。

——《法蘭克福匯報》

丹尼爾·凱曼是絕佳的小說家，文字精準又充滿自信，劇情發展控制得精巧熟練——引人入勝！

——《明鏡周刊》

心思縝密的幽默才子，敘述功力出神入化。一次精緻無比的閱讀饗宴。

——《新蘇黎世報》

我一定要推薦丹尼爾・凱曼。布局巧妙、對話精彩、觀察入微！

——德語文壇「書評皇帝」拉尼奇

丹尼爾・凱曼是個「自成一派」的作家。

——《每日鏡報》

目錄

1 啓程

一八二八年九月，德國最偉大的數學家終於要出門了，爲了參加在柏林舉行的德國自然科學家會議。這可是他多年來頭一遭離開家鄉。想當然耳，他不願意去。整整推辭了一個多月，仍拗不過亞歷山大・封・洪堡的堅持與頑固，一時心軟竟答應了他，不過仍然心存僥倖，希望這一天永遠不要到來。

高斯教授把頭矇進棉被裡。米娜正在催他起床，馬車已備妥，況且路途遙遠。他再次把自己深深埋進枕頭裡，雙眼緊閉，希望用這方法能讓妻子消失。他再度睜開眼，米娜還在，忍不住開始數落她的麻煩、專制，甚至說她是他晚年最大的不幸！可惜這招仍不管用。他萬般無奈地掀開被，坐起身來。

他怒氣沖沖，草草梳洗完畢，萬般不情願地走下樓。兒子歐根早等在客廳，行李已備妥。一看見歐根，他更按捺不住怒火。隨手一揮，窗台上的陶壺碎落一地，他一邊跺腳，一邊繼續砸東西。歐根和米娜從兩邊按住他的肩膀，信誓旦旦地說：他一定會得到很好的照顧，很快就能回家，就像做一場噩夢，一下子就會過去了。但是他依然忐忑不安，不知如何是好。年邁的老母親被外面的嘈雜聲引出房門，來到兒子面前，捏捏他的臉，問道：她那個勇敢的小男孩哪裡去啦？他終於肯安分下來。他心不甘情不願地跟米娜道了別，又心不在焉地摸了摸女兒和小兒子的頭。接著在眾人的攙扶下，上了馬車。

旅途非常艱辛。他罵歐根是騙子、叛徒，一把拿起歐根的手杖，不斷使勁敲他的腳。然後眉頭深鎖地遙望窗外好一陣子，忽然開口問，他女兒到底什麼時候才要出嫁？爲什麼沒有人要娶她？問題到底出在哪裡？

歐根把長髮往後一撥，又理了理自己的紅色便帽，似乎不打算回答這問題。

說話呀，高斯怒道。

老實講，歐根回答，姊姊長得並不怎麼漂亮。

高斯點了點頭，這答案一針見血。然後他要求要看書。

歐根把自己剛翻開要看的書交給他：費德烈・楊❶的《德國體操藝術》。這是歐根最喜歡的著作之一。

高斯開始閱讀，但是不到幾秒鐘又抬起頭來，開始大肆抱怨最新流行的馬車皮革彈簧，比人們原先習慣的還不舒服。他繼而又說，不久的將來，會有一種類似火箭砲的機器問世，它能以極快的速度載人們往返各大城市。從哥廷根到柏林只要半小時。

歐根難以置信地搖搖頭。

既奇怪又不公平，高斯話鋒一轉，一個人，不管他願不願意，都會在某個時間點上出生，然後被束縛其中。唉，這眞是個好例子，這說明了存在可悲的偶然性，讓我們在面對過去時擁有過度的優勢，面對未來時又淪爲無奈的小丑。

歐根幾乎要睡著地點點頭。

高斯接著說，無論是出現在人類早期歷史中，或是在澎湃的奧利諾科河畔❷佇立苦思的智者——像他一樣擁有高超智慧的智者，經常還是得喟嘆自己的渺小與無能爲力。相反的，那些愚蠢的庸俗之輩，卻可以在兩百年後對他大放厥詞，曲解他、污衊他，編些荒謬可笑的看法硬冠在他頭上。他先停下來若有所思，突然又憤恨難消地罵了歐根一次叛徒，然後才低下頭去看書。歐根把頭轉向窗外，爲了不讓父親看見自己因受傷、憤怒而扭曲的臉，他死命地盯著窗外。

《德國體操藝術》是一本介紹體操器材的書。爲了讓讀者明白如何使用這些器材，作者在書中詳盡介紹了自己的發明。他把其中的一項器材稱爲「馬」，另一項是「橫木」，還有一項叫做「山羊」。

這傢伙根本是神經病，高斯罵道。他推開窗戶，一把將書給扔了。

歐根大叫，那是他的書耶！

就是這樣才更要丟掉，高斯說完便沉沉睡去，直到傍晚到達邊界驛站前，都不曾醒來過。

在等待換馬之際，他們進入一家餐館喝馬鈴薯湯。

整間餐館除了他們之外，只有一個客人：一個細瘦的男子，雙頰凹陷，留著滿臉鬍鬚。那人賊眉賊眼地不時從隔壁桌偷瞥他們。高斯爲自己剛才一路夢見體操器材而生悶氣，並自顧自地說，軀體乃一切羞辱之源。他一向就認爲身體乃上帝的惡作劇，像他這樣一個靈魂，竟然被禁錮在一個體弱多病的軀體裡，而那些平庸之輩，比方說歐根吧，竟能強壯得從來都不生病。

小時候他得過天花，而且病得很重，歐根反駁道。他差一點就死掉了，現在他身上還能看到當時留下的疤痕呢！

喔，沒錯，高斯說他壓根兒忘了。他指了指窗外的馬匹說，那不是開玩笑吧：同樣的旅程，富人得花窮人兩倍的時間。跟驛站租馬的人，每到一站就能換新的馬。但是自己有馬的人卻得在那裡乾等，非得等到馬恢復體力了才能繼續上路。

那又怎麼樣？歐根問。

當然囉，高斯說，對於一個不習慣思考的人來講，這一切都理所當然。就像老人家沒拿拐杖，年輕人卻拄著把拐杖，這竟也理所當然。

大學生每個人身邊都帶著把拐杖，歐根不服氣地說，本來就是這樣，一直都是這樣，以後也會是這樣。

或許吧，高斯笑了笑。

兩個人都不說話了，默默地舀著湯喝。駐守邊境的憲兵走了進來，要求看通行證。歐根拿出自己的證件：宮廷簽發的，上頭的文字證明，他毫無疑問是個優異的大學生，獲准陪同父親入境普魯士。憲兵一臉狐疑地上下打量他，仔細檢查他的通行證後，終於點了點頭。換高斯。但是高斯什麼都沒有。

沒有任何證件？憲兵詫異地問，隨便什麼文件啊，章的啊？什麼都沒有嗎？

他從來都不需要這種東西，高斯說。上次通過漢諾威邊境時是二十年前的事了，當時他同樣也沒證件，一點問題也沒有。

歐根試著要跟對方解釋，他們是何許人，要往哪裡去，是誰邀請他們去的。自然科學家會議是以王室名義舉辦的，身為榮譽貴賓的父親，可以說是受國王之邀而來。

憲兵要求要看證件。

他眞的不知道需要證件，歐根說，他父親在許多遙遠的國家都享有盛譽，是所有高級學術機構的會員，年紀輕輕就被尊為「數學王子」了。

高斯在旁頻頻點頭。還有人說，拿破崙就是因為他的緣故，才沒有攻打哥廷根。

歐根聞言一臉慘白。

喔，拿破崙啊，憲兵複誦了一遍。

正是，高斯得意地說。

憲兵更大聲地對他們說，證件！

高斯乾脆整個人趴在桌上，用手枕住頭，一動也不動了。歐根用肘碰了碰他，可惜不管用。高斯喃喃自語說，無所謂，反正他想回家，隨便，他無所謂。

憲兵有些難堪地調了調帽子。

隔壁桌那個男子不知哪根筋不對，忽然湊起熱鬧來。這一切都將結束！德意志地區將獲自由，良民得以不受干擾地安居、旅行，身體與心靈皆得安康，再也不需要任何證件。

憲兵一臉懷疑地轉向他，並要求看證件。

剛才他要說的正是這一點，那名男子更大聲地扯著嗓門喊，然後開始往自己的背包裡找通行證。突然，他一躍而起，奪門而出，椅子應聲倒地。憲兵愣了一下，望著敞開的大門，幾秒鐘後才回過神來，趕緊追了出去。

高斯緩緩地抬起頭來。歐根提議趁現在馬上走。高斯點點頭，默默把剛才沒喝光的湯喝完。崗哨裡空無一人，兩個警察都去追那個大鬍子了。歐根和馬車夫合力把邊境的柵欄抬開。他們終於可以駛上普魯士的國土了。

現在高斯的心情反倒好了，甚至可以說是興高采烈。他高談闊論起自己的微分幾何學。

在曲面的空間裡，我們幾乎無法預知一條路最後會通往哪裡，連他都只能掌握得相當粗淺、籠統。歐根眞該慶幸，慶幸自己的平庸，有時太聰明眞的會陷入恐慌與不安。接著他又開始叨唸起自己不愉快的童年，說他父親又嚴厲又冷酷，相較之下，歐根眞該好好珍惜自己的幸福。他還說，他在還不會說話之前就會計算了。有一次他父親在計算工資時算錯了，當時還不會說話的他竟開始嚎啕大哭，直到父親把錯誤更正過來，他才馬上不哭了。

歐根一副聽得很出神的模樣，其實他壓根就知道事情並非如此。這是他大哥約瑟夫❸杜撰出來的，他還喜歡到處亂講。或許父親太常聽人提起這件事，所以現在連他自己都信以爲眞。

高斯繼續談到「偶然」，說它是所有知識的大敵，他一直想克服這個問題。其實在仔細探究後不難發現，所有事情背後都存在著一種無懈可擊的因果關係。只要你退得夠遠，整個模式就會在你面前一目了然。「自由」與「偶然」其實都是因爲相距不夠遙遠，所以基本上都只是距離的問題。聽懂了嗎？

大概吧，歐根略顯疲憊地回答，繼而看了看懷錶。這隻錶已經不太準了，但可以知道，現在的時間大約介於清晨三點半到五點之間。

至於那些跟概率有關的規則，高斯伸手按了按自己越來越瘦的背，一面說道，這些規則不具有強迫性。因爲它們並非自然法則，所以會有例外。比方說買彩券，無論是像他這種聰明人或任何一個人，都有可能贏，不可否認的，就連笨蛋都可能贏。有時候他甚至懷疑，物理定律會不會也只是一些統計數字的結果，因此允許有例外：看出例外的人要不是瘋子，就是被附身了。

歐根不禁問，這是在開玩笑吧？

他自己也不知道是不是在開玩笑，說罷高斯閉上眼睛，又沉沉地睡去。

到達柏林已是隔天傍晚。成千上萬的矮小房屋雜沓堆疊，既沒有中心點也沒有任何規劃。此地乃歐洲最泥濘的區域，居民在此擁擠地聚居。直到最近才有幾棟宏偉的建築物出現：大教堂、皇宮，還有一間博物館專門收藏洪堡探險帶回來的奇珍異寶。

幾年後，歐根說，這裡肯定會成爲一個大都會，像羅馬、巴黎或聖彼得堡。

絕不可能，高斯嗤之以鼻說，這麼醜陋的城市！

馬車駛過坑坑洞洞的石板路，發出震耳欲聾的聲響。馬匹兩度被狗吠得驚慌失措，進入小街道時，車輪更一度陷在濕軟的泥巴裡，幾乎動彈不得。邀請他們前來的東道主住在花園宮廷路四號，位居市中心，亦即正在興建中的新博物館工地正後方。爲了怕他們找不到路，東道主還特地用極細的羽毛筆畫了詳盡的地圖。應該是有人老遠就瞧見他們了，並且通報了上去。馬車才剛駛進庭院，大門就自動敞開，還迎上了四位男士。

亞歷山大・封・洪堡是個滿頭白髮的矮小老頭。一位手持筆記本的秘書跟在他後面，還有一個身穿制服的僕人，另一個則是個滿臉鬍腮、扛了個木箱和支架的年輕人。他們像是排練過了，迅速確實地各就各位。洪堡更是精確地對準車門伸出手，準備致上他最熱忱的歡迎。

毫無動靜。

車裡傳出激動的說話聲。不要！有人在叫，不要！聲音聽來低沉而渾濁，接連又叫了第三遍：不要！然後一片靜默。

車門終於打開，高斯小心翼翼地步下馬車，踩上地面。洪堡熱情地攬住他的肩，並且大聲說，這眞是莫大的榮幸啊，無論是對德國、對學術界，或對他個人而言，這都是偉大的一刻。高斯卻本能地往後退。

秘書振筆疾書，拚命地紀錄。年輕男子站到木箱後面大叫說：趁現在！

洪堡發愣不動了。這位是達蓋爾先生❹，他說話好小聲，嘴唇連動都沒動一下。一位在他門下做研究的學者，他正在研究一種機器，這種機器能利用銀和碘所製成的感光板來捕捉「一瞬間」，將那一瞬間從不斷飛逝的時間洪流中攔截下來。請不要動！

高斯說，他要回家。

只要一下子就好，洪堡狀似呢喃說，十五分鐘就好，現在已經比先前進步多了。以前眞的要花好多時間，他是指那些最初的試驗，那時他常要等到背都發疼了。高斯想要掙脫他的手臂，但這個小老頭竟出奇的有力，把他的肩膀拑得很緊，還一邊吩咐道：去通知國王！僕人領命之後，立刻飛奔了出去。他又想起了什麼，於是交代說：記下來，明天我要檢驗海豹訓練的成果，看牠們對各種警告口令有何反應，現在萬事俱備，一切條件都配合得宜，明天叫他們把結果呈上來！秘書拚命將他講的話記錄下來。

歐根這時才搖搖晃晃地從馬車裡走出來，並連忙爲天色這麼晚才到達而頻頻致歉。

這裡沒有天色早或晚的問題，洪堡冷淡地說。這裡最要緊的是工作，把工作完成就好。幸好還有光線。大家請不要動！

一位警察走了過來，並且問，這裡在幹什麼啊！

洪堡說，等一下，他緊抿著嘴，只敢讓聲音從唇縫裡迸出來。

這是在集會吧，警察說，趕快解散，不然他就要公事公辦了。

洪堡還是癟著嘴說，他是宮裡的官員。

什麼？警察趨前想聽清楚。

宮裡的官員，洪堡的秘書重複了一遍。他是宮廷大臣。

達蓋爾衝著警察喊，走開點，不要跑到鏡頭裡去了！

警察皺著眉往後退了幾步。首先，誰都可以說他自己是宮廷大臣，其次，禁止集會，這條禁令任誰都得遵守！而且那邊那個——他指了指歐根——顯然是個大學生，那傢伙尤其麻煩。

如果他不立刻走開，洪堡的秘書說，他才麻煩大了，而且是他無法想像的大麻煩。

竟然敢這樣跟警官說話，警察怒道，限他們五分鐘內解散。

高斯嘆了口聲，用力掙脫了洪堡的手。

天啊，別這樣，洪堡慘叫。

達蓋爾氣得直跺腳。這偉大的一刻就這麼永遠消失了！

就像任何一刻，高斯心平氣和地說，就像任何一刻。

的確：當高斯在隔壁房間裡鼾聲大作，吵得整棟房子都聽得見時，洪堡卻漏夜用放大鏡檢查那片感光後的銅質板，可惜什麼也看不見。他又端詳了好一陣子，才隱約認出了幾個好比鬼影的混亂影像。畫面非常模糊，猶似水中風景。中間好像是一隻手，一個肩膀，還有個制服的袖口，和一隻耳朵的下半部。或者不是？他嘆了一口氣，把板子扔出窗外，繼而聽見它吭啷一聲落了地。隔了幾秒鐘後他已經忘了這件事——就像所有失敗的實驗一樣，不一會兒他就全忘了。

2 海洋

亞歷山大・封・洪堡曾遠赴熱帶雨林探險，因此而聞名歐洲——那是二十五年前的事了。他去過新西班牙、新格蘭那達❺、新巴塞隆納、新安達魯西亞以及美國。發現連接奧利諾科河和亞馬遜河的天然運河，並登上當時世界所知的最高峰。他收集了上千種植物和上百種動物，有些是活的，但大部分是死的。除此之外，他還能和鸚鵡對話，爲了探究眞相還挖掘過屍體，並測量所有他行經過的河川、高山與湖泊，探勘他過路的每個洞穴。他嚐過的漿果、爬過的樹種，遠超過我們任何人的想像。

他是兩兄弟裡的弟弟。父親是一個非常富有的低階貴族，很早就去世了。母親爲了兩個兒子的教育，不做第二人想的請教了歌德。

兩兄弟啊，這位大師回答，其身上具體而微展現的，乃人類之奮鬥的豐富多元，正是行動之各種豐富可能性及終極典範之實踐的處所，窮究其根本，實無異於一齣偉大的演出，正是，以希望來滿足感官，以多樣的思考來饗宴精神。

沒人能聽懂這番話。母親不懂，就連她身邊那位細瘦乾癟、有對招風耳的總管坤特也聽不懂。坤特的結論是：就他所理解，這應該是要他們做一場實驗。兩兄弟當中的一位應該要被教育成具有豐富文化素養的學者，另一個則應該成爲科學家。

哪個要變成哪樣呢？

坤特認眞考慮了一會兒。最後聳聳肩提議，不如丟銅板決定吧。

十五位以高薪聘來的專家，爲兄弟倆講授等同於大學程度的課程。弟弟上的是物理、化學和數學，哥哥上的是語言和文學，兩人的共同科目則有歷史、拉丁文和哲學。一天上足十二個小時，一個禮拜七天，不休息也不放假。

弟弟亞歷山大沉默寡言又體弱多病，做什麼事都提不起勁，很需要人鼓勵，學業上也表現平平。只要一不管他，他就會把時間全消磨在森林裡，他會去蒐集金龜子，然後根據他自己想出來的系統分門別類。九歲時，他模仿富蘭克林的發明打造了一具避雷針，並且安裝在城堡的屋頂上——他們居住的城堡離首都很近。這可是全德國僅有的兩架避雷針之一，另一架在哥廷根物理學教授利希頓貝格❻家的屋頂上。全德國只有這兩個地方的人，能安全無虞地站在天空下。

哥哥長得像天使，說起話來優雅得像詩人，寫信給社會顯達的內容既早熟又有深度。任何人只要聽說可一睹他的風采，無不歡欣鼓舞到不能自已。十三歲時精通兩種語言，十四歲四種，十五歲七種。從小到大沒有被處罰過，更沒有人聽說他犯過什麼錯。遇到英國大使能談外貿政策，遇到法國代表便說暴動所帶來的危機。有一次他把弟弟鎖在一間偏僻房間的衣櫃裡。當僕人隔天發現弟弟時，他幾乎已昏厥。但弟弟堅稱，是他把自己鎖在衣櫃裡的；因爲他知道，縱使把事實說出來也沒有人會信。又有一次他發現自己的食物上有白色粉末。他的化學知識告訴他，那是老鼠藥。他用顫抖的手把盤子推得遠遠的。長桌另一邊的哥哥正略帶嘉許地注視他，清澈的眼眸高深莫測。

城堡鬧鬼，這點誰也不敢否認。沒什麼聳動的大事件，只是些無人長廊上的成串腳步聲，或是永遠找不到來源的嬰孩哭聲，或是偶爾會出現的一名幽靈男子，他總是操著濃重的鼻音悠悠地問：要不要買鞋帶、玩具磁鐵或檸檬汽水呀？其實比幽靈更恐怖的是那些幽靈的故事：坤特爲兄弟倆準備了一些故事書，這些書不是跟僧侶修行有關，就是描述被挖開的墳墓，或一隻隻從地底鑽出來的手，或冥府裡煉丹的情景，以及正在舉行的審判大會，但見亡者正對著早就嚇得魂不附體的觀眾們說話。當時正流行這樣的故事內容，因爲還很新鮮，沒有人能招架這種恐怖。這確實有其必要，坤特解釋道，認識黑暗面乃成長過程中很重要的一部分，不了解形而上恐懼的人，無法成爲眞正的德國男人。

有一次他們讀到狂人阿奎爾❼的故事，他背叛了他的君主，自立爲王。他和他所帶領的人沿著奧利諾科河順流而下，展開了一場空前驚險的噩夢之旅。奧利諾科河沿岸灌木叢生，他們始終無法著陸。鳥兒淒厲的叫聲幻化成被屠殺者的聲聲悲憤。抬頭仰望，天空竟出現一座座夢幻之城，其建築昭告著，建造者絕非凡人。截至目前爲止，沒有探險家敢眞正深入當地，所以也沒有可靠的地圖。

他將完成這項任務，弟弟說，他一定要去那裡探險。

肯定會吧，哥哥回答。

他是認眞的！

他完全明白，哥哥說，並招來一位僕人作證，要他記下當天的日期和時間。或許有一天人們會爲此深感慶幸，慶幸他們能如此精確地定下了這一刻。

教授他們物理和哲學的是康德的得意門生馬庫斯・赫茲，他同時也是聞名社交圈的美女名媛亨麗葉特女士的夫婿❽。赫茲先生將兩種不同物質注入玻璃試管：起先兩種液體涇渭分明地僵持著，一瞬間卻突然完全變色。他將火焰移到試管口下方，並將試管中的液體直接滴在火焰上，火焰立即在一記嘶吼聲中熄滅。零點五公克，他解釋道，半公克就可以產生十二公分高的火焰。結論是：如果有東西讓你吃驚害怕，最好的辦法就是測量它。

當地的知識分子每星期會在亨麗葉特女士的沙龍聚會一次，他們談上帝，談自己的情感，偶爾還會多愁善感到一掬清淚。他們彼此通信，自稱是美德促進會。但沒有人知道，在這樣的名義下他們做了些什麼。聚會時的談話不准對外透露；但其他同性質的美德促進會卻會向世人公開且詳盡說明，靈魂能產生哪些作用。如果你眞的察覺不到靈魂的作用，切記，瞎編也要編出些說辭。兩兄弟是美德促進會裡最年輕的成員。這種聚會非參加不可，坤特說，而且一次也不容錯過。這是一種情感教育。他甚至鼓勵兄弟倆直接寫信給亨麗葉特女士。他認爲，一個人在人生早期，若忽略了多愁善感的文化氣質培養，日後產生的後果一定令人扼腕。想當然耳，兄弟倆寫給亨麗葉特女士的信得先呈交坤特過目。不出所料，哥哥的文筆的確比弟弟好。

亨麗葉特女士總是很有禮貌地回信給他們，但她的字跡幼稚且沒有自信。其實她才十九歲。某次，她將弟弟送給她的一本書原封不動退回：拉梅特里❾所寫的《人是機器》。這是一本禁書，一本應受眾人唾棄的異端學說。她才不會看這種書，連瞄都不會瞄一眼。

他深感遺憾，弟弟對哥哥說，這本書眞的值得閱讀。作者很嚴肅地指出：人是機器，一種能自動運轉、製作技術登峰造極的藝術傑作。

也就是沒有靈魂囉，哥哥說。他們邊走邊聊穿越城堡裡的公園，光禿禿的樹枝上覆蓋著一層薄薄的雪。

不是這樣的，弟弟解釋道，當然有靈魂。不但能感應，還能感受到浩瀚與美的詩情。靈魂只是這部機器的一部分，卻是最複雜的一部分。他自問自答地說，這不是恰好與事實吻合嗎？

所有人都是機器？

或許不是所有的人，弟弟若有所思地說，但你跟我肯定是。

池塘結冰了，在傍晚昏暗的光線下，白雪和冰柱皆呈藍色。哥哥突然語重心長地說，他有些話想跟他說，大家都很擔心他；他的沉默寡言、孤僻，他在課業上遲遲沒有進展。須知，他們倆面對的是一場偉大的試驗，誰都沒有權利退出這場試驗。他忽然猶豫了一下，繼而說：冰結得夠厚、夠紮實了。

真的嗎？

當然囉。

弟弟點了點頭，深深吸了一口氣，小心翼翼地踏上冰面。他考慮著，該不該吟誦克羅普斯托克[10]的溜冰頌。他將雙手張開，一下子便滑到池中央，開始原地轉圈。哥哥則站在岸邊，身體微微往後仰，注視著他。

猝然四周一片寂靜。什麼也看不見了，他冷得幾乎失去知覺，這才意識到自己在水底。他用力一蹬，頭撞上硬物，是冰。他頭上的皮草帽逐漸鬆脫，漂了出去，頭髮頓時散開來，腳碰到了地面。眼睛逐漸適應黑暗後，有片刻間，他看見一幅靜止的畫面：顫動的草莖，搖擺其上的葉身竟透明如薄紗，一尾魚優游其間，剛剛就在那裡，但怎麼不見了，一切猶似幻境。

他開始游動，並浮了上去，再次撞到冰。他很清楚，自己只剩下幾秒鐘可活。他開始用手摸索，覺得快沒有氧氣了，忽然看見上方有塊深黑色的陰影——是缺口；他使勁往上浮，猛一吸氣、吐氣，嗆個正著。他的手被銳利的冰緣割傷，他用力撐起身體，蜷曲著攀上岸，然後又把腿拉出來，他躺在冰上用力咳嗽，不斷地抽噎。他翻過身，朝岸邊匍伏前進。哥哥跟先前一樣，還是站在那裡，身體微微後仰，雙手插在口袋裡，帽緣壓得很低，看不見他的臉。他伸出手，扶他站起來。

那一晚他發高燒。聽見有聲音，但分不清是夢境，還是那些圍繞在他床邊的人，他一直覺得好冷，像冰一樣冷。有個男人在他房裡大步走來走去，好像是醫生，他說，你必須做決定，行或不行，決定之後，只要堅持下去就行了，不是嗎？他正想回答，竟想不起來他們在談什麼。繼而，他看見雷電交加的天空下有片一望無際的海洋。他再次睜開眼已是兩天後的正午，一輪冬日蒼白地掛在玻璃窗上，燒已經退了。

之後他的成績突飛猛進。他變得非常專心，而且養成一種習慣：思考時一定會握緊拳頭，就像要擊倒敵人一樣。他變了，亨麗葉特女士在寫給他的信中說道，現在他變得讓她有些害怕。他要求獨自待在一間空房裡一晚，而且得是最能頻繁聽見夜間聲音的房間。隔天早上他蒼白又沉靜，額頭上拉出生平第一條皺紋。

坤特決定，哥哥唸法律，弟弟讀財政。他當然會親自陪同他們去奧德河畔的法蘭克福唸大學，甚至陪他們一起聽課，督導他們進步。那不是一間好大學。但如果什麼都不會，又想拿博士，哥哥在寫信給亨麗葉特女士時說道，這種人大可放心來這裡。甚至大家都不知道是什麼原因，不過是條大狗誤闖討論課，也能惹得眾學生心浮氣躁，一片喧嘩。

弟弟在植物學家維登瑙⑪處，第一次見到乾燥的熱帶植物。外型看起來像探測器，花苞像眼睛，葉片則摸起來像人的皮膚。他覺得自己在夢裡見過它們。他把它們一一解剖，仔細描繪下來，並且分別用酸和鹼測試它們的反應，最後還洗乾淨製成標本。

現在他知道了，他告訴坤特，他曉得自己要研究什麼了。研究「活著」。

他無法同意，坤特說。人生在世有其他各式各樣的任務，不能就只是這麼活著。單單只是活著，不能算是一個人存在的內質。

他不是這個意思，他回答道，他想要探索生命，理解存在當中的那股奇特韌性，生命藉由這種韌性得以遍布寰宇、無所不在。他一定要破解奧秘，找出眞相！

他可以留下，繼續跟維登瑙教授做研究。哥哥則在下一學期轉到哥廷根大學。他在那裡交了第一批朋友，頭一次學會喝酒，頭一次撫摸女人，同時間，弟弟則完成了他人生的第一篇學術論文。

不錯，坤特說，但還不夠好，還沒有好到可以印上洪堡的姓氏。要出版的話還得等等。

放假時他去探望哥哥。在法國領事的招待會上，他認識了數學家卡斯特納⑫，還有他的朋友宮廷參事齊莫曼，以及德國當時非常重要的一位實驗物理學家喬治・克里斯多夫・利希頓貝格教授。教授輕輕握住他的手，端詳了好一陣子：有點駝背，不過有張俊美無瑕的臉，乃靈與肉——智慧與肌肉的完美結合，教授似乎覺得相當有趣，抬頭直盯著他瞧。洪堡問道，聽說教授最近正在寫一本小說，是嗎？

是，也不是，利希頓貝格回答。他的眼神透露出，他在洪堡身上看到某些洪堡自己並沒有發現的東西。那本書叫做《關於龔克爾》，既沒有任何要處理的主題，也不會有進度。

寫小說，洪堡說，對他而言乃王者之道，最能夠把握住一閃而過的當下，乃為後人留下此時此刻的最佳辦法。

啊哈，利希頓貝格應了一聲。

洪堡繼續解釋，所以，如果一個作者選用已逝的過去為題材，就像現在流行的那樣，那眞是一種愚蠢的冒險。

利希頓貝格瞇起眼睛打量他。然後說，不對，接著又說，也對。

在回家的路上，兄弟倆看見剛升起的月亮旁有兩枚小小的銀月。是熱氣球，哥哥解釋道。皮拉特瑞・德・羅奇埃乃蒙特爾菲埃兄弟[13]的助理，他目前人在布朗斯威克[14]附近。城裡的人都在談這件事。不久後，大家都能升空。

這不會是大家所樂見的，弟弟說，他們一定會感到害怕。

離開前他還結識了一位聲名大噪的人物：喬治・佛斯特。他身材瘦弱，咳個不停，臉色看起來不甚健康。他曾追隨庫克船長⑮航行世界，其所見之多、聽聞之廣，非任何德國人能比擬；如今他儼然如一則英雄傳奇，他的書全球聞名，現在卻在美因茲一家圖書館擔任管理員。

他聊到他所見過的龍、活死人，還有待人謙恭有禮的食人族，以及那些海上無波浪的日子。大海眞的可以透明到讓人誤以爲自己正懸浮在懸崖上，還有那些狂風暴雨，其威力之猛，幾乎讓人絕望到失去祈求上蒼的勇氣。他陳述著，憂鬱的情緒像層薄霧將他團團籠罩。他眞的見識太多太多了，用史詩《奧德賽》和女海妖賽蘿的神話故事來譬喻也相去不遠；縱使緊捉船桅，倖免於難生還了，同樣無濟於事，還是擺脫不了那些陌生的人、事、物，縱使脫離了危難，卻再也不可能復原。他幾乎夜夜失眠，那些記憶太強烈。不久前他接到一則消息，他的老長官，那個高大、黝黑的庫克船長被夏威夷土著給煮了、吃掉了。他用手撐著額頭，磨蹭著，眼光愣愣地落在鞋帶上。被煮了、吃掉了，他又喃喃自語說了一遍。

他也很想四處旅行，洪堡說。

佛斯特點點頭。總會有人想去，後來每個人都會後悔。

爲什麼？

因爲再也回不來了。

佛斯特推薦洪堡進入佛萊貝格⑯的礦業研究院。亞伯拉罕・維爾納⑰就在那裡授課並宣揚他的學說：地心乃又冷又硬。山脈結構乃生成於原始海洋爆發、洪水淹沒整個地表後所形成的化學沉積。火山噴出的熔岩絕非來自地心，而是燃燒的石灰岩堆積層作用。整個地心結構是非常堅硬的石頭。這派學說是爲「水成論」，無論天主教或基督新教都支持這門學說[18]，連歌德也擁護這看法。

維爾納秘密在佛萊貝格的禮拜堂裡，爲那些不認同其眞理的頑固分子舉行安魂彌撒。曾經有個學生對他的理論提出質疑，結果被他打斷了鼻樑，而且據說多年前，他還咬下了另一個學生的耳朵。他是中古煉金術最後一批傳人之一，亦即秘密會社共濟會的成員，這批人精通惡魔的符咒。他能把業已毀滅的東西重新復原，一陣煙就能把燒掉的東西變回來，還能把碎裂的東西恢復原狀。他能直接與魔鬼溝通，還能點石成金，但他外表看起來並不怎麼聰明。他把身體往後一靠，瞇著眼睛問洪堡，他也是水成論者嗎？他也相信地球內部是冷的嗎？

洪堡向他保證自己絕對相信。

那就應該要結婚啊。

洪堡漲紅了臉。

維爾納鼓起腮幫子，表情神秘兮兮地問，有心上人嗎？

那只會徒增困擾，洪堡說，唯有人生沒有重心、不知道要追求什麼的人才需要結婚。

維爾納瞪了他一眼。

有人這麼說罷了，洪堡趕緊改口，當然，這種看法眞是大錯特錯！沒結婚的男人，維爾納徐徐地說，絕對成不了優秀的水成論者。

洪堡花了三個月的時間修完研究院裡的所有課程。他早上六點起床，下午聽課，傍晚和大半夜晚都在預習明天的功課。他沒有半個朋友。當哥哥邀請他去參加他的婚禮時——他找到一個跟他十分匹配的女子，全世界再也找不到第二個跟她一樣的女孩了——他盡可能禮貌地答覆：他不克前往，因爲他實在沒有時間。

他強迫自己爬上低矮的水井邊，直到適應了恐懼症[19]，就像在適應一種無法根除、緩減，卻能慢慢習慣、承受的疼痛。他實地進行溫度測量：但越深入地底，溫度卻越高，這完全與維爾納的學說牴觸。他還發現，就連在最深的洞穴裡、一片漆黑的情況下，還是有植物能生長。生命似乎無所不在，任何地方都可以找到某種型態的苔蘚類或增生藤蔓，或某些狀似枯萎的植物。他覺得這些植物陰森森的，所以決定解剖它們，仔細研究清楚，並且替它們分門別類，甚至還以此爲題寫了一篇論文。幾年後，當他在活死人洞穴裡見到類似植物時，他早已胸有成竹。

他順利結業了，並且得到一套制服，以後不管去哪裡都應該穿著。他的正式頭銜是礦業暨冶金部門鑑定員。他爲自己感到羞愧，他在寫給哥哥的信中提到，他爲自己抑制不住的狂喜感到羞愧。

幾個月後，他已是普魯士地區最受信賴的礦區督察員了。他視察各家冶金廠、泥煤礦坑，和皇家瓷器工廠的鎔爐和窯；所到之處，工人們無不對他做筆記之神速嘆爲觀止。他一直在旅行奔波，幾乎不吃不睡，連他自己也不曉得，這一切到底是爲了什麼。他總覺得身上有種莫名的東西，他寫信給哥哥說，那東西讓他害怕，讓他失去理智。

有一次他偶然讀到伽伐尼[20]有關電流與青蛙的著作。伽伐尼分別以兩種不同的金屬綁住割下來的兩隻蛙腿，蛙腿竟然抽動了，像是還有生命。但抽動的原因是因爲蛙腿還具有生命力？還是因爲外力牽動？我們只是透過蛙腿看見其作用，事實上動力是來自那兩片金屬？洪堡下定決心，一定要找出眞相。

他脫下襯衫，趴在床上，命僕人在他背部綁上兩個放血帶。僕人依言照做，背上皮膚立刻隆起兩團氣球般的血球。現在割破！僕人猶豫著，洪堡又更大聲地說了一遍，僕人這才拿起手術刀。刀子非常鋒利，一刀劃下幾乎不感覺疼。血滴在地板上。洪堡命令僕人，趕快把鋅板敷在第一個傷口上。

僕人怯生生地問，他能不能休息一下，他覺得很不舒服。

洪堡拜託他不要在這時候犯蠢。當銀板一接觸到第二處傷口時，背部肌肉猛一記抽痛，一路竄升到腦門。他用顫抖的手記下：*Musculus cucularis*，後大腿，刺痛向上竄升，貫穿脊椎。絕對沒錯，這是電流的作用。銀板再來一次！他默默數著，接連四次抽痛，間隔時間相當規律，然後他只覺眼前一片模糊。

當他再度恢復意識時，但見僕人倒坐在地上，面無血色，滿手是鮮血。

繼續，洪堡對他說。在一股莫名的恐懼中，他突然覺得亢奮。現在把青蛙放上來！

不要，僕人慘叫道。

於是洪堡問他，莫非他想換個東家。

僕人將四隻仔細清洗過的青蛙屍體放在洪堡滿是鮮血的背上。夠了，僕人說，我們畢竟是基督徒。

洪堡根本不理會僕人的感受，繼續命令道：趕快再敷上銀！眞的動了。每隻青蛙都動了，他對著鏡子觀察，每隻青蛙的屍體都在彈跳，簡直像活的一樣。他激動地咬住抱枕，兩行熱淚把枕布都浸濕了。僕人失神地站在一旁歇斯底里地傻笑。洪堡想記下這一切，雙手卻虛弱無力。他疲憊地站起來，只覺得有液體順著兩處傷口往外流，灼熱無比，就像火在燒他的皮膚。洪堡想用試管去接住那些液體，但他的肩膀已經腫起來，根本無法轉身。於是他轉向僕人。

僕人拚命搖頭。

好吧，洪堡無奈地說，看在上帝份上，他現在可以去請醫生了！他先爲自己洗把臉，然後開始靜靜等待，等到自己的手可以拿筆寫字，便開始把重點記下。有「電」流過，他清楚的感覺到，但這股電並非源自他的身體，也不是來自青蛙，而是產生於金屬之間的化學對抗。

要跟醫生解釋這裡發生了什麼事確實不容易。不到一個禮拜，那個僕人就自動請辭了。實驗留下了兩處疤痕，但是一篇有關「以活體肌肉纖維爲導體」的論文，奠定了洪堡在學術界的聲望。

他像是瘋了，哥哥從耶拿寫信給他說，他應該謹記，每個人對自己的身體同樣負有道德責任，身體絕非一個物品；我拜託你，到我這裡來一趟吧！席勒想認識你。

你誤解我了，洪堡在回信中寫道，我發現，人類喜歡探究無關緊要之事，卻總是跟知識擦肩而過，原因就在於：人怕痛。只要肯下定決心忍受疼痛，就能掌握住人類不曾……，他擱下羽毛筆，揉揉自己的肩膀，然後將信一把揉掉。我們之間的兄弟情誼，他開始重寫，爲何對我而言才是眞正解不開的謎？我們各自獨立，卻又相得益彰，你之是爲你，是我不該企及的，我之是爲我，是你無法成爲的，是以我們不得不成爲兩個個體，但彼此間，不管我們願不願意，卻又永遠那麼親近，比跟其他任何人還親近。而且我總懷疑，我們的豐功偉業終將毫無用處，不管我們如何功成名就，最後終會消失，就像什麼都沒有發生過一樣，那些在我們彼此對抗中成長茁壯的名聲，終有一天會腐朽、灰飛湮滅，爲何我總是如此懷疑？他停下筆，這一次是將信紙撕成碎片。

為了研究生長在佛萊貝格礦坑裡的植物，他設計了一種礦坑燈：用容器裝著瓦斯，再用瓦斯點火燃燒。這種燈縱使在沒空氣的地方也能發亮，但這發明差一點要了他的命。他深入一個從來沒人探勘過的礦坑，他把燈點亮，但不過幾分鐘就暈倒了。昏沉沉中他看到一些熱帶藤蔓，定睛一瞧，藤蔓卻變成了一具具女體，他尖叫一聲醒了過來。一個名叫安德烈亞斯・德爾・里歐[21]的西班牙人——他就讀佛萊貝格礦業研究院時的同學，找到了他，並且把他扛出礦坑。出於羞恥，洪堡無法好好對他致謝。

他不眠不休鑽研了一個月，終於設計出呼吸器：一個氣囊上插著兩根橡皮管，橡皮管連接到一個面具上，使用者可以戴著面具呼吸。他把呼吸器綁在身上，再次深入礦坑。他鐵青著臉，強忍著一開始就出現的幻覺。不一會兒，他又感覺到自己膝蓋發軟，天旋地轉，礦坑燈小燭光般的火焰竟變成大火燎原，他趕緊打開呼吸器的活塞，血脈賁張之際他看見女人變成了植物，然後一瞬間不見了。他在陰暗漆黑中停留了數小時。再看見陽光時，坤特的信已等著他：盼他速回，母親病重。

一切正如預期：他騎上一匹他能找到的最佳快馬兼程趕往。大雨撲打在他臉上，衣衫飄飄、風塵僕僕，他一路狂奔，甚至兩度摔下馬來，跌落泥濘中。他滿臉鬍渣，一身骯髒地抵達家門。現在他已經懂得，在這種情況下應該要怎樣表現才算得體，因此擺出一副上氣不接下氣的慌張模樣。坤特一臉讚許地直點頭。接著便和他一起坐在母親的病榻前，看著病痛如何將她的臉折磨得有些陌生。

肺癆在她體內延燒，她的臉頰凹陷，下巴變長，鼻子突然變得扭曲，放血治療幾乎流光她身上所有的血。洪堡握著她的手，一晃眼下午過去了，傍晚到來。信差捎來一封哥哥的信，他爲自己在威瑪臨時有急事不能前來而致歉。一入夜，母親的身體僵直地彈坐了起來，並且放聲尖叫。安眠藥完全無效，連放血也不能讓她安靜下來。洪堡覺得無法理解，她怎能做出這般沒教養的舉動。午夜，她的叫聲更宏亮，那銳利的叫聲像是從緊綳的軀體深處竄升出來，彷彿正經歷前所未有的性高潮。他閉上眼睛等待，叫聲足足延續兩個小時才停。天亮了，她喃喃自語說些沒人聽懂的話，太陽高掛在清晨的天空上，她端詳著兒子，並且說，他應該要抖擻些，老是這樣懶洋洋不是辦法。接著重重別過頭去，眼睛突然變得像玻璃珠，這是他第一次見到人死亡。

坤特將手搭在他肩膀上。沒有人能理解、更沒人能度量，這個家一直以來對他的意義。他能，就像一旁有人在爲他提詞一樣，洪堡說，他能理解，而且他絕對不會忘記。

坤特感動的嘆了口氣。現在他終於可以確定，他將可高枕無憂地繼續支領那份薪水。

午後，僕人們見洪堡在城堡前走來走去，繼而爬上山丘，繞過池塘，最後張開嘴巴仰望天際，模樣簡直像白痴。他們從來沒見過他這樣。他一定是，他們七嘴八舌說，太震驚了。

的確，他從來沒有這麼快樂過！

一星期之後他辭職了。部長完全不能理解，這麼年輕就擁有這麼高的職位，前途無可限量啊！到底爲了什麼？

因爲這一切太微不足道了，洪堡回答。他站在長官的書桌前，身材不高卻頂天立地、抬頭挺胸，雙眼炯炯有神，肩膀輕鬆自然地垂下。因爲他現在終於可以出發了。

他首先去了威瑪，哥哥幫他引見魏蘭德、赫爾德[22]和歌德。歌德稱他爲盟友；只要是偉大維爾納的學生，就一定是他的朋友。

他要去探索新世界，洪堡說。這件事他還沒跟任何人提過。沒有人能阻止他，他已經有心理準備，可能無法活著回來。

歌德把他叫到身邊，領他穿過一排漆得五彩繽紛的房間，來到一扇落地窗前。一次偉大的冒險，他說，最重要的是別忘了探勘火山，證明水成論是對的。地底下沒有火，大自然內部絕非沸騰的熔岩，只有墮落的靈魂才會想出這種荒謬又罪惡的想法。

洪堡承諾一定會去探勘火山。

歌德將手背在背後。而且千萬別忘了，他是哪些人當中的一分子。

洪堡不懂他的意思。

他該謹記，是誰派他去的。歌德伸手指向那排五彩房間，那些羅馬石膏像，和正在沙龍裡交談的男人們，隱隱約約可以聽見他們模糊的交談聲。洪堡的哥哥正在高談闊論無韻詩的優點，魏蘭德一臉認眞的點頭稱是，席勒則在一旁的沙發上偷打呵欠。你是我們當中的一分子，歌德說，是這裡的一分子。縱使遠渡重洋也要記得捎來訊息。

洪堡繼續前往薩爾斯堡，他在那裡砸下重金，打造了一座專門製造測量儀器的工廠，這樣的工廠前所未見。他爲自己訂製了兩隻專門測量氣壓的氣壓計，一把專門測量液體沸點的沸點測量計，一具測量經緯度的經緯儀，和一架可測量水平面夾角的六分儀，還有一把摺疊式的袖珍六分儀，一架測量地球磁場強度的磁傾計，和一把測量空氣溼度的溼度計，還有一柄測量空氣中氧氣含量的量氣管，一個能儲存電力的萊頓瓶，以及一具測量天空蔚藍色的天空藍度計。除此之外還有兩個貴得驚人的鐘，這種鐘不久前才在巴黎首度問世，它不需要鐘擺，看不見秒針移動，取而代之的是內部規律震動的彈簧裝置。只要妥善保管，它可以分秒不差地校準巴黎的時間，而且還能拿來測量太陽和水平面之間的夾角，然後根據對照表，便可知道自己所在的經度。

他在那裡停留一年，不斷地練習。他詳細測量了薩爾斯堡的每座山丘，記錄每天的氣壓，繪製標示著戶外磁場強度的地圖，檢測空氣、水質、土壤，和天空的顏色。並反覆練習如何拆卸、組裝各種儀器，直到連閉上眼睛都做得迅速確實。他強迫自己單腳站立，習慣淋雨，甚至站在蜂擁而過的牛群裡也不動如山。當地居民都以爲他瘋了——正是這一點，他知道，這一點他也得習慣。還有一次，他爲了鍛鍊自己適應不適及痛苦，甚至將雙手反綁背後一星期。穿制服也讓他不舒服，於是他又訂製了一套，現在連睡覺也穿著。他對房東太太舒貝爾夫人說，所有的訓練都是爲了不容許有任何失誤。他順便又向她要了一瓶淡綠色的乳清，這東西他一聞到就想吐。

然後他才啓程去巴黎，如今哥哥在那裡過著平民式的生活，據說是爲了遵循一套他自己構想出來、極其嚴格的教育系統，以教養他那些古靈精怪的孩子。嫂嫂完全無法忍受他。他讓她覺得毛骨悚然，她說，他的孜孜不倦在她看來像發瘋，說得更明白點，像是她丈夫出現在諷刺漫畫中的扭曲形象。

他不得不承認，她說的不無道理，哥哥回答說，要對弟弟這些愚蠢行爲負完全的責任，同時還要當他的守護者，他從來不覺得這是件簡單的事。

洪堡以「人類神經的傳導性」爲題在皇家研究院授課。當人們冒著濛濛細雨，在市區前被踐踏得七零八落的草地上，完成最後一小段巴黎到極地的經線測量工作時，洪堡也在場。完成的那一刻，所有人都摘下帽子，熱烈地揮舞雙手：這段距離的千萬分之一將成爲測量長度的依據和單位，並且要做成金屬棒，人們稱之爲「公尺」。其實只要有人在測量，不管測量什麼，洪堡都會覺得熱血沸騰，情緒亢奮；這次他更是整個人沉浸在熱情中不能自已，甚至激動得好幾晚睡不著覺。

他宣布自己將遠征。原本有個叫布里斯托的伯爵計畫遠征埃及，但不久前因爲間諜案被捕入獄。洪堡又聽說，研究院的理事會將派遣一隊研究人員赴南海，領隊的是偉大的布幹維爾船長㉓，但當時布幹維爾已老得如一尊化石，不但耳朵全聾，坐在自己的王座上還會喃喃自語，手舞足蹈，彷彿在指揮，只是沒人知道他到底在指揮誰。洪堡對他行禮時，他竟做出主教賜福信眾的手勢，接著便示意他離去。理事會決定讓鮑定軍官㉔取代布幹維爾。鮑定非常親切地接見了洪堡，並允諾他所有的要求。但沒過多久，鮑定卻帶著國家給他的資金，不告而別出發了。

有天晚上，有個年輕人坐在洪堡家門前的階梯上，就著一個銀製小酒瓶喝酒，洪堡不小心踩到他的手，年輕人劈頭一頓咒罵。洪堡趕緊致歉，於是兩個人聊了起來。這個年輕人叫埃梅・邦普蘭，他本來也希望追隨鮑定遠征。二十五歲，長得很高大，衣著有些破爛，天花留下的疤痕並不嚴重，而且只缺一顆牙，缺在正前方。他們彼此凝視，日後兩人也說不上來，到底當時他們之間有沒有產生特殊的感覺，有沒有預知到，彼此將成爲對方最重要的人，比其他任何人都重要，或者在日後想起來才事後諸葛說：似乎是如此。

他來自拉羅謝爾㉕，邦普蘭說，鄉下低矮的天空猶如監獄的屋頂，壓得他喘不過氣來，他每天祈禱能趕快離開那裡。後來他成了軍隊裡的醫官，可惜大學不承認他的頭銜和資格。爲了取得學位，他進大學唸了植物學系，他非常喜愛熱帶植物。不過，現在他又不曉得要做什麼了。若要他回拉羅謝爾，他寧願去死！

洪堡忽然問，可以擁抱他嗎？

不可以！邦普蘭嚇了一大跳。

洪堡說，他們有類似的經歷和共同的目標，只要他們攜手合作，還有誰能攔阻得了？他再度張開雙臂。

邦普蘭還是不懂。

他們可以結伴而行啊，洪堡解釋，他正好需要一位旅行的夥伴，他有足夠的錢。

邦普蘭認眞地看了洪堡一眼，一邊將酒瓶栓緊。

他們倆都很年輕，洪堡繼續說，都充滿決心，只要合作一定能成大事。難道邦普蘭沒有同樣的感覺？

的確沒有。但洪堡的熱情與興奮深具感染力，所以他終於伸出手，當然也是基於讓人伸手等在那裡實在很沒禮貌，但這一握下去，他幾乎痛得慘叫失聲。洪堡的手勁非常大，沒想到這麼矮小的男人竟然力大如牛。

現在呢？

還能去別處嗎？洪堡回答，當然是去西班牙囉！

不久後，兄弟倆話別，姿態卻宛若兩國君主在辭行。依慣例要親吻臉頰，當大嫂的髮際擦過他的臉頰時，他無法忍受到幾乎要發狂。他問，還有機會再見嗎？

當然，哥哥篤定地說。不在這個世界也會在另一個世界，以血肉之軀或通透的靈魂。

洪堡和邦普蘭一躍上馬，飛奔而去。邦普蘭深感詫異，他的夥伴竟能頭也不回地一路狂奔而去，連再看一眼也沒有，直到兄嫂漸漸遠離他們的視線。

在前往西班牙的路上，洪堡丈量了途中每一座山丘。他攀上高山，敲下每座岩壁的石塊。他戴上自己研發的氧氣面罩，探索每座洞穴，並且非得深入到無路可走爲止。當地人看他用六分儀的接目鏡觀測太陽的位置，便認定他們是精通占星術的邪魔異端，許多人向他們投擲石塊。他們狼狽地跳上馬，落荒而逃。頭兩次很幸運還能全身而退，第三次邦普蘭卻身受重傷。

他開始懷疑。眞的需要這樣嗎？他問，那只不過是他們經過的一些地方，他們眞正的目的地是馬德里，如果他們不要停留，直接往目標前進，不是很快就能到達了嗎？天啊，眞是夠了！

洪堡想了一下。不行，最後他說，他感到抱歉。一座山，如果人們對它一無所知，不知道它有多高，這對理性是一種侮辱，會讓他感到非常不安。一個人如果不能持續確認自己的位置，將寸步難行。謎，無論多小，只要不解，就不該漠視。

爲了讓洪堡進行測量不受干擾，他們開始晝伏夜行。整張地圖的座標都必須重新確認，不能像以前的做法一樣馬虎。以往繪製的西班牙地圖太不精確了。人們要知道，自己到底要騎往哪裡。

每個人都很清楚呀，邦普蘭大聲說，大家都知道是這條路啊，一直走就到馬德里了呀。其他的根本不需要知道！

這跟路沒有關係，洪堡回答說，這關乎原則。

接近首都時，天色突然呈銀亮，接著便看不見任何樹木。西班牙的中央地帶絕非盆地，洪堡解釋，地理學家又錯了。這裡應該是高原，甚至一度是從海洋中冒出頭來的島嶼。

當然是，邦普蘭不肯示弱地說，然後猛灌一口酒，喃喃自語道：喔，曾經是一座島嶼啊！

馬德里的最高首長是馬努埃・德・烏魁尤。誰都知道他是王后的情夫。國王根本沒有實權，他的孩子瞧不起他，全國上下都覺得他很可笑。一切事情都要透過烏魁尤，尤其是西班牙殖民地嚴禁外國人進出，截至目前爲止沒有例外。洪堡不斷請託普魯士大使、比利時大使、荷蘭大使和法國大使進行遊說，晚上則拚命學西班牙語。

邦普蘭問他，難道他都不用睡覺嗎？

如果能不睡，洪堡回答說，就不睡。

經過一個月的奔走，他終於獲准在阿蘭費茲宮晉見烏魁尤。烏魁尤體型肥胖，看起來既神經質又憂心忡忡。他似乎誤會了，或者因爲他曾經聽過帕拉塞爾蘇斯㉖的大名，所以誤以爲洪堡是德國醫生，他劈頭便問壯陽的秘方。

什麼？

部長領他到金碧輝煌宮殿的一處陰暗角落，把手搭在他的肩膀上，然後壓低音量說，這可不是爲了他個人要貪圖逸樂喔。須知，他對這整個國家的統治權乃奠基於他對王后的統治權。她可不是年輕女孩，而他也不是血氣方剛的小夥子了。

洪堡瞇著眼睛望向窗外。正午亮白的陽光灑在結構不太對稱的花園上。摩爾噴泉上方有一根水柱緩慢流淌著，正在閃閃發光。

還有好多事得做，烏魁尤說，教廷的勢力依然龐大，廢除奴隸制度還有一段長路要走。但各種耳語甚囂塵上，他也不知道自己還能撐多久。這些都是他的眞心話，不知道他講得夠明白了嗎？

洪堡握緊拳頭，慢慢走向烏魁尤的書桌。他拿起羽毛筆沾滿墨汁，寫下一帖秘方。來自亞馬遜大陸深處的金雞納樹皮，來自非洲中部的罌粟萃取物，西伯利亞大草原的苔蘚，還有《馬可波羅遊記》中，傳說能令人如癡如狂的花朵。把這所有東西加在一起熬煮，加三次水，取最後一道。熬好之後慢慢喝下，每兩天服用一帖。光要收集這些材料就要花好幾年。他略顯遲疑地將藥方交給烏魁尤。

從沒有外國人取得過類似的通行證，洪堡男爵和他的助手將獲得一切支援。不但安排了住宿，還可獲得極大的禮遇，只要他們想去的地方，都可以通行無阻，甚至能隨意搭乘王室的任何一艘船艦。

現在，洪堡說，他們只需要再突破英國的封鎖線就可以了。

邦普蘭問，爲什麼通行證上寫著他是助手？

他也不知道，洪堡心不在焉地回答，可能是有所誤會吧。

還能不能更正？

洪堡說，這不太好吧。這些通行證就像是天上掉下來的禮物。不要再節外生枝了，這樣他們才能順利上路。

他們搭乘第一艘從拉科魯尼亞啓程前往熱帶的護衛艦出發。海上西風強勁，浪濤洶湧。洪堡拿出摺疊椅坐在甲板上，覺得自己從來沒有這麼自由過。眞値得慶幸，他在日記上寫下，自己從來都不會暈船。剛寫完就吐了。不過他相信，這只是意志力的問題！他要自己徹底集中精神，除了偶爾爲避開橫掃過來的桅杆得低頭閃躲外，他全神貫注地記下出發的心情，整整寫了三頁：不斷向海平面垂下的夜幕，逐漸在黑暗中隱退的岸邊燈火。他留在船長身邊直到天亮，並觀察他如何爲航行定位，然後拿出自己的六分儀。到了中午，他忍不住搖頭。下午四點他放下自己的儀器，並且問船長，爲何他的工作這麼不精確？

他開船開三十年了，船長說。

眞是値得敬佩，洪堡說，但也令他驚訝。開船又不是爲了要解決數學問題，船長說，開船只是爲了橫渡海洋。只需約莫照著緯度航行，總有一天會到。

暈船的不適讓洪堡激動起來。如果準確性對一個人而言毫無意義，他該怎麼過活啊？能啊，再拿手也不過，船長笑道。此外，這是艘崇尚自由的船，如果有人覺得這麼做不妥，歡迎他隨時下船。

在距離特內里費島㉗不遠處，他們看見一隻大海怪在遠方沿著海平面出沒，彷彿是透明的，浮出水面的身軀猶如巨蟒，纏繞盤旋成兩圈，用望遠鏡可以清楚看見牠寶石般的眼睛，正炯炯有神地注視這艘船。不過幾秒，牠再度沒入水中，剛剛所有親眼目睹的人都深信一定是看錯了，必定是幻覺。或許因爲海面上霧氣升騰吧，洪堡說，不然就是那些惡劣的食物在作祟。所以他決定不記錄這一段，就當沒發生過。

船又航行了兩天才靠岸補給。在碼頭上，一群兜售物品的婦女團團把他們包圍住，這些女人不斷拉扯他們，還一邊咯咯笑，一邊伸手在他們身上亂摸。邦普蘭有意追隨其中一個女人離開，被洪堡嚴厲嚇阻了。一個站在背後的女人卻纏住了他，用兩條赤裸的臂膀緊摟住他的脖子，長髮垂貼在他肩上。他想掙脫，她的一支耳環勾住他外套上的鈕釦。這一幕惹得其他女子一片訕笑，洪堡窘得雙手不知該往哪裡放。好不容易她笑著退開了，一旁的邦普蘭也忍不住笑出來，不過他看到洪堡板起了臉，便趕緊收起笑容。

那裡有座火山，洪堡的聲音因興奮而略顯顫抖，時間有限，不容遲疑！

他們僱了兩位當地嚮導，陪他們一起上山。經過一片栗子林後，上去是蕨類，再往上走，只見一片平坦的沙地上開滿了金雀花。洪堡根據巴斯卡[28]的方法，先測量氣壓再換算成海拔的高度。他們在一個霜雪覆蓋的洞穴中過夜，冷得幾乎凍僵了，只能就著入口處的掩蔽席地而睡。月亮異常嬌小，在空中孤伶伶地瑟縮，偶爾幾隻蝙蝠倏忽而過，山峰尖尖長長的暗影，刻印在腳底的浮雲上。

整座特內里費島，洪堡對嚮導解釋道，其實是一座從海底冒出來的山。他們覺不覺得有趣？

老實講，其中一位嚮導說，不怎麼有趣。

隔天一早他們才知道，兩位嚮導也不知道路。洪堡問，難道他們從來沒有上來過？

沒有，其中一位說，上來幹嘛？

山頂上的岩石區幾乎無法行進，腳一打滑，就有石塊滾落山谷。一位嚮導跌了一跤，摔破了水壺。他們又渴又累，滿手鱗傷地攀上頂峰。這座火山已冷卻了幾世紀，熔岩硬化後所形成的地表覆蓋住火山口。山頂視野遼闊，帕爾瑪島和戈梅拉島的風光盡收眼底，遠處依稀可見蘭薩羅特島雲霧裊繞，山巒層層起伏。洪堡拿出氣壓計和六分儀測量海拔高度，兩位嚮導蹲坐在一旁，有點敵視洪堡的舉動，邦普蘭則是冷得直發抖，兩眼無神地望著遠方。

下午接近傍晚時分，他們才回到奧羅塔瓦的熱帶園林中，一路上口渴至極。在精神恍惚之中，洪堡見識到第一批新世界的植物。一隻毛茸茸的蜘蛛懶洋洋地掛在棕櫚樹上曬太陽，這一幕令他既震驚又興奮。接著他才注意到龍血樹。

他回過頭去，邦普蘭已不見蹤影。那棵樹碩大無比，樹齡想必有數千年之久。他確信自己來過這裡，在西班牙人之前，在當地原住民之前。他來過這裡，在有基督之前，有佛祖之前，有柏拉圖和蒙古帖木兒之前。他舉起鐘來仔細聆聽，聽時間在滴答聲中流逝，這棵樹同樣戰勝了時間：猶如一方礁石，不斷抵禦時間洪流的衝擊。洪堡撫摸著龜裂的樹皮。樹頂端，高聳的樹幹開枝散葉，朝四方延伸，枝椏上百鳥齊鳴、響徹雲霄。他溫柔地撫過樹梢。一切都消逝了，所有人、所有動物，一切都消逝了，唯有它亙古長存。他忘情地將臉貼在樹幹上，然後突然驚醒地倒退了一大步，慌張地四下張望，深怕被別人看見他方才的舉動。他迅速抹掉臉上的淚，開始認真尋找邦普蘭。

法國人？碼頭上的漁夫指向一間小木屋。

洪堡一推開門，只見邦普蘭赤裸著上身壓在一名棕膚色的裸女身上。他趕緊把門闔上，轉身離去，快步往船的方向走。他聽見邦普蘭急促的腳步聲在背後追趕，卻頭也不回繼續往前走。邦普蘭肩膀上掛著襯衫，手上搭著褲子，氣喘吁吁、一臉狼狽地追上他，請求他原諒，他還是沒有放慢腳步。

只要再發生一次，洪堡說，他就要結束合作關係。

求求你，邦普蘭上氣不接下氣地說，還邊跑邊把襯衫穿上。有時候眞的會忍不住啊，有這麼難懂嗎？洪堡自己不也是男人！

洪堡質問他，怎麼都沒有顧慮到未婚妻。

他沒有未婚妻啊，邦普蘭邊套上褲子邊說，一個也沒有啊！

但人又不是動物，洪堡斥責他。

但有時候確實是啊，邦普蘭回答。

洪堡繼而問他，難道他沒有讀過康德？

法國人才不看外國人寫的書。

好了，他不想再討論了，洪堡說，反正只要再發生一次，他們就拆夥，各走各的。他已經決定了，就看他要不要接受？

天啊，拜託喔！邦普蘭說。

他到底接不接受？

邦普蘭一邊把褲子扣好，一邊喃喃自語地叨唸著，但沒人能聽懂他在唸什麼。

幾天後，他們穿越了回歸線。洪堡把正在觀察的魚放到一旁，他剛就著昏暗的油燈，解剖了那條魚的鰓。他看著地圖上用虛線畫出來的南十字星座。南半球的星象圖只有一部分標示在地圖集上，那裡是地球另一半的陸地、另一半的天空。

他們的船不小心闖進一群軟體動物中。紅色水母所形成的潮流，強悍到讓船根本無法前進，甚至還慢慢往後退。邦普蘭從海裡釣起兩隻。他說，他覺得好詭異。不知道爲何會有這種感覺，但他眞覺得不太對勁。

隔天一早便有許多人發燒。甲板下瀰漫著可怕的臭味，夜裡盡是病患的呻吟。即便上了甲板，空氣中還是聞得到嘔吐物的腥味。船醫沒有帶金雞納樹皮，因爲最新、最流行的治療法是放血，這種方法已試驗成功，成效還更卓著！

一個來自巴賽隆納的年輕水手，經過三次放血後因失血過多而亡。另一個則在放血後出現嚴重的幻覺，他以爲自己會飛，張開雙臂震動幾下後，跌進海裡差點淹死。幸好有人即時放下小船，把他救了上來。邦普蘭也病倒了，他只能躺在臥鋪上，喝著煮沸的蘭姆酒，根本無法工作。同時間，洪堡解剖了那兩隻水母，用顯微鏡仔細觀察，此外還測量了一刻鐘內的氣壓變化、天空顏色和水溫，而且每三分鐘還拿出鉛錘來測量一次水平面，並把所有結果統統記錄在一本厚厚的航海日誌上。

正是這種時刻，他向虛弱得連呼吸都顯急促的邦普蘭解釋，我們更不能軟弱。工作就是最有效的藥方，數字能驅走所有的混亂與失序，即便是發燒也能祛除。

邦普蘭好奇地問，難道他連一點不舒服的感覺都沒有嗎？沒有一點暈船的跡象？

他不知道。他早就下定決心要漠視這些感覺，所以沒有注意到。不過，他想他一定也有身體不舒服的時候，只是他根本沒有注意到。

傍晚又有一個人死掉，屍體被丟進海裡。

他感到不安，洪堡對船長說，他不許這場流行性感冒威脅到他的探險計畫。他決定不跟他們一起去韋拉克魯斯了，四天後他要先行下船。

船長問他，不知道他是不是善於游泳？

不需要，洪堡說，三天後的清晨，約莫六點，他們就能看到一座小島，再過一天就能抵達陸地。他已經仔細計算過了。

船長卻說，難道沒別的事好幹了嗎？

洪堡皺起眉頭不悅地說，這是在嘲諷他嗎？

絕不是，他只是想到理論和實務之間的差異。精確的計算當然非常值得推崇，但畢竟這不是在做學校的功課，而是在海中航行。沒有人能事先預測暴風雨的形成，或風向將如何轉變。至於陸地什麼時候會出現，更不是這麼簡單就能估計的。

三天後的清晨，海岸線在薄霧中漸漸拉開。

千里達，洪堡篤定地說。

怎麼可能，船長驚訝地指著航海地圖問。

這地圖不夠精確，洪堡說，新舊大陸之間的距離明顯計算錯了，而且從沒有人實地觀察和記錄過這些洋流。如果沒錯的話，明天一早他就可以換搭小船上岸。

他們在一條大河的入海口下船。河水洶湧猛烈，乍看之下，大海彷彿是由此滾滾而來的淡水匯集而成的。三艘小船正準備將裝滿儀器的木箱接駁上岸，洪堡一身挺拔的普魯士軍服，英姿煥發地向船長行軍禮告別。小船載著他們搖搖晃晃，以極緩慢的速度航向陸地。人還在小船上，他已經開始寫信給哥哥了：清新的空氣、溫暖的和風、高聳的椰子樹、成群的火鶴。我不知道我的願望什麼時候會實現，但等著瞧吧，你一定能在報上看到我的消息！這個世界將見識到我，如果我曾誤以爲自己在這世上無足輕重，那麼我確實大錯特錯。

3 老師

如果問教授有關早期的記憶，他一定會回答，根本沒那回事。記憶跟銅版畫、信件不同，不會註明日期。出現在我們腦海中的事，有時得靠思考才能排定順序。

父親在某個下午計算工資時算錯了，他糾正父親，這則記憶其實既無聊又沒格調。或許他太常聽人提起這件事了，這則記憶變得既不眞實又穿鑿附會。其他所有的記憶都只跟母親有關。他跌倒了，母親安慰他；他哭了，母親爲他拭去臉上的淚；他睡不著，母親唱歌給他聽；隔壁男孩作勢要打他，被母親撞見，母親追上去，抓住他，用腳夾住，狠狠地摑他巴掌，直到他鼻青臉腫、分不清東西南北地爬回去。他愛她愛到無法言喻。如果她有個萬一，他一定也會死。這可不是隨便說說：他知道，自己一定會活不下去。三歲時是如此，三十年後同樣沒變。

他父親是個園丁，手總是很髒，工資微薄，一開口不是抱怨就是命令人。德國人，當父親又累又餓地喝晚餐的馬鈴薯湯時，總會不厭其煩說，坐著絕不會彎腰駝背。有一次高斯忍不住問：只要這樣？這樣就足以成爲一個德國人了？他父親想了好久，久到令人無法置信。

然後點點頭。

母親長得胖胖的，個性多愁善感。除了洗衣、煮飯、幻想和哭泣外，他沒見過她做別的事。她不會閱讀也不會寫字。他很早就發現，母親有老化的跡象。肌膚失去彈性，身材走樣，眼睛也越來越沒光澤，而且臉上每年都會出現新皺紋。他知道，這是每個人的必經過程，但發生在她身上，他就是無法忍受。她一點一滴地在他眼前消逝，他卻對此無能爲力，絲毫無反抗的餘地。

之後的記憶大多跟「遲鈍」有關。有好長一段時間他都以爲：那一定是大家都有義務要遵守的表演或儀式，也就是說，無論是說話或行動前，一定要先停頓一下。有時候他會努力去適應，但最後還是會受不了。後來他才漸漸發現：原來大家都需要這種停頓。爲什麼他們會想得這麼慢，這麼困難，這麼辛苦？彷彿他們的思想得靠機器驅動，得先啓動開關、上緊發條後才能正常運作，彷彿他們沒有生命，所以無法自主行動。而且他還發現，如果他不跟大家一樣先停頓一下，他們就會生氣。他總是盡力而爲，卻還是做不好。

還有書本上的黑色符號，雖然它們會跟很多大人交談，卻不會跟母親還有他交談，這件事也讓他很困擾。某個星期天下午，父親問他，兒子啊，你站在那裡幹嘛？於是他要求父親解釋給他聽：這麼長長的一橫，下面撇出去一個半圓形還有圓形，這是什麼？接著他就一直盯著那一整面的符號看，單憑自己的能力，終於將所有不認識的符號統統理出了頭緒，突然間，一個個「字」出現在他眼前。他繼續翻閱，速度越來越快，幾小時後他已經會閱讀了。當天晚上他就看完了那本書，內容其實很無聊，全都在講基督徒的眼淚和罪人內心對情愛的悔恨。他帶著那本書去找母親，他想跟她解釋那些符號的意義，她卻一臉苦笑著直搖頭。這時他才了解，原來人們根本不想應用自己的理解力。大家只想安靜，只想吃飽、睡足、別人能和善對待他，這樣就夠了。他們根本不想思考。

學校裡的老師名喚布特諾，很愛打人。他總是裝成自己全是爲了嚴格督導他們、爲了追求苦行才打人，偶爾他的表情還是會洩露出打人帶給他的無窮樂趣。他最喜歡給他們出一些得花很多時間、做完後又幾乎不可能沒錯的題目。這麼一來，他就有理由拿起教鞭揍人了。他們這附近乃布朗斯威克地區最貧窮的村落，幾乎沒有小孩會繼續升學，以後他們全都得靠雙手吃飯。高斯感覺得到，布特諾很討厭他。不管他再怎麼努力保持沉默，再怎麼努力效法別人反應得很慢很慢，他還是可以感覺到，布特諾在懷疑他。老師就像在等待一個機會，一旦給他逮到理由，就要結結實實地痛揍他一頓，比打其他同學還要重。

高斯終於給了他一個理由。

布特諾出了一道題目，要他們把一到一百之間所有的數字統統加總起來。這道題至少得花他們好幾個鐘頭，甚至：不管他們再怎麼認眞，要完全不犯任何計算錯誤、要不被處罰根本不可能。開始算了，布特諾大聲喊，不要愣在那裡，趕快算，開始！日後高斯自己也講不清楚，到底那天他是因爲太累了，比平常都累，還是他眞的只是不假思索就做了。總之，他那天沒有控制好自己，才三分鐘，他就拿著自己的石版跑到講台上去，石版上只寫了一個數字。

算好了？布特諾先生邊說邊拿起教鞭。他的眼光落在答案上，手則僵在半空中。他問，這是什麼意思？

五千零五十。

什麼？

高斯緊張得說不出話來，他輕咳了一聲，清清喉嚨，覺得自己開始冒汗。他好希望自己仍坐在座位上，跟其他同學一樣還在計算，他們全坐在那裡埋頭苦算，好像完全聽不見他與老師之間的對話。題目是，將一到一百的數字全部加起來。一百加一等於一百零一。九十九加二等於一百零一。九十八加三等於一百零一。永遠都是一百零一。這樣可以加五十次。也就是有五十個一百零一。

布特諾沉默不語。

所以是五千零五十，高斯又重複了一遍，他希望這次能出現例外，布特諾先生能聽得懂。

五十個一百零一等於五千零五十。他揉揉鼻子，覺得自己快哭出來了。

該死！布特諾罵道，然後沉默了好一會兒。他鼓漲著腮幫子，拉長了臉，一下子搓額頭，一下子敲鼻尖。他叫高斯先回座位。安分坐好，閉上嘴，下課後留下。

高斯倒抽了一口氣。

有沒有要抗議的啊，布特諾問完便開始打人。

接下來一直到最後一堂課，高斯都不敢抬頭看講台。布特諾要求他講實話，而且要他以上帝之名起誓——上帝可是什麼都知道喔——那眞的是他自己算出來的。高斯依言發誓。他正想跟布特諾解釋：這其實沒什麼，看一個問題只要能跳脫成見和習慣，答案自然就會出現了。可是布特諾打斷了他，交給他一本厚厚的書。《高級算術》，這是布特諾的平時嗜好。這本書高斯可以帶回家仔細看。但千萬要小心，只要有一點折痕、弄髒，或沾上任何指印，他就準備挨揍吧，以求得上帝的寬恕。

隔天他就把書還了。

布特諾問他，這什麼意思。的確，這本書相當難，但也不該這麼快就放棄啊！

高斯搖搖頭，他想解釋，卻辦不到，因爲鼻涕一直流下來。他得先把鼻涕吸上去。

到底怎麼樣！

他看完了，他結結巴巴地說。確實滿有趣的，所以他想謝謝老師。他眼巴巴地望著布特諾，心裡不斷祈求：夠了吧！這樣就可以了吧！

他不准人家跟他說謊，布特諾說。這可是德語地區最難的教科書，沒有人能夠一天看完，更何況是個流鼻涕的八歲小孩。

高斯實在不知道該怎麼回答。

布特諾手有點發抖地接過那本書。一定能用更有把握的方法來治他，現在要好好考考他！半小時後，他面無表情地望著高斯。他知道，他不是一個好老師。既不稱職，又沒什麼特別才能。但現在，他的使命終於到來：如果不把高斯送進中學，那他這輩子簡直是白活了。他一邊打量著他，一邊不知所云地喃喃自語，接著，或許是爲了要戰勝情緒上的激動，他竟拿起教鞭狠狠打了高斯一頓。這是高斯這輩子最後一次被痛扁。

當天下午，立刻有位年輕男子來到家裡拜訪他父母。那男子十七歲，名叫馬汀・巴特斯，是個大學生，主修數學，目前在布特諾身邊當助教。他想要當面跟主人的兒子講幾句話。

他只有一個兒子，父親說，那孩子才八歲。

就是那位，巴特斯趕緊說。他想懇請允許，讓他每星期來這裡跟年輕公子討論數學三次。他不願稱之爲上課，因爲他覺得這觀念不恰當，他靦腆地笑了笑，藉此討論，自己的獲益也許比學生還多。

父親竟要求他抬頭挺胸站好。淨是些廢話！他考慮了一會兒，也沒說出什麼反對的話。

他們就這麼一起討論了一年。剛開始高斯的確很期待，雖然他不太想討論數學，寧願研究拉丁文，但這畢竟是一整個禮拜裡唯一能打破一成不變日子的幾個下午。不久後，他就開始覺得無聊了。巴特斯雖然不像其他人一樣需要辛苦地思考，但畢竟還是很吃力。

巴特斯告訴他，他跟中學校長談過了，只要他父親答應，高斯就可以獲得全額獎學金。

高斯嘆了口氣。

這樣的行爲很不恰當，巴特斯語帶責備說，小孩子不該老是那麼悲傷！

他想了一下，巴特斯的話似乎滿有趣。爲什麼他會這麼悲傷？或許是因爲，他眼看母親在自己面前不斷逝去；因爲，這個世界表現得太令他失望，一旦看清它的結構有多薄弱，看清那些瞎編的幻想有多膚淺，後面的自圓其說有多不入流，就會叫人悲傷；因爲，唯有歸因於神秘和藉助於遺忘，才能承受這一切；因爲，如果不靠睡覺來暫時跳脫日常現實，日子根本無法忍受。無法視而不見是一種悲傷，清醒也是一種悲傷。認清眞相，可憐的巴特斯，只會帶來絕望。你知道爲什麼嗎，巴特斯？因爲時間一直在流逝。

巴特斯和布特諾合力說服了父親，不該讓他去紡紗廠做工，應該讓他上中學。父親不太情願地答應了，並且要他記住，不管發生什麼事一定要打直腰桿，抬頭挺胸。多年來看著園丁們辛勤工作，高斯知道，困擾父親的不是什麼人類道德上的缺失，而是因爲職業的關係，使他長年爲慢性背痛所苦。他得到了兩件新襯衫，中午還可以到牧師那裡免費用餐。

中學讓他很失望。這裡並沒有學到比較多，大概就是拉丁文、修辭學、希臘文，還有數學，但程度都粗淺得可笑，除此之外還教點神學。新同學沒有比以前的同學聰明，老師打人的次數也沒有比較少，但所幸沒有那麼用力。他第一次到牧師那裡吃午餐時，牧師問他：課上得怎麼樣？

還好，他回答。

牧師又問，會不會學得很吃力？

他鼻孔朝上搖了搖頭。

留意你的行爲！牧師說。

高斯驚訝地望著牧師。

牧師嚴厲地瞪著他說，驕傲乃最要不得的罪惡！

高斯點點頭。

他一定要謹記，絕不能忘，牧師說，一輩子都不能忘。一個人不管有多聰明，一定要謙卑。

爲什麼？

牧師道了聲歉，說：莫非是他聽錯了。

沒什麼，高斯連忙說，他眞的沒說什麼。

肯定有，牧師說，再說一遍，他要聽清楚。

他純粹是站在神學角度，高斯說，上帝創造了一個人，造就一個人，那個人卻必須因此而頻頻請求上帝寬恕。這實在不合邏輯。

牧師說，他猜自己的耳朵一定出了問題。

高斯摸出了一條髒兮兮的手帕，用力擤了擤鼻涕。他相信自己一定是有所誤解，但是這件事就他來看，是故意在倒果爲因。

巴特斯幫他找了另一個願意免費供應他午餐的人，亦即宮廷參事齊莫曼，他同時是哥廷根大學的教授。齊莫曼長得高高瘦瘦，待人很和善，面對高斯時總是彬彬有禮，充滿敬畏，並且還帶高斯去晉見當地的領主布朗斯威克公爵。

公爵是個友善的人，但眼皮老愛眨不停。他在一間金碧輝煌的房間裡接見他們，房間裡點滿了蠟燭，亮到完全沒有影子，只有天花板上的玻璃反射出另一間一模一樣、但方向顚倒的房間，彷彿懸浮在他們的頭頂上。這就是那位神童嗎？

高斯深深地一鞠躬，這是他們事前教他的。他心想：公爵這種階級很快就會消失了，這種權威不容挑戰或不容置疑的統治者，以後只有在書本上才看得到。現在自己畢恭畢敬站在他面前，對他卑躬屈膝，等著他對自己下達命令，這些對將來的人來說都會變得陌生又不可思議。

開始算吧，公爵說。

高斯忍不住咳了兩聲，他覺得好熱，甚至有點頭暈。蠟燭幾乎燒光了所有的空氣。他看著火焰，忽然想通了：利希頓貝格教授的看法是錯的，其實根本不必假設燃素㉙的存在。並非蠟燭在燃燒，而是空氣自己在燃燒。

請允許我說明，齊莫曼畢恭畢敬地解釋道，這當中一定有誤解。他並非算術神童。事實上剛好相反，他的計算能力並不特別好。不過，正如殿下所知，「數學」跟「速算」其實沒什麼關係。這孩子在兩個禮拜前獨力導出了計算行星距離的波特定律㉚，之後又在從來沒學過的情況下，提出了歐拉㉛的兩項定理。在曆法計算上也有驚人表現：他發明了一個計算復活節日期的公式，這個公式目前已在德國各地廣泛採用。他在幾何學上的表現更是令人嘆為觀止。已有不少成果發表，不過當然是以某位老師的名義，這麼做全是為了保護這孩子，不想他因為少年得志而貽害終身。

他對拉丁文更有興趣，高斯的聲音有點沙啞，他還寫了不少敘事詩。

公爵問，有人在講話嗎？

齊莫曼用手肘撞了高斯一下，並趕緊致歉。這孩子來自窮苦人家，還有許多規矩要教。但他保證，只要宮廷願意提供研究獎學金，他一定能為祖國帶來莫大榮耀。

也就是說，現在沒有要表演算術囉，公爵再問一遍。

恐怕沒有，齊莫曼畢恭畢敬地說。

那好吧，公爵失望地說，雖然如此還是給他獎學金吧。將來如果他能表演些什麼，再帶他過來。他個人可是非常支持科學的。他親愛的教子，小亞歷山大，聽說在南美爲了找某種花把腿給折斷了。或許這裡該再找個孩子來栽培！接著他比出退下的手勢。齊莫曼和高斯就照事前演練過那般，一路彎腰低頭向後退，直到出了房門。

不久之後，皮拉特瑞・德・羅奇埃也來到布朗斯威克。他和阿爾蘭德伯爵一起搭乘過「籃子」升空，蒙特爾菲埃兄弟以熱氣填充氣球，下面再綁上一個載人的大籃子，以此飛越巴黎上空五英里半。降落時，據說伯爵得由兩名壯漢攙扶才走得動，並且滿嘴囈語、胡說八道地認定：一路上有長著翅膀、鳥嘴，但胸部像女人的透明生物環繞他們飛行。幾小時後他才恢復理智，並將一切歸咎於太過緊張。相反的，皮拉特瑞卻表現得相當鎮定，沉著回答了所有的問題。其實也沒什麼特別的；這麼說吧，事實上你還是在同一個地方，只不過地表在你下面不斷往深處下降。不過，這只有親身體驗過的人才知道是什麼感覺。至於其他人，要不是覺得此行堪稱壯舉，要不就是不以爲然——無論事實是如何。

皮拉特瑞帶著自己的飛行裝備和兩名助手正要前往斯德哥爾摩。他投宿在一家非常便宜的旅社，準備隔天要繼續趕路，公爵卻派人來邀請他表演。

皮拉特瑞說，一次表演非常昂貴，而且他現在眞的不方便。

使者請他考慮清楚，公爵殿下可不習慣人家無禮拒絕他的邀請。

什麼邀請，皮拉特瑞不禁反問，住宿費是他自己付的，而且單是準備工作就要耽誤他兩天的行程。

或許，在法國容許這樣跟君主說話，使者說，那裡眞是所有匪夷所思之事都可能發生。但這裡是布朗斯威克，他最好仔細想想，眞的要讓他帶這樣的答案回去覆命？

皮拉特瑞決定讓步。他早該料想到了，他疲憊地說，在漢諾威就發生過一次，在巴伐利亞也是。他以基督之名承諾，明天下午，他將會在這個下流城市的愚蠢子民面前表演熱氣球升空。

隔天一早便有人來敲門。外頭站了一個男孩，一臉認眞地望著他，請求道：可以跟他一塊兒飛行嗎？

一起搭乘，皮拉特瑞糾正他，我們稱搭乘熱氣球。不講飛行，而是搭乘。此乃熱氣球人的行話。

哪些人是熱氣球人？

比方說，他就是第一個熱氣球人啊，皮拉特瑞回答，這個名詞就是從他開始用的。不過不行，誰都不可以跟他一起搭乘熱氣球。他拍拍男孩的臉頰，作勢要關門。

平常他不會這麼做的，男孩一邊說，一邊用手背抹掉鼻涕。他的名字叫高斯，很多人都聽過他的名字，不久之後他將會有偉大的發現，像牛頓一樣。他這麼說不是為了自誇，而是因爲時間緊迫，他必須要跟他一起升空。從天空上看星星不是更理想嗎？更清楚，而且不會被霧氣遮住？

這一點他倒是很有自信，皮拉特瑞說。所以他一定要上去。他知道很多有關星星的事，如果不信的話可以測試他，再嚴格的測試都可以。

皮拉特瑞笑了出來，問道，是誰把這個小孩教得這麼會講話。他考慮了一下。那好吧，他最後說，這可是爲了研究星星喔！

到了下午，在公爵和軍禮如儀的近衛隊面前，還有一大群圍觀的群眾前，皮拉特瑞和他的助手開始用兩條橡皮管將火所產生的熱氣慢慢導入羊皮球囊裡。沒有人料到，竟然要花這麼長的時間！熱氣球剛開始要膨脹，圍觀的群眾已散了一半。熱氣球要上升時，剩下的人不到四分之一。只見熱氣球從地面上緩緩升高，繩索逐漸拉直了，皮拉特瑞的助手將橡皮管解開。載人的小籃子猛地被拉起，高斯正蹲在籃底不斷喃喃自語，若非皮拉特瑞硬把他壓下去，他差點就要跳了起來。

還不行，他氣喘吁吁地說，並且問：你在禱告嗎？

不是，高斯回答，他在唸質數，每次只要緊張，他就這麼做。

皮拉特瑞舉起拇指來測量風向。熱氣球即將升空，風向會決定它的去向，等到熱空氣冷卻了才會慢慢下降。一隻海鷗在籃邊盤旋鳴叫。還不行啊，皮拉特瑞拚命朝著他喊，還不行。還不行——現在！他一手抓起高斯的領口，一手扯住他的頭髮，硬是把高斯拉了起來。

陸地不斷向遠方曲面延伸。地平線落在深遠處，山丘的圓頂在薄霧中若隱若現。許多人抬頭仰望，細小的臉龐環繞著熊熊燃燒的火焰，市中心各建築物的屋頂散落在四方，一根根煙囪上插著一縷縷濃煙。綠油油的草地上蜿蜒著一條羊腸小徑，上面有頭驢，小得猶似昆蟲。高斯死命地攀在籃邊，當他意識到自己該閉上嘴巴時才發現：原來他剛才一直在尖叫。

這就是上帝眼中的世界，皮拉特瑞說。

他想回答，卻苦於發不出聲。推送他們前進的氣流竟如此強勁！還有太陽——爲何這上頭的陽光會這麼明亮？他覺得刺眼，卻無法叫自己閉上眼睛。至於空間：每個點到點之間的距離是直線，這個屋頂到那片雲、到太陽，再回到屋頂。點和點之間形成直線，直線構成平面，平面組成立體，但不對呀，事實卻不是這樣。那微乎其微的精緻弧度，從上頭看去清晰可辨。他感覺皮拉特瑞的手落在他的肩膀上。總有一天不會再掉下去。能一直上升、上升，上升到完全看不見陸地爲止。人類終有一天將達到那境界。到時候每個人都可以飛，飛行將再稀鬆平常不過，不過那時候他早就作古了吧。高斯激動地觀察著太陽，看著光線的變化。黃昏似薄霧，從邊緣往依舊明亮的天空上升。最後只剩下稀落的光影和紅色的地平線，太陽終於不見了，星星繼而出現。在地面上觀察，天體景物的變化從來沒有這麼快速過。

我們開始往下降了，皮拉特瑞說。

不行，他央求道，還不行！這麼多星星，每分鐘都在增加。每顆星星都是一輪熄滅的太陽，每顆星星都將逝去，所有星星都遵循著自己的軌道運轉，繞著太陽運轉的行星，繞著行星運轉的月亮，都有自己的公式，所以一定還有一條公式，一條能囊括所有運動方式的公式，能說明星體的自轉和互相運轉的公式，必定極其複雜，也許不會，其獨特的單純性必隱藏在某處；或許，只要觀察得夠久就能找出來。他雙眼痠痛。他發現，自己好久沒有眨眼睛了。

我們馬上要著陸了，皮拉特瑞說。

還不行！他努力踮起腳尖，彷彿這樣做會有用似的，他拚命抬頭仰望，他第一次想通：什麼是運動，什麼是立體，尤其是對空間的看法，無論各種運動或物體都在此空間中開展，空間包覆著一切，包括他，包括皮拉特瑞，包括這個籃子。空間，它——

他們壓垮了一座用來堆放乾草的木屋，熱氣球的一根繩索斷了，整個籃子翻了過去。高斯滾落旁邊的泥巴坑，皮拉特瑞就沒有這麼幸運了，不但扭傷了手臂還撞得鼻青臉腫。當他看見羊皮球囊破了一個大洞時，忍不住破口大罵，同時間趕來一探究竟的農夫則是手持鐵鍬、一副準備全力禦敵的凶狠模樣。皮拉特瑞的助手們上氣不接下氣地趕到現場，將皺成一團的熱氣球重新摺疊好。皮拉特瑞扶著自己手臂，強忍著劇烈的疼痛，結結實實地和高斯對擊了一掌。

現在他知道了，高斯說。

知道什麼呢？

所有平行線終會相交。

嗯，不錯，皮拉特瑞說。

他緊張得心跳加速。他想，該不該跟這位先生說，其實只要在籃子邊加裝一個能靈活搖擺的方向舵，就能夠控制氣流，讓熱氣球往他想要的方向移動。但他最後還是決定沉默。反正又沒有人問他，而且強迫人家接受自己的想法很不禮貌。這件事這麼顯而易見，一定很快就會有其他人想到。

但現在，這位先生希望看到一位心存感激的孩子。高斯好不容易在臉上擠出一絲笑容，接著張開雙臂，活像個木偶般彎腰鞠躬。皮拉特瑞顯得很滿意，不但笑了，還伸手摸了摸高斯的頭。

4 洞穴

待在新安達魯西亞的這半年，洪堡研究了所有的東西，所有恐怖到足以叫人退避三舍的東西。他測量了天空的顏色，閃電的溫度，霜的重量，甚至嚐了鳥的糞便，研究地殼震動，還深入活死人居住的洞穴。

他跟邦普蘭一起住在一間白色木屋裡，木屋位於一座不久前才受地震蹂躪過的城市外緣。夜裡，人們依舊不斷被餘震嚇醒，如果靜靜躺著，屏息以待，甚至可以聽到從地底深處不斷傳來的震動聲。洪堡在地上挖掘洞穴，然後將溫度計綁上繩子，深入地下泉水，此外還把碗豆放在鼓膜上以觀察地震。地震一定還會再來，他興奮地說，這座城很快會變成廢墟。

晚上他們固定在總督府用餐，餐後會沐浴。也就是拿張椅子擺在河中央，穿著簡便的衣物，讓湍急的河水不斷從身上沖刷過。身邊經常可以看見小鱷魚來回悠游。有一回，一條魚咬下總督姪子的三根腳指頭。那傢伙名喚唐・歐瑞恩多・卡紹勒斯，唇上留著一撮濃密的小鬍子，只見他身體抽動了一下，然後靜止不動地愣了幾秒，最後才終於——不可置信多於恐懼地——將殘缺不全的腳抽出暗紅色的血水。他像在尋覓似地四處張望了一回，然後直挺挺地往側邊倒下，洪堡將他接個正著。之後這傢伙立刻搭乘下一艘船返回西班牙。

當地婦女經常來造訪：洪堡打算統計她們打結的頭髮上究竟有多少虱子。她們總是成群結隊前來，吱吱喳喳、七嘴八舌的，總喜歡衝著這個身著軍服、左眼上黏著個放大鏡的矮小男子癡癡地笑。她們的美麗讓邦普蘭難以消受。他禁不住抱怨：幹嘛要統計虱子的數量？有什麼用處呢？

因為想知道，洪堡說，所以要知道。從來沒有人研究過這種寄生在赤道地區居民身上、充滿頑強抵抗力的生物。

離木屋不遠處有個販賣人口的市集。一群群肌肉發達、身強體健的男男女女，腳踝上鏈著腳鐐，目光空洞地望著那些來挑貨的大地主；他們會扳開他們的嘴，翻看他們的耳，踹他們的膝蓋，讓他們蹲下好摸他們的屁股。他們還會檢查腳底板，捏他們的鼻子，翻扯頭髮，甚至用手指戳他們的私處。他們通常是挑挑揀揀後就走了，不會買。這門生意的交易量不斷在萎縮㉜。洪堡挑了三名男子，叫人把他們的腳鐐解開。那三名男子不明白。現在他們自由啦，洪堡叫翻譯告訴他們，他們可以走啦！他們目瞪口呆地望著洪堡。自由！當中的一個問：那他們該去哪裡？想去哪裡就去哪裡，洪堡回答，甚至給了他們錢。他們深感疑惑地用牙齒咬了咬錢幣。當中一個索性一屁股坐在地上，閉上眼睛不動了，好似世上再也沒有令他感興趣的事。

洪堡和邦普蘭逃離那群用嘲笑眼光在一旁看好戲的群眾，卻忍不住邊走邊回頭望，他們發現，被解放的那三名男子根本沒在看他們。傍晚下起大雨，半夜城市又出現了大地震。隔天一早那三個傢伙不見了。沒有人知道他們去了哪裡，從此以後也沒有再出現過。販賣人口的日子又到了，這次洪堡和邦普蘭都足不出戶留在屋裡，門窗緊閉著埋首工作，直到市集結束後才出門。

要前往凱馬斯[33]傳教區得先經過一片濃密的森林。每走一步就會發現許多陌生的新植物。森林地表似乎不夠這麼多植物共同生長，樹幹互相推擠，不同的植物層層交錯，四處垂掛的藤蔓不斷掃過他們的肩和頭。教區的傳教士親切地接待他們，雖然不懂，這兩個傢伙到底來這裡找他們幹嘛。修道院院長戒慎恐懼地搖了搖頭：這背後一定另有隱情！沒有人會繞過大半個地球，只為了來丈量不屬於自己的土地。

這個教區裡住著受洗過的印地安人，他們在這裡形成自治區。有一個印地安酋長，一位警長，還配置了一隊民兵。只要這些印地安人乖乖聽話，就允許他們如自由人般過日子。他們並不穿衣服，身上偶爾會披一兩件東西，卻不曉得他們是從哪裡弄到的：一頂帽子、一隻長襪、一條腰帶，和一個牢牢別在肩上的軍人肩章。洪堡著實花了點時間，才讓自己看起來像是習慣這樣的場面。其實他還是沒辦法直視那些女人，仔細觀察她們身上到底有多少處毛髮；他覺得那些毛跟她們天生的女性尊嚴不相稱。他正想跟邦普蘭談他的看法，卻看見後者正用饒富興味的眼神盯著他，他滿臉通紅，說話結巴了起來。

在距離教區不遠處，有個夜鶯築巢的洞穴裡住著活死人。古老的傳說讓當地的原住民不敢陪同他們前往。經他鍥而不捨地遊說，終於有兩名傳教士和一名印地安人同意隨行。那可是這片大陸上最大的洞穴之一，光洞口就有六十英尺寬，九十英尺高，因此洞內光線充足，一路深入約一百五十英尺，雖雜草叢生，枝椏密布，但採光無虞。不過繼續走下去就得點火把了，並且開始聽見駭人的叫聲。

鳥類生活在這片黑暗中。成千上萬的鳥巢掛在岩壁上，猶如一個個袋子，群鳥齊鳴發出震耳欲聾的嘈雜聲。沒有人知道牠們到底如何辨識方向。邦普蘭開了三槍，回音在一片煩囂聲中更顯響亮，他從地上撿起兩隻還在抽動的鳥。洪堡開始採集岩石，測量溫度、氣壓和溼度，還從岩壁上刮下一些苔蘚。傳教士尖叫了一聲，他踩到了一隻碩大無比的蛞蝓，蛞蝓被他的便鞋踩得稀巴爛。前面出現了一條小溪，他們得涉水而過，群鳥在他們耳邊振翅疾飛，洪堡用手捂住耳朵，傳教士連忙在胸前畫十字。

這裡，嚮導說，從這裡開始就是活死人的王國。他不再繼續往前了。

洪堡答應付兩倍價錢。

嚮導拒絕了。那地方不好！而且，到底要來這裡找什麼？人是屬於有光的地方。

說得倒好聽，邦普蘭生氣地吼他。

光，洪堡大聲對他說，光指的不是明亮，而是知識！

說罷他繼續往前走，邦普蘭和傳教士跟隨在後。不久出現了岔路，沒有嚮導，他們不知道該選哪條路。洪堡建議分開走，但邦普蘭和傳教士都反對。

那就往左邊，洪堡說。

為什麼是左邊，邦普蘭問。

那好，往右邊，洪堡說。

但為什麼往右邊？

該死，洪堡氣得大吼，眞是有夠愚蠢。他逕自往前——向左，其他人跟隨在後。越往深處走，鳥類啼叫的迴盪聲越響。走了一會兒，突然聽見一些頻率較高、迅速遞次呼嘯而過的聲音。洪堡跪下來，研究起地上那些形狀枯萎的植物。植物隆起的組織不但沒有顏色，還呈不規則狀生長。眞有趣，他貼著邦普蘭的耳朵喊，就是這種植物，他在佛萊貝格曾寫過一篇有關這種植物的論文。

兩人再度抬頭時，竟發現傳教士不見了。

迷信的笨蛋，洪堡罵道，我們繼續走！

他們走過一段極陡的下坡，耳邊縈繞著無數的翅膀拍動聲，但是竟沒有一隻擦撞到他們。他們扶著岩壁，一路下到一處有如拱頂教堂的岩洞裡。火把的光線太弱，無法照亮整座拱頂，只在岩壁上投射出他倆無比巨大的影子。洪堡看了一眼溫度計：溫度越來越高，他懷疑維爾納教授會樂見這樣的結果！然後他看見母親站在自己身邊。他用力地眨了眨眼，她還在，好似她並非幻覺。斗篷緊緊繫在她的脖子上，頭偏向一邊，愣愣地傻笑，下巴和鼻子非常消瘦，一如她死前的模樣，手裡還握著一把扭曲的傘。他閉上眼，開始慢慢從一數到十。

你說什麼？邦普蘭問。

沒什麼，洪堡一邊回答，一邊認真地從岩石上敲下一塊石頭。

從那邊還可以繼續往下走，邦普蘭說。

這樣就夠了，洪堡回答。

反倒是邦普蘭勸他再想想，山洞深處應該還有很多前所未見的植物！

還是回去吧，洪堡說，夠了就是夠了。

他們沿著小溪，循著光線往外走。越往外走鳥越少，叫聲也越小，再過沒多久，就已經不需要火把了。

印地安嚮導正在山洞前用火烤著那兩隻小鳥，目的是收集牠們身上的脂肪。羽毛、鳥喙和腳爪都烤焦了，血滴在火焰上，油脂正滋滋作響，白煙混著焦味從火堆上竄升。這種油脂很珍貴，嚮導解釋說，全然無味，新鮮度可維持一年以上！

現在他們得再回去重新捉兩隻了，邦普蘭氣憤不平地說。

洪堡向邦普蘭要來他隨身攜帶的小酒瓶，猛灌了一口，決定跟其中一位傳教士先回教區，邦普蘭則折回去，再去捉兩隻小鳥。約莫走了數百步，洪堡突然煞住，拚命抬頭仰望那些高聳入天際的樹梢。

回音！

回音？傳教士莫名其妙地複誦了一遍。

如果不是靠嗅覺，洪堡說，就是靠回音。那些撞擊在岩壁上，然後再反彈回來的尖銳回音。那些鳥類顯然是用這種方法辨認方向。

他邊走邊寫筆記。一種人類可以沿用的系統，能用在沒有月光的漆黑夜晚或水底下。至於那些鳥的脂肪，因爲不帶任何氣味，非常適合用來製造蠟燭。他很高興地打開自己寄住在修道院的房間，但見一個全身赤裸的女人等在房裡。他一開始以爲，她是要來給他數虱子，或是來送口信的。之後他才明白，這次不是，她要做的正是他猜到的那件事，而且她鐵了心要做，別想用任何理由逃避。

想必是總督府派她來的，他完全可以想像那群男人聚在一起時，如何用粗鄙戲謔的方式說笑。她一個人在房間裡等了一天一夜，因爲太無聊，所以把六分儀給拆了，又把蒐集來的植物給弄混了，甚至還把製作標本用的酒精給喝了，然後她便醉醺醺地睡著了。醒來之後，她看見一幅肖像，上頭是個嘴巴尖尖，長得挺逗趣的侏儒——她當然不知道那是腓特烈大帝的畫像——她自豪地說，她替它塗上了顏色，自覺得還挺有天分。現在，洪堡終於回來了，她想要趕快把事情辦完。

洪堡問她，她從哪裡來？來這裡幹嘛？他能替她做什麼？問題都還沒問完，她就熟練地解開了他的褲子。她還好小，身材圓滾滾的，年紀絕不超過十五歲。他往後退了一步，她向前逼近，他退無可退地撞到牆壁。他正想嚴厲嚇斥她，卻吐不出半句西班牙話來。

她叫伊娜絲，她說，他可以完全信任她。

她把他的襯衫整個拉高，扯掉了一顆釦子，釦子順勢滾落地板。洪堡的目光隨著那顆釦子移動，看到它撞上牆壁，停了下來。她用手環繞住他的脖子，整個人不斷往他身上廝磨。他不斷喃喃自語叫她放開他，在這房間裡的可是普魯士王室官員。

大人——，她說，瞧您心跳得這麼快！

她把他往下拉，兩人倒臥在地毯上。他不明緣由，竟默許她做：他躺著，她則蜷曲身子壓在他身上，雙手開始肆無忌憚地在他身上游移，最後她停止動作，並且放聲大笑，確定這麼做沒多大作用。他的眼光掃過她微微拱起的背、天花板，還有窗前因微風拂過而輕輕顫抖的棕櫚葉。

再來一次，她說，他要完全信任她才行！

那些葉子又短又尖，他竟然沒有研究過這種樹木。他想起身，她的手正好摸在他臉上，又把他壓了下去。他忍不住問自己，爲什麼她就是不明白，他此刻正水深火熱猶如置身地獄。日後他自己也說不清楚，她到底花了多久的時間才決定放棄。她把頭髮往後一撩，傷心地看著他。他閉上了眼，她站了起來。

眞的沒關係，她非常小聲地說，都是她的錯。

他覺得頭痛欲裂，口渴得要命。直到聽見門在她離開後闔上，才睜開眼睛。

邦普蘭在書桌旁找到他，他正埋首在一堆天文鐘、溼度計、溫度計，和重新組裝好的六分儀當中。他一隻眼黏著放大鏡正在觀察棕櫚葉。這結構眞有趣，很值得觀察！也該是出發的時候了。

這麼突然？

根據一份舊報導，有一條天然運河連接奧利諾科河和亞馬遜河。歐洲的地理學家視之爲傳說。掌權的學派甚至主張，只有山脈才能形成分水嶺，內陸水域之間不可能互相連接。

奇怪，他怎麼從來沒想過這個問題，邦普蘭說。

那樣的主張是錯的，洪堡接著說，他要找出那條運河，破除迷信。

啊哈，邦普蘭說，一條運河啊！

他不喜歡他這種態度，洪堡不悅地說，不是一再抱怨，就是一直唱反調，難道不能多點熱情嗎？這樣的要求太過分了嗎？

邦普蘭莫名其妙地問，發生了什麼事？

再過幾天就會有日蝕！日蝕乃濱海城市校正精確天文位置的絕佳時機。然後就可以把所有的測量點，包括那條運河的終點，通通連成一張網。

運河終點在原始森林的深處耶！

說得好，洪堡說。我們不能被嚇到，原始森林不過就是一種森林。不管到任何地方，大自然用的都是同一種語言。

他提筆寫信給哥哥：這趟旅程相當美好，無數的新發現，成果豐碩。每天都有發現新的植物，數量多到數不盡，而且根據他對地震的觀察，一種全新的地殼理論已呼之欲出。此外他還深入調查了頭虱的性質，大量擴充了人類對頭虱的知識。你永遠的弟弟，這些你總有一天都會在報上見到！

他看了一下自己的手是不是還在顫抖。接著他寫信給康德。他正在構思一門全新的科學：物理地理學。無論在地球上哪個地方，即便高度不同，只要溫度相近，就會生長出類似的植物，所以劃分氣候區域不應只是縱向的，應該還要考慮到高度。所以在同一個地點，地表上的植物可能涵蓋了所有的植物類型，從熱帶植物到極地植物都有可能。如果把各個氣候相同的區域連成一線，就可以製作出一張大氣氣流圖。感謝他所有的建議及指教，謹祝教授大人福體康泰，洪堡敬上。他閉上眼睛，深深吸了一口氣，然後盡他所能，揮筆簽下最優美的簽名。

在日蝕出現的前一天，發生了一件不愉快的插曲。他們正在沙灘上測量氣壓，突然從灌木叢中跳出一個黑人和印地安人的混血種，那傢伙手持木棍，口中不斷發出奇怪的叫囂聲，或迅速閃躲，或跳躍，間或停下來凝視他們。然後他展開攻擊。

幾天後，他們搭船前往卡拉卡斯[34]，當時風大浪大，在約莫清晨三點時，洪堡在船艙內就著明滅的燭光描述這件事，洪堡稱之爲：一起不幸的意外。他躲過那傢伙朝左邊揮出的一拳，站在他右邊的邦普蘭就不太幸運了。邦普蘭被撂倒在地上一動也不動時，那傢伙竟然錯失良機，沒有趁勝追擊，反而追著邦普蘭飛走的帽子跑，撿到後立刻戴上，並且快步離去。

所幸儀器都沒事。邦普蘭也在二十個小時後清醒了：整個臉發腫了，斷了一顆牙，鼻子也輕微變了形，乾掉的血跡還留在唇邊和下巴上。日夜晨昏都守在床邊的洪堡把水遞給他。邦普蘭梳洗了一下，吐了口痰，難以置信地望著鏡中的自己。

日蝕快到了，洪堡說，他還好嗎？

邦普蘭點了點頭。

確定？

邦普蘭又吐了一口痰，然後字正腔圓地說，完全確定。

偉大的日子就快來臨了，洪堡興奮地說，直接從奧利諾科河前進亞馬遜河，直搗這片原始大陸的最深處。該為此事好好對擊一掌！

邦普蘭疲憊不堪，好似在對抗一股阻力，把手舉了起來。

宣布會發生日蝕的午後終於到來，太陽變得越來越黯淡。陽光褪盡，群鳥驚慌得嗚咽嗚叫，一飛而起，連帶颳起一陣強風。光線似乎在一瞬間被所有物體吸了進去，一團陰影迅速掠過，太陽變成一面渾圓的黑鏡。邦普蘭頭貼著地面，手緊緊扶著投射出水平線的投影屏。洪堡一邊校準六分儀，一邊用另一隻眼睛瞄著天文鐘。時間暫停了。

時間又開始移動。在時間移動的同時，光線也回來了。太陽再度光芒萬丈，陰影從山丘上、大地上、地平線上漸次隱退。鳥聲又驚起，遠處有人開了一槍。邦普蘭終於可以放手了，投影屏落了下來。

洪堡問，剛才情況怎麼樣？

邦普蘭無法置信地望著他。

他沒在看，洪堡說，他一直盯著投影屏。他必須讓六分儀校準星體，還要注意觀察時鐘，所以根本沒有時間抬頭看。

不會再有第二次了耶，邦普蘭啞著嗓子說，難道他真的連抬頭瞧一眼都沒有？

從此，這個地方將永遠出現在世界地圖上。這是千載難逢的好機會，只有這幾秒鐘，可以利用天文變化來校正時鐘的誤差。有些人就是工作時比別人認真，他不過就是這種人罷了！

或許是這樣沒錯，但是……，邦普蘭嘆了一口氣。

什麼？洪堡根本沒在聽，他在查閱星曆表，一手還拿著筆在計算。到底怎樣了？

你那德國佬的習性就是改不了嗎？

5 數字

那天之後一切全變了。在那天，有顆臼齒疼得他以為自己一定會瘋掉。夜裡他躺在床上，聽著房東太太在隔壁鼾聲大作。約莫六點半，他疲憊地瞥向清晨的陽光，突然想通了一則千古未解的問題。

他走得太急，踉蹌得像喝醉了酒。得立刻記下來，不容稍忘。但抽屜打不開，原本在他面前的紙也不見了，羽毛筆斷了，弄得到處是污漬，然後還有一盆滿滿的夜壺擋住了去路。經過半小時振筆疾書，他腦中想到的一切全跑到幾張皺巴巴的紙上、一本希臘文教科書的封皮上和桌面上。他扔下羽毛筆，覺得呼吸困難，這才發現自己沒穿衣服，夜壺裡的糞便尿液灑了滿地，房內臭氣沖天。他冷得發抖，牙更疼得讓他受不了。

他開始閱讀剛才寫下的東西，一行一行推敲，檢查論證，希望能找出錯誤，但是找不到。他翻到最後一頁，看著自己剛才畫出來歪歪斜斜、模糊不清的正十七邊形㉟。在整整超過兩千年的歲月中，人類只懂得用尺和圓規畫出等邊三角形和五邊形。不管是畫出正方形或利用正方形畫出八邊形，現在看來都是小兒科。最厲害的頂多是利用三角形和五邊形畫出十五邊形。再下去就沒辦法了。

但現在：十七邊形。而且他還知道一定有方法，一個非常進步的方法，可以幫助人類繼續向前發展。不過這方法他還得再找找。

現在他得先去找理髮師。理髮師把他的雙手綁住，信誓旦旦保證，絕沒有那麼恐怖，他手腳極快地把老虎鉗伸進他嘴裡，才剛碰到，他就痛得像被電到一樣，差點暈死過去。他正試著要集中精神，老虎鉗就把牙拔了起來，只聽見腦袋裡喀嚓一聲。直到嘴裡有溫暖的血味，耳裡的脈搏猛烈抽搐，他才回過神來，回到身穿圍裙的男人身邊，聽到那男人說，根本不恐怖嘛，不是嗎？

他得一路扶著牆壁才能走回家，他覺得膝蓋發軟，雙腿完全不聽使喚，而且還頭暈目眩。再過幾年一定會有專門看牙齒的醫生，那時候就能治療牙疼了，不需要再把每顆發炎的牙統統拔掉。這個世界很快就不會有那麼多沒牙的人，而且也不會每個人身上都有天花的疤痕，也不需要再掉那麼多頭髮了。他眞的覺得好奇怪，爲什麼除了他之外沒有人想到這些事。對大家而言，事情既然如此，那就是理所當然，所有一切本該如此。他目光茫然地朝齊莫曼的家走去。

他直截了當進去，根本沒敲門，還逕自把手稿放在餐桌上。

喔，教授滿懷憐憫地說，牙齒嗎？很嚴重？他算幸運的了，他才拔了五顆牙，利希頓貝格教授比他多兩顆，卡斯特納早就沒牙了。他小心翼翼地用指尖翻開第一頁，因爲上頭沾了血跡。他眉頭深鎖，邊看邊默唸。他看了好久，久到高斯簡直難以置信。怎麼可能有人思考速度這麼慢！

這眞是偉大的一刻，齊莫曼終於開口說話了。

高斯向他要了一杯水。

容他冒昧懇求。這些內容應該要發表，但最好是以某個教授的名義來發表。一般來說，沒有當學生就出版著作的。

高斯想回答，但是當齊莫曼遞水給他時，他牙痛得既說不出話來，也沒辦法喝水。他做出告辭的手勢，步伐搖搖擺擺地走回家。他一頭栽進被窩裡，哀傷地想著住在布朗斯威克的母親。來哥廷根眞是錯了。這裡的大學雖然比較好，但他好想念母親，尤其在生病時比平常時更想。半夜裡，他的臉頰腫得更大，身體任何一個地方只要輕輕動一下都覺得疼，他這才明白：理髮師拔錯牙了！

幸好一早街上空無一人，沒人會看見他走走停停、不斷把頭靠在牆上啜泣的模樣。只要有東西能治得了這疼痛，或者能有夠格的醫生救救他，他寧願用這條還能活上百年的靈魂去換。其實根本不難：只要找出正確的位置進行神經麻醉就行了，最好用上少量的毒藥。應該要好好研究一下箭毒[36]！化學研究所裡有一瓶，他應該要去看看。但這些想法只一閃而過，他只聽見自己在呻吟。

常會這樣啊，理髮師心情愉快地說，疼痛會擴散的，不過大自然很聰明，而且人類有好多顆牙齒。老虎鉗拔起的那一刻，高斯覺得眼前突然一暗。

疼痛彷彿把這件事從記憶裡刪除了，或者說從時間裡刪除了。幾小時後，還是幾天之後——反正他自己也搞不清楚——他發現他躺在自己一塌糊塗的床上，空了半瓶的燒酒歪放在床邊的小桌上，腳上攤著一份《大眾文學報之知識人專刊》，上頭刊登著宮廷參事齊莫曼向大家介紹一種可畫出正十七邊形的最新方法。巴特斯坐在床邊，他特地前來當面道賀。

高斯摸了摸自己的臉頰。啊，巴特斯啊。巴特斯一副了然於心的模樣：他也來自貧苦人家，被當作神童，一度相信自己必將成爲家喻戶曉的大人物。但後來遇到了他——高斯。高斯最近才知道，在巴特斯遇到他之後，有整整兩個晚上輾轉難眠，甚至考慮要不要回村裡去過擠牛奶、清牛圈的日子。到第三個晚上巴特斯才想通，要拯救自己的靈魂只剩一個辦法：他必須喜歡高斯。不管高斯去那裡，他都必須伸以援手。

從此他爲高斯奉獻出全部精力，他去找齊莫曼，寫信給公爵，某天晚上還使盡手段威脅高斯的父親，強迫他父親答應讓兒子去上中學，他是那樣卑鄙無恥，這件事如今誰都不願再回想起。去年夏天他陪同高斯回布朗斯威克去探望父母。高斯的母親突然把他拉到一邊，用一張因擔心害羞而縮得只剩巴掌大的臉問：她兒子上大學，跟那麼多有學問的人在一起，不知會不會有前途？巴特斯不懂她在說什麼。她的意思是，那孩子以後能做什麼呢？卡爾能當研究員嗎？她是因爲信任他所以才偷偷問他，她保證，絕不會跟別人講。當媽媽的就是這樣，老是會煩惱不休。巴特斯沉默了好一會兒，才用極其輕藐的語氣問她——後來他也爲自己當時的態度感到羞愧——她難道不知道，她兒子是這世界上最偉大的科學家？她哭得好傷心，爲自己的無知感到丟臉極了。高斯爲了這件事，一直無法完全原諒巴特斯。

現在他已經下定決心了，高斯說。

下定什麼決心？巴特斯有點心不在焉。

高斯沒耐性地嘆了口氣。決定研究數學啊。他一直希望致力於古典語言學的研究，而且他一直有個想法，想要寫一篇有關維吉爾㊲的評論，尤其是埃涅阿斯到地獄去的部分。就他看來，這部分從來沒有人眞正理解對。反正他才十九歲，還有的是時間。最近他也發現，自己在數學上確實能有較多貢獻。既然已經來到這世上，而且事先也沒詢問過他的意見，但既然來了，或許可以試著做點成就。比方說爲一個問題找出解答：是什麼「數字」？這可是「算術」這門學問的基礎。

一項畢生志業！巴特斯讚嘆道。

高斯點點頭。幸運的話五年內可以完成。

但不久後他發現，速度會更快。工作開始之後，許多想法便排山倒海而來，一股莫名的能量源源而生。他睡的少，也不去大學上課了，吃的極少，只吃必要的東西，甚至很少回去探望母親。當他嘴裡唸唸有詞地走過街道時，他覺得自己從來沒有如此清醒過。他根本沒看路，卻完全不會撞到人，也未曾失足絆倒，有次還毫無緣由地往旁邊一閃，躲過從身旁砸下來的屋瓦，而他仍然老神若定，一點都不驚訝。數字絕不會讓人脫離現實，只會讓人更接近現實，讓現實變得更清晰透澈。

現在，數字無時無刻不陪伴著他。他從未或忘，即便去尋花問柳也不曾忘。哥廷根的妓女人數不多，每個都認識他，甚至熟到直呼他的名字，偶爾還會給他打個折，因爲他年輕俊俏，技巧又好。他最喜歡的妓女名喚妮娜，來自遙遠的西伯利亞。她住在一棟陳舊的接生館內，有一頭暗棕色的長髮，臉上有很深的酒窩，寬廣的肩膀散發出大地的氣息；每當他緊緊摟著她，眼睛望著天花板，感受她在自己身上熱烈搖擺時，他就會信誓旦旦地說，他要娶她，要學會她的語言。她總是大笑。如果他再繼續發誓自己是認真的，她只會淡淡地回答，那是因爲他太年輕了。

他的博士資格考的主考官是帕夫教授。那份以潦草字跡塡寫的申請表上批示著，他可以免去口試——如果當眞舉行口試，那也未免太可笑了。他來取證書，得先在走道上等。他嘴裡嚼著乾癟的蛋糕，一邊讀著《哥廷根學術人報導》，上頭有個普魯士外交官寫了篇文章，說他弟弟正在新安達魯西亞，住在市郊的一棟白屋裡，傍晚他們會到河裡沖涼，還有許多女人會來造訪，爲了讓他弟弟數頭上有多少隻虱子。一股莫名其妙的興奮感吸引他往下看。報導裡還描寫了住在南美教廷轄區裡赤身裸體的印地安人，還有生活在洞穴裡的鳥，牠們用聲音「看」東西，就像其他動物用眼睛來接收光線一樣。還有偉大的日蝕，以及接下來要前進奧利諾科河等等。那男人的信經過一年半才到達這裡，現在只有上帝才知道他是不是還活著。高斯終於放下報紙，齊莫曼和帕夫等在他面前。他們不敢打擾他。

這男的，高斯說，很不簡單！但也很蠢，他似乎以爲眞理不在這裡，而在世界上的某個角落。或者他以爲，人眞的能夠逃避自己。

帕夫躊躇地向他遞出證書：以最優等成績通過。理所當然。齊莫曼說，他聽說他正進行一項偉大的工作。他眞是替他高興，高斯終於找到感興趣的事了，志向決定後，他的憂鬱即可一掃而空。

的確沒錯，高斯說，等這項工作結束，他就要離開。

兩位教授交換了一下眼神。離開漢諾威公國？這絕對不是大家所樂見的。

不是啦，高斯說，別擔心。他要去的地方確實很遠，但再遠也不可能離開漢諾威公國。

工作進行得既迅速又順利。他很快導出了二次互逆定理，不久之後可望解答質數分布之謎[38]。最前面的三個部分已經完成，他開始要處理主要部分。這時他卻一再擱筆，他用手枕著頭問自己：現在做的事，當眞行得通嗎？是被允許的嗎？他會不會探討得太深入了？物理學的基礎是規則，規則的基礎是定理，定理的基礎是數字；只要聚精會神仔細地瞧，很容易就能看出其中的關聯性：互斥或相吸。當中某些結構似乎不完整，草率得不可思議。他不只一次認為，自己之所以一直能找出急就章而草草了事的錯誤，似乎是因為上帝允許祂自己粗心大意，還偷偷希望沒人會發現。

這一天終於來臨：他囊空如洗了。既然畢業了，獎學金自然就停了。公爵很不高興他去哥廷根唸大學，要延長獎學金根本不可能。

有個應急的辦法，齊莫曼說，有項臨時的工作，他們需要一個能幹的年輕人協助進行大地測量。

高斯搖搖頭。

不會很久，齊莫曼說，而且新鮮空氣對人絕對無害。

結果他根本無法相信自己會出現在陰雨連綿的野外，蹣跚踉蹌地走著。天空低沉陰暗，地面泥濘濕黏。他鑽過一片矮樹叢，氣喘吁吁，汗流浹背，身上還黏滿了針葉，赫然發現眼前站著兩個小女孩。她們問，他來這裡幹嘛？他有些窘迫地向小女孩解釋三角測量的技術：只要知道一個三角形的一個邊和兩個角，就可以推算出另外的兩個邊和一個角。我們可以在這一片上帝的領土中隨便找一個三角形，比方說可以先找出一個我們覺得最方便測量到的邊，然後再利用量角器定出第三點。他拿出經緯儀操作起來，就像這樣和這樣，妳們瞧，就是這樣，他手指異常不靈活地示範著，生疏得像是第一次操作，然後畫出一長串彼此相連的三角形。有個普魯士的自然科學家到新大陸去探險，此刻他也正在用這方法測量新世界裡的怪東西。

但是地面，兩個女孩中年紀較大的那個說，並不是眞正的平面，不是嗎？

他驚訝地瞪著她。她竟然沒有停頓，好似她連想都不必想一樣。確實不是，他笑著回答。

一個三角形，她接著又說，只有在平面上，其所有內角和才會剛好是一百八十度。在球面上不會是這樣。任何東西站在球面上都會掉下去。

他驚訝地打量她，彷彿現在才眞正看見了她。她不甘示弱地揚起眉毛瞪回去。是沒錯，他回答。這麼說吧，爲了要解決這個問題，測量完之後，可以讓這些三角形不斷縮小，縮到無限小，基本上就是進行一種很簡單的微分。以這種方式……。他一屁股坐到地上，拿出他的筆記本。以這種方式，他一邊喃喃自語，一邊開始寫筆記，還沒有人實際計算過。當他再度抬起頭，發現那裡只剩下他一個人。

接下來幾週，他繼續帶著所有大地測量的工具翻山越嶺。先在地上打樁，然後再測量距離。有次他從斜坡上滾下去，扭傷了肩膀，還有好幾次都跌進蕁麻叢裡。快要冬天了，有天下午他遇到一群孩子，他們用骯髒的雪球丟他。更有一次從森林裡衝出一隻牧羊犬，將他撲倒在地上，用幾乎可說是溫柔的動作輕咬住他的小腿肚，不一會兒卻又似幽魂般消失了。他當下決定，這工作他不幹了，他可不是天生要來冒這種險的。

最近他經常見到約翰娜[39]。那感覺竟像她一直在他身邊，只是以前做了某種僞裝，或者因爲他的注意力太薄弱，所以才沒發現她的存在。有時她在大街上走在他前面，他總覺得，只要他衷心期盼，她會爲了他放慢腳步。在教堂裡，她坐在他後面第三排，雖然神情略顯疲倦，卻聚精會神地聽著台上牧師告誡他們，如果不將耶穌的痛苦視爲自己的痛苦，不將祂的憂傷變成自己的憂傷，不將祂的血變成自己的血，他們就會下地獄，永劫不復；高斯早就放棄追問這是什麼意思了，但他知道，如果他轉過頭去，約翰娜會用滿是揶揄的表情看著他。

某次他們跟她那個既愚蠢又愛笑個不停的朋友米娜一起到郊外散步。她們聊剛出版的新書，一些他完全沒聽過的書，聊最近經常下雨，還有巴黎執政內閣[40]的未來。通常他話都還沒說完，約翰娜已經回答他了。他好想擁她入懷，把她壓倒在地上，而且他確信，約翰娜明白他的想法。眞的非得裝模作樣不可嗎？當然！他不小心碰到她的手，他立刻模仿貴族深深一鞠躬，她也萬般溫婉地屈膝回禮。回程中他默默問自己，不知道會不會有一天，人們相處可以不要再這樣虛僞，不必再彼此欺騙。在他還沒想出任何答案前，卻忽然想通了：任何數都可以用三個三角形數的總合來表示。他用顫抖的手往背包裡找筆記本——放在家裡忘了帶，得進餐館才能記下這公式。他一進餐館就搶下侍者的粉筆，找一張桌子開始塗鴉，嘴裡不斷唸唸有詞。

從那天起他便足不出戶。白天之後是傍晚，傍晚之後是黑夜，黑夜會在清晨微光中慢慢結束，接著又是另一天的開始，一切彷彿是理所當然。事實上並非如此，萬物皆稍縱即逝，他得加緊腳步。巴特斯有時候會來訪，還會帶食物來。母親也會來。她會摸摸他的頭，用出於關愛而略顯朦朧的眼神望著他，如果他親吻母親的臉頰，她會歡喜得滿臉通紅。齊莫曼也來了，他問，他的研究需要幫忙嗎？高斯抬頭望了他一眼。他羞愧地走了，而且還一路嘀咕埋怨著。卡斯特納來信，利希頓貝格、布特諾，公爵秘書都寄了信來，他全都沒看。他拉了兩次肚子，牙疼發作了三次，有天晚上肚子還絞痛到以爲自己快死了，因爲上帝不許他繼續寫下去，一切就此結束。又有一個晚上，他突然有所感觸，覺得科學、他的研究、他整個人生都好陌生、好多餘，他根本沒有朋友，世上除了母親之外，沒有人眞正在乎他。不過這股沮喪感也很快過去了，就像萬物一樣，很快就會消逝。

在一個陰雨綿綿的日子裡，他終於大功告成了。他丟開羽毛筆，開始用力擤鼻涕，搓揉額頭。才剛完成，他就已經把這幾個月來的奮戰、決心、種種想法，通通拋諸九霄雲外。有個人經歷過這些心路歷程，但不是他，從幾分鐘前開始就不是他了。他面前這份手稿是有人留下來的，密密麻麻寫了數百頁。他迅速地翻閱，驚訝地問：自己是怎麼做到的？是否曾有靈光乍現或頓悟的時刻，他完全想不起來。他只記得自己拚命在工作。

他找巴特斯借出版費用，巴特斯自己也沒錢。不過更嚴重的問題來了，他想要自己校對印好的稿子，愚蠢的出版商卻怎麼也聽不懂，除了他之外沒人有能力校稿。齊莫曼寫信給公爵，請求他給予資助，《算學研究》[41]終於得以出版。他才剛滿二十歲，畢生傑作已完成。他知道，不管自己還能活多久，都不可能再寫出與之等量齊觀的著作了。

他寫信向約翰娜求婚，結果被拒。其實跟他沒有關係，她在回信中寫道，她只是感到困惑，在他身邊會有益嗎？她常懷疑，他能把身旁每個人的生命和力量都吸過去，就像地球從太陽那裡獲得光，大海由河川匯流而成。每個人在他身邊都會變得蒼白而恍惚，宛若幽靈。

他點點頭。他心意已決，即便沒人能像她解釋得這麼清楚。眼下只剩下一件事得去做。

出遠門是件可怕的事。道別時母親哭成淚人兒，好像他要去中國似的。事前他決定不哭，最後還是哭了。馬車搖晃得非常厲害，車廂裡擠滿渾身臭味的人，有個女人正在吃生雞蛋，連殼整顆吞下肚，另外還有個男人，連珠砲似地不停說著一則又一則既淫穢又不好笑的笑話。高斯努力讓自己視而不見，他翻開最新一期的《地球與天文知識月刊》。天文學家皮亞齊[42]透過望遠鏡觀察到，有顆彗星連續出現了好幾個晚上，來不及確定它的軌跡卻又消失了。或許他看錯了，但也有可能是介於內行星和外行星[43]之間的一顆小行星。不久之後太陽下山了，高斯被迫放下月刊。馬車搖晃得太厲害，那個吃生蛋的女人幾乎把頭倚在他肩上。他閉上眼睛。沒多久便看見大隊士兵在行軍，接著又看見蒼穹布滿磁力線，然後又夢見約翰娜，接著便醒了。清晨灰濛濛的天空不斷落下細雨，夜尚未完全褪盡。還得經歷好多個白天和夜晚，各十一個，總共二十二個，眞是不堪設想。出遠門眞可怕！

抵達柯尼斯堡後，因爲一路上疲憊、無聊，還有嚴重的腰酸背痛，他覺得自己彷彿喪失了所有知覺。他根本沒錢投宿，所以他直奔大學，一個眼神遲鈍的工友告訴他路該怎麼走。跟這裡所有人一樣，那人說話有股奇怪的腔調。這裡的街道看起來非常陌生，商店招牌也寫得不清不楚，從酒館裡飄出來的食物味道聞起來也不像食物。他從來沒有離家這麼遙遠過。

他終於找到了地方。用力敲門，等了很久，才有個滿身塵埃的老先生來爲他開門。高斯還來不及自我介紹，那人就說：我家主人不見客。

高斯試著解釋，他是誰，從何而來。

我家主人，那個僕人又重複了一遍，誰也不見。他在這裡工作了很久，久到沒人敢相信，他從沒有違逆過主人的命令。

高斯拿出齊莫曼、卡斯特納、利希頓貝格和帕夫所寫的推薦函。他堅持，一定要把這些信拿給他家主人看！

老僕人並不回答他。倒著接過那些信，瞧也沒瞧一眼。

他堅持一定要把信交給他家主人，高斯又強調一遍。他可以想像有多少人想求見，爲了保護自己，他家主人不想見客。但是他必須把話說清楚，他可不是隨便哪個無足輕重的傢伙。

那個老僕人考慮了一下。嘴唇稍微動了動，不知道在唸些什麼。顯然他也不知道該麼辦。啊哈，對了，他突然驚呼一聲，說完便轉身往裡面去，任由大門敞開著。

高斯猶豫著，最後決定跟在他後頭走。經過一小段陰暗走道後，他們進入一間小房間。他花了點時間才適應房間裡的幽暗。他終於看清楚，房裡有扇被窗簾遮住的窗戶，還有一張桌子，一張沙發，沙發上坐著一個全身裹著毛毯、一動也不動的矮小老人：厚厚的嘴唇，隆起的額頭，又尖又薄的鼻子，半張著眼睛瞧都不瞧他一眼。房裡的空氣沉悶，悶到幾乎無法呼吸。高斯用沙啞的聲音問，是教授先生嗎？

不然是誰？老僕人說。

他走近沙發，用遲疑的手拿出一本《算學研究》，他特別在首頁寫了些推崇和感謝的話。他恭敬地把書遞給那個小老人，但對方根本不打算伸出手。他困窘地請老僕人將書放到桌上。

他壓低嗓門，開始向教授說明自己的來意。他有個想法，但找不到人談。他似乎覺得，歐基里德的空間並不像《純粹理性批判》裡所認爲，是人類的一種直觀形式，我們所有的經驗都必須服膺於它。歐氏空間其實是一種幻覺，是一場美夢。眞相其實很可怕：「兩條平行線永遠不可能相交」的命題從來沒有被證實過，歐基里德自己也沒有證明過，沒有任何人證明過。它絕不像我們一直認爲那樣是自明的！他，高斯，現在懷疑，此命題根本就錯了。也許根本沒有所謂的平行線，也許空間根本就允許我們去假設：有一條直線，直線旁邊有一個點，通過這個點我們可以畫出無限條與此直線平行的線。唯有一件事能確定：空間是皺折不平的，是曲面的，是非常奇怪的。

他第一次說出這番話，說得很好。字彙源源不斷湧出，句子成串地脫口成章。這絕非只是天馬行空的思考遊戲！他認爲……。他正打算走到窗邊，那個小老人突然發出一記尖銳的聲音，他愕然煞住。然後才又接著說，他認爲，在戶外找三顆星，連接這三顆星形成一個夠大的三角形，然後精確測量其角度，我們將會發現，其內角和並非如我們所預期的一百八十度，這足以證明這個三角形所構成的是一個球體。他正說得口沫橫飛、手舞足蹈之際，忽然抬頭看見天花板上有個蜘蛛網，一共分爲好幾層，彼此鬆散地交織著。人類總有一天會有能力進行這樣的測量！那當然會是很久以後的事。目前最重要的是，他需要這個人的意見，一個不會把他當瘋子、能聽得懂他講話的人。他需要這個人的意見，因爲他是這世界上教過最多有關空間和時間方面知識的人。他幾乎用半蹲的姿勢走向對方，希望在這高度下，自己的臉能正好迎上小老人的臉。他眞的由衷期盼。那雙小眼終於瞧見他了。

香腸，康德說。

什麼？

叫夥計去買香腸，康德說，香腸——還有星星，順便也把星星買回來。

高斯挺直腰桿站好。

這些凡夫俗子眞叫人無法信任，康德說。來人啊！一滴口水沿著他的下巴淌下。

我家主人累了，老僕人說。

高斯默默地點點頭。老僕人用手背撫過康德的臉頰，小老人淺淺地笑了一下。他們慢慢退下。老僕人彎著腰一語不發，低頭告退。高斯想賞點小費給他，但身上根本沒錢。遠處傳來一陣低沉的男性歌聲。監獄合唱團，老僕人解釋道。老吵得我家主人不得安寧。

馬車上，他被夾在一位牧師和一個臃腫的軍官中間。軍官拚命想找身邊的人聊天。他開始第三次閱讀那篇有關神秘行星的報導。當然能計算出它的運行軌道！只要我們願意假設其運行方式是橢圓形而非圓形，然後不要像那些蠢蛋一樣，計算能力好一點就行啦！花幾天的時間好好計算，就能預測出它將會於何時何地再度出現。軍官詢問他對西班牙和法國結盟的看法，他不知道該怎麼回答。

難道他不認爲，軍官問，那將是奧地利的末日？

他聳了聳肩。

那該死的拿破崙！

誰？他問。

回到布朗斯威克後，他再度寫信向約翰娜求婚。然後他去了化學研究所，從毒藥櫃裡把那一小瓶箭毒取了出來。曾有個科學家把他蒐集到的植物、石頭，還有寫得密密麻麻的筆記，統統遠渡重洋寄了回來，有個化學家又把這些東西從柏林帶了過來，然後就一直放在這裡，沒人知道能用來做什麼。據說一丁點劑量就足以致死。人們一定會跟母親說是心臟麻痺，既沒有徵兆，又無法預防，全是上帝的旨意。他從街上叫來信差，封上求婚信，將自己身上僅剩的錢給了他。然後默默盯著窗外，等著。

終於他拔下瓶塞。那液體沒有任何氣味。他猶豫嗎？可能吧。這種事在還沒做之前，根本沒人知道會如何。不過他驚訝的是，自己竟然不怎麼害怕。信差捎來的回音必定又是拒絕，他的死會是老天爺料想不到的一著棋嗎？他被送到這世上來，擁有其他人不可能達到的智慧，生長在這個無論做什麼都異常辛苦、艱難、甚至是骯髒的時代。這莫非是在耍弄他，要他既狼狽又可笑？

既然那本曠世奇作已經完成了，他的生命或許有另一種可能？他將過著庸俗的生活，以毫無尊嚴的方式求取溫飽，人生只剩下妥協、恐懼和憤怒，然後再繼續妥協，身心將一再受折磨，還得眼睜睜看著自己的能力不斷退化，直到老得奄奄一息。不要！

他無比清醒地意識到，自己顫抖得很厲害。他聽到耳內在嗡嗡作響，看見手在發抖，他靜靜傾聽自己急促的呼吸聲，近乎覺得是一種享受。

有人在敲門。他大聲回答：進來——竟感覺自己的聲音好遙遠。

信差往他手裡塞了封信，接著便一臉無賴地等著要小費。他在最下層的抽屜裡找到了一枚銅板。信差把銅板往上一拋，轉個身，從背後接住。幾秒鐘後，他看見信差疾步跑過下面的巷道。

他想到末日審判。他不相信眞有這種法庭。如果被告在法庭上爲自己辯護，其反駁一定會搞到上帝難堪得下不了台。世上有各種害蟲、骯髒污穢和痛苦折磨，還有存在於萬事萬物中的不足與缺陷，即便是時間和空間也同樣一塌糊塗。那不是讓人有機會在法庭上質問上帝，高斯想像著，要求祂把事情解釋清楚嗎？

他用麻痺的手拆開約翰娜的信，看了一眼便擱在一旁，他再次伸手去取那罐小瓶子。他忽然有種感覺，自己好像漏掉了什麼。他努力回想，似乎發生了一件他始料未及的事。他塞住瓶蓋，全神貫注地回想，但怎麼也想不起來。突然他恍然大悟——剛才在信裡看到的是：願意。

6 河流

在卡拉卡斯的日子過得很快。他們決定自己登上希拉山，不靠嚮導。因爲他們發現，當地人根本沒有上過希拉山的雙峰。邦普蘭的鼻子很快便開始血流不止，而且最昂貴的氣壓計也不愼摔落，整個毀了。快到山頂時，他們發現地上有貝殼化石。眞奇怪，洪堡說，水不可能淹到這麼高的地方，表示這裡曾經有過地殼隆起，一股來自地球內部的力量。

他們在山頂上被一群毛茸茸的蜜蜂困住。邦普蘭乾脆躺在地上，洪堡直挺挺地站著，雙手拿著六分儀，眼睛上還黏著接目鏡，滿臉都是蜜蜂。蜜蜂在他的額頭、鼻子、下巴上爬，有幾隻還鑽進他的衣領裡。總督警告過他們：最重要的是不要動、不要呼吸、靜靜地等。

邦普蘭問，他可以把頭抬起來了嗎？

最好不要，洪堡嘴唇一動也不動地癟著嘴巴說話。十五分鐘後，蜜蜂在一陣嗡嗡作響中終於飛離他的身體，儼然成爲一片在夕陽餘暉中移動的烏雲。洪堡向邦普蘭坦承：一動不動站著確實不太容易，他有一兩次差點想放聲大叫。他疲憊地坐下來，一邊按摩額頭一邊說：神經的自我控制力已大不如前了。

爲了歡送他們，卡拉卡斯劇院特別安排了一場露天演奏會。葛路克[44]的樂章在黑暗中響起。當晚夜空遼闊，滿天星斗，邦普蘭的眼中噙著淚水。他眞的不太懂音樂，洪堡喃喃自語說，他對音樂實在擠不出任何感受。

他們騎著騾子朝奧利諾科河的方向走。一望無際的平原以首都爲中心向外延伸，綿延數千英里，既沒有樹木，也沒有灌木叢，甚至見不到一座小山丘。一路上竟覺得明亮無比，好似走在一面光滑的鏡子上。影子垂直落在鏡子下方，頭頂著遼闊的天空，或者該說，他們像是從另一個世界投射出來的兩個幻影。這種不眞實感讓邦普蘭不禁要問，他們眞的還活著嗎？

他也不知道，洪堡說，但無論如何，除了繼續走之外，還有其他辦法嗎？

當他們再度看到樹木、沼澤和草地時，完全搞不清楚從首都出發到現在到底走了多久。洪堡竟覺得，要他再拿起兩架天文鐘來計算時間有些困難，他已經不習慣有「時間」了。經過幾處簡陋的茅屋，他們開始遇到人，問了好多人之後，他們終於相信：其實才過了兩星期。

他們在卡拉沃索[45]遇到一個老人，這個老人從沒有離開過他的村落。他自己擁有一間實驗室：玻璃杯、瓶子、各式儀器，各種能測量地震、空氣溼度、磁力強度的金屬儀器。甚至還有一架看似原始、卻令人讚嘆的機器，只要有人在附近說謊或說蠢話，其指針就會偏離。

另一架機器則是由無數齒輪組成，齒輪彼此帶動旋轉，不斷發出敲打聲和金屬摩擦聲，甚至還會迸出火花。這些不可思議的力量都是他發現的，老人興奮地說，這讓他成為一個偉大的科學家！

的確是，洪堡說，不過……

邦普蘭用手肘撞了撞他。老人握住搖桿開始拚命轉，火光迸發，霹靂啪啦聲不絕於耳，並且越來越響，其中產生的強烈電壓甚至讓大家的頭髮全都倒豎起來。

確實壯觀，洪堡說，這種現象叫電流學，大家都知道啊。他身邊剛好也有東西可以產生同樣的作用，威力自然大多了。他拿出萊頓瓶，示範如何用毛皮摩擦以產生如毛髮分岔的閃電現象。

老人沉默不語地搓搓自己的下巴。

洪堡拍拍他的肩膀，祝他往後一切順利。邦普蘭想塞點錢給這位老人，但他根本不收。他怎麼會知道呢？老人喃喃自語說，不知道自己落後人家這麼多！

當然沒法知道，邦普蘭安慰道。

老人用力把鼻涕一吸，又說，他怎麼有辦法知道？他們越走越遠，只見老人萬般沮喪地手扶著膝蓋，彎著腰，一直站在門前目送他們離去。

他們來到一處池塘。邦普蘭立刻脫下衣服往水裡衝，但一進到水裡，腳步卻慢了下來，並且開始呻吟，接著整個人撲倒在水面。原來水裡有電鰻。

三天後，洪堡用麻痺的手記下他的研究結果：這種動物能攻擊人於無形，不需要藉由碰觸。攻擊時既不會發光，電流計也測不到任何訊號，磁針對牠同樣沒有反應。被攻擊後不久，被攻擊者會感到疼痛，除了疼痛外，感應不到任何其他訊號。若兩手同時抓住這種鰻魚，或一手抓鰻魚一手握金屬，作用會加劇。如果兩個人手牽手，縱使只有當中一人摸到鰻魚，兩個人都會有同樣的刺痛感，而且是同時，強度也完全一樣。不過這種鰻魚只有表皮是危險的，自己則完全不會被電到。那種疼痛感非常恐怖，痛到讓人在那一瞬間完全不知道發生了什麼事。接著整個人會麻痺掉，不但心驚膽顫，還會頭暈目眩。被攻擊者通常會先愣一下，然後才反應到發生事情了。結束之後回想，會越想越疼；感覺就像身體在那一瞬間不再是自己的，只是外界的一種存在。

他們心滿意足地繼續往前。眞是太幸運了，一路上洪堡不斷慶幸地說，眞是天上掉下來的禮物！邦普蘭的腳還跛著，雙手毫無知覺。一連好幾天，洪堡只要閉上眼睛都會看見光影跳動，膝蓋還僵硬得像個不良於行的老頭。

他們在高草堆裡發現了一個暈倒的女孩。頂多十三歲，衣服破爛不堪。邦普蘭把藥灌進她嘴裡，被她用力噴了出來，然後一邊咳，一邊尖叫。正當他充滿耐心地安慰那女孩時，洪堡在一旁極不耐煩地來回踱步。她嚇呆了，不斷在這兩人之間望來望去。邦普蘭溫柔地撫摸她的頭，她開始啜泣。一定有人對她做了可怕的事！

做了什麼呢？洪堡問。

邦普蘭狠狠瞪了他一眼。

不管怎樣，洪堡說，他們必須繼續往前走。

邦普蘭拿水給她喝，她拚命往嘴裡灌。她不要食物。他將她扶起來。她一站起來就掙脫開，毫無感謝之意拔腿就跑。

也許是太熱了，洪堡說，小孩子很容易迷路，或許是因爲太熱而昏倒了吧。

邦普蘭瞪著他看了許久，才出於無奈說：好吧，或許是吧。

他們在聖費南度城㊻買了幾匹騾子，一艘寬敞的木製帆船，還有一個月的糧食，和幾把精良的步槍。洪堡到處打聽，有沒有熟悉附近水域的人。有人跟他說，可以去找坐在酒館前的那四個男人。他們當中一個戴了頂高高的禮帽，另一個嘴角叼著根蘆葦，還有一個身上掛滿了黃銅首飾，第四個長得相當白皙，一臉高傲的模樣坐在那裡一語不發。

洪堡問他們，是否知道連接奧利諾科河與亞馬遜河的那條天然運河？

當然囉，戴高帽的那個說。

他曾在那條運河上航行過，全身掛滿首飾的那個人說。

他也是啊，戴高帽的說，但其實根本沒有什麼運河，只是謠傳罷了。

洪堡沉默不語，心情紊亂。不管怎麼樣，他終於說，他一定要丈量那條運河，他需要有經驗的水手。

戴高帽的問，報酬是什麼。

錢與知識。

他們當中的第三個人，用兩根手指頭抽掉嘴角上的蘆葦。金錢，他說，顯然比知識更好。

好多了，戴高帽的說，而且人生苦短，沒道理冒險？

正因爲苦短才要把握，邦普蘭說。

四人互望了一眼，又看了看洪堡。戴高帽的說，他們的名字分別是卡洛斯、蓋布瑞、馬利歐和尤里歐，他們各個都很傑出，當然，價格也不便宜。

沒問題，洪堡說。

回旅館的路上，有隻邋遢的牧羊犬一路尾隨他們。洪堡停了下來。那隻狗走了過來，並且開始用鼻頭磨蹭他的鞋。洪堡彎下腰來順著耳際撫摸牠。牠輕吠兩聲，繼而發出快樂的低嗚，然後後退了一步，也朝著邦普蘭吠了兩聲。

他喜歡這條狗，洪堡說，牠應該沒有主人，他決定帶牠一起走。

但船不夠大，邦普蘭說，而且狗會咬人，牠聞起來好臭。

一定能取得大家的諒解，洪堡說。那天晚上他讓狗兒跟他們一起睡在房間裡。隔天一早，兩人要出發去搭船時已經適應了，好似這條狗一直都跟他們生活在一起。

當初怎麼沒提到有狗啊，尤里歐說。

遙遠的南方，馬利歐邊說邊扶正自己的高帽，住著一些瘋瘋癲癲的人，他們講話總是倒著講，在那裡有一種長著翅膀的迷你狗，他可是親眼見到的。

他也看過，尤里歐接著說，但現在已經絕種了，被那些會說話的魚給吃光了。

洪堡聞言嘆了口氣，並拿出他的六分儀和天文鐘來測量此地的方位，不出所料，地圖上所標示的位置都不準確。他放下了那些地圖。

他們經過最後一處人家，不久之後到處都是鱷魚：有的像樹幹浮沉於水中，有的在岸邊打盹，有的則大剌剌地張開血盆大口，背部的紋路誇張而突出。牧羊犬躍入水中，隨即有鱷魚朝牠游去。當邦普蘭再度將牠拉上船時，牠的前爪布滿了咬痕。沿路只見藤蔓低垂輕撫過水面，突出的樹幹橫亙於河中。

他們先暫時靠岸。邦普蘭開始蒐集植物，洪堡則隨處走走。他踩過滿地盤節的樹根，穿過濃密的樹林，把罩在臉上的蜘蛛網揮去，摘下灌木叢中的花朵，熟練地用手指夾住一隻異常美麗的蝴蝶翅膀，然後小心翼翼地放進標本採集箱裡。這時他突然發現，正前方有隻美洲豹。

豹慢慢抬起頭望著他。洪堡往側邊移動了一下，牠的上顎也隨之微微震動了一下，但沒有採取任何行動。洪堡嚇得不敢動。牠趴下身體，將頭枕在前爪上，好一陣子完全不動。洪堡的腳步慢慢往後退，一小步，再一小步。美洲豹凝視著他，卻沒有抬起頭來。牠揮動尾巴趕走一隻蒼蠅。洪堡猛一轉身背對牠，深恐豹會撲上來，所幸背後完全沒有動靜。他屏氣凝神，雙臂緊貼身體，頭幾乎壓到胸口，兩眼直視著地面開始往前走。先是慢慢地，一步接著一步，然後越走越快。這時絕不能失足，也絕不能回頭看。最後沒有辦法了，他拔腿狂奔。樹枝掃過他的臉，有隻蟲還直接撞上他的額頭，一個踉蹌他幾乎跌倒，幸好及時抓住一根藤蔓，一隻袖子被勾到扯破了，他一路撥開枝椏往前衝。一身汗水淋漓，上氣不接下氣地回到船邊。

立刻出發，他氣喘吁吁地說。

邦普蘭一把抓起步槍，所有水手也跟著站起來。

不要，洪堡還是說，立刻出發。

我們有精良的武器，邦普蘭不解地說，要撂倒那頭畜生很容易，不是可以多一件精緻的標本嗎？

洪堡拚命搖頭。

爲什麼不行？

那頭美洲豹放過了他。

邦普蘭喃喃自語說那根本是迷信，然後把槍放下。水手們都在偷笑。船再度啓航，洪堡置身於洶湧波濤中，開始對自己剛才的恐懼感到不解。於是他決定要在日記上這麼寫，照他覺得應該發生的方式寫：他們一夥人又折返叢林，槍上了膛準備大開殺戒，可是找不到那頭美洲豹了。

還沒寫完，突然就下起傾盆大雨。船身積水了，他們趕緊將船划向岸邊。岸邊站著一個全身赤裸、滿臉鬍腮，髒得看不清楚長相的男人，他站在那裡等他們上岸。這是他的領土，要付錢才能在這裡過夜。

洪堡付了錢，然後問，房子在哪裡？

沒有房子，那名男子說，他是唐・伊格那奇歐，卡斯提爾[47]的貴族，這整個世界都是他的房子。對了，站在他身邊的是他的妻子和女兒。

洪堡對著那兩名裸女微微欠身，不知道眼睛該往哪裡看。水手們將繩子繫在樹上，固定好船之後，便隨意蹲在樹下。

伊格那奇歐問，還有什麼需要嗎？

目前沒有，洪堡有氣無力地說。

只要是我的客人，伊格那奇歐說，我從來不會讓他們覺得有所匱乏。他一臉驕傲地轉過身走開了。雨水打在他頭上、肩上，他身上發出來的氣味混雜著血味、腐敗的泥土味和肥料味。

有時候，邦普蘭若有所思地說，他覺得好不可思議，自己竟然在這裡，離家千里之遙。不是什麼人派他來的，只是為了一個普魯士人，為了一個他在階梯上認識的普魯士人。

洪堡一直無法入睡。水手說著一則又一則亂七八糟的傳說和故事，好似永遠說不完。這些故事不斷占據他的意識。每當他好不容易將會飛的房子、惡毒的蛇魔女，一則又一則驚險的生死纏鬥拋諸腦後時，就會看見那頭美洲豹的眼睛，專注而睿智，不帶一絲情感。他突然清醒過來，再度聽見雨聲、水手的交談聲和牧羊犬忽大忽小的鼾聲。朦朧中他彷彿聽見邦普蘭躡手躡腳回來，鑽進自己的睡袋後立刻呼呼大睡。洪堡心想，怎麼先前沒聽到他離開呢？

隔天一早，太陽高掛在天空，像是從來沒有下過雨。伊格那奇歐與他們告別的姿態宛若一國之君。歡迎他們隨時來作客！他的妻子落落大方地屈膝行禮，舉止合宜得猶如宮廷貴婦。女兒的手輕輕撫過邦普蘭的臂膀。後者將手搭在她肩上，還幫她撥開臉上的髮絲。

熱風拂面，像是從鍋爐裡排出來的一樣。岸邊植物越來越茂密。樹底下堆疊著無數白色的烏龜蛋，蜥蜴緊緊攀在船緣，竟像是船身的浮雕。水面上不斷映照出飛鳥一閃而過的身影，但是一望無際的天空根本空無一物。

眞是非常奇特的視覺現象，洪堡說。

這跟視覺無關，馬利歐說。鳥類持續在死亡，每一瞬間都有鳥類死亡，對此牠們也無能爲力。但牠們的靈魂可以繼續活在投射出來的幻影中。既然人們不願意幻影出現在天空，牠們總要找個地方投射吧。

那昆蟲呢？邦普蘭問。

牠們似乎死不了，這就是問題所在。

的確，蚊子越來越多。它們來自樹林、空中和水裡，來自四面八方，才聽見嗡嗡聲，已經撲天蓋地來了，一見人便螫、便咬，誰要是打了它們，就會引來更多，成千上萬的蚊子繼續圍攻。大夥都被叮得滿頭是包、血跡斑斑。即便用厚毛巾遮頭也難以倖免，蚊子還是能螫穿布料。

這條河，尤里歐說，容不下任何人類。狂人阿奎爾在來這裡之前是有理智的，但在來到這裡之後，他就瘋狂得想要自立爲王了。

那個發了瘋的殺人魔！邦普蘭不屑地說，他卻是奧利諾科河的第一個探索者！這其中果然有道理。

那可憐的傢伙根本沒有探索過奧利諾科河，洪堡說，就像鳥類從沒有探索過天空，魚類從沒有研究過水。

或者德國人從來不知道什麼叫幽默，邦普蘭說。

洪堡皺起眉頭瞪他。

開玩笑罷了，邦普蘭趕緊說。

開這種玩笑一點都不公平。普魯士人也可以很風趣，在家鄉他們也經常會嘻笑。不信的話，只需想想魏蘭德的小說，還有格呂菲烏斯[48]的上乘喜劇，就連赫爾德也經常會在作品中穿插笑話。

這一點他從來沒有懷疑過，邦普蘭厭倦地說。

那就好，說完洪堡不捨地摸摸被蚊子叮得全身滿是血跡的狗。

他們航行在奧利諾科河上。其河面之寬廣，幾乎讓人誤以爲是航行在海上，對岸遙遠到令人錯覺，森林不過是幻影。這裡完全見不到水鳥，天空熱得像在燃燒。

幾小時後，洪堡發現有跳蚤寄生在他腳指頭的皮膚下。他們得暫時停航；邦普蘭開始整理收集來的植物，洪堡則坐在摺疊椅上，將腳整個浸在醋液裡，並且一邊描繪河流的路徑。*Pulex penetrans*：一種很常見的沙蚤。他決定好好研究，並且記錄下來，但不是寫在日記裡，他絕不會在日記裡提到自己曾被跳蚤寄生。

這又不是什麼嚴重的事，邦普蘭說。

他想了很久，洪堡說，這關乎名譽。一旦人們知道這男人的腳指甲下寄生過跳蚤，再也沒有人會尊重他了。不管他有過什麼成就或貢獻，都沒有用了。

隔天發生了一件倒楣事。船行經一處河面特別寬廣之處，左右兩邊都看不見岸。這時忽然颳起一陣怪風，剛好與船行方向相反，船身傾斜了，浪花又不巧打上來，洪堡的一堆稿紙散落在河中。船身越來越傾斜，水一直灌進來，甚至淹沒了大家的膝蓋。牧羊犬開始狂吠，大家急得想跳船。但洪堡突然站起來，卸下繫著天文鐘的腰帶，以軍官的口吻對著大家喊：誰都不准動！水流太過湍急，這時船身開始打轉，船帆激烈地前後擺盪，一群灰背的鱷魚悠游而至。

邦普蘭作勢要跳下水，他想游到岸邊去求援。

不可能有救援，洪堡一邊將腰帶舉到頭上一邊說，莫非他忘了，這裡是原始森林。大家唯一能做的只有等！

的確，沒過多久風向又變了，船帆被風扶正，船身也漸漸恢復平穩。

把水舀掉，洪堡發號施令。

水手們邊抱怨邊用鍋子、帽子、茶杯將水舀掉。不久後，船又直挺挺地在河面上行駛。但無數的稿紙、乾燥植物、羽毛筆和書籍通通漂浮在水面上。遠處有一頂高帽迅速往前漂，竟像是有人在趕路一樣。

有時候他真的很懷疑，邦普蘭說，他還有機會回家嗎？

拜託你實際一點好不好，說完洪堡又繼續檢查他的天文鐘有沒有壞。

他們進入地勢險惡的瀑布區。河中到處是岩石，河水湍急，泡沫洶湧如沸騰，這艘載滿的船根本不可能繼續航行。駐紮當地的耶穌會教士們各個全副武裝，短小剽悍，不像神父倒像是軍人，他們很不放心地接待了這一干人。洪堡詢問誰是宣教團的團長。原來是一個身材乾癟，臉色臘黃的男人，洪堡將證件交給他過目。

原來是這樣，查神父說完，便向窗外發布了命令，不久後，有六個神職人員帶著兩個當地土著進來。此二人經驗老到，查神父說，沒有人比他們更熟悉這附近的瀑布，他們自願幫你們去找適合在急流上航行的船。各位請在此等候，直到他們把船備妥，並且停靠在瀑布下方，各位就可以繼續航行了。他比了個手勢，神職人員將那兩名土著帶上來，並且鍊上腳鐐。

非常感激，洪堡的措辭小心翼翼，只是他沒辦法同意這種做法。

爲什麼呢，查神父略顯不悅地大聲說道，這麼做並沒有特別的意義，只是因爲這些人捉摸不定。他們自願來幫忙，卻又經常會突然不見。而且他們每個人都長得這麼像！

適合他們繼續搭乘的船已備妥。船身非常狹窄，他們得一個個走上去，甚至得坐在儀器箱上。

下地獄也比這樣好！邦普蘭抱怨道。

兩者都逃不掉的，查神父向他保證，他既會下地獄，又得上船。

當晚他們吃了幾週以來最好的一頓晚餐，甚至還喝了西班牙葡萄酒。窗外傳來水手們爭論的聲音，他們對某則傳說的看法顯然不一致。

據他觀察，洪堡說，這裡好像有說不完的故事。爲什麼老是要講些瞎編出來的生平和傳說？根本一點知識也沒有。

他們已經盡力了，查神父說，殖民地政府嚴禁大家將這些傳說記錄下來。但凡夫俗子就是固執，教會的神聖力量還是有無法跨越的界線。問題出在國家本身。對了，他想請教，不知男爵是否見過舉世聞名的拉孔達明[49]？

洪堡搖搖頭。

他見過，邦普蘭說，一個老人，他看見他在皇宮裡跟侍者爭吵。

一定是他，神父說，這地方還有好多老人記得他。還有個女人也記得他，那女人很慘，被一個瞥腳的醫師所害，變得很蒼老，卻死不掉，而且容貌變得很可怕。他們的故事好精采，很值得聽。要他說嗎？

洪堡嘆了一口氣。

當年，查神父說，法國皇家研究院派遣了三位頂尖的測量學家去找出通過赤道的子午線，這三位分別是拉孔達明、布蓋和高汀[50]。他們基於各種因素，尤其是美學因素，認定牛頓那個「不美」的觀點應該要被推翻，亦即是牛頓主張：地球透過自轉會逐漸扁平化。神父突然專注地望著桌面停頓好幾秒，原來有隻巨大的昆蟲停在他額頭上。邦普蘭本能地伸出手，卻又突然煞住，硬生生地縮了回來。

測量赤道，查神父繼續往下說，就是要在一個從來都不是直線的地方畫出一條直線。難道他們不會看看外頭嗎？直線在別的地方。他用骨瘦如柴的手臂指向窗外、樹叢，還有上頭飛滿昆蟲的植物。不在這裡！不在赤道上！

其實到處都有直線，洪堡反駁他，直線是一種抽象的概念。只要有空間，就有直線。

空間根本不在那裡，在別處，查神父說。

空間無所不在！

「無所不在」本身是個虛構的概念。所謂空間，只存在於測地學家所劃定的區域。查神父閉上眼睛，舉起自己的酒杯卻沒喝，又放了下來。此三人精益求精的程度和工作態度令人讚嘆。即便如此，他們測量出來的數據卻從來沒有一致過。拉孔達明儀器上顯示的明明是二弧分，布蓋測量到的卻是三弧分，高汀的望遠鏡上標示著半度，拉孔達明的卻是一度半。如果真要畫出他們想要的直線，一定得利用天文學的測量方法，但是功能完善、方便攜帶的測量鐘，神父用輕蔑的眼神掃過洪堡腰帶上的天文鐘，尚未問世。很多東西是不習慣被測量的。三塊石頭和三片葉子不能說是一樣多，十五克豌豆和十五克泥巴也不能說是一樣重。除此之外，他們還要忍受這裡的溫度、溼度、蚊子，以及不絕於耳的野獸嘈雜聲、打鬥聲。

一股無名之火終於爆發，爲追求目標，這些男人失去了理智。原本深具教養的拉孔達明強行改裝了布蓋的儀器，布蓋也蠻橫地將高汀的筆折斷。每天都有爭執，最後高汀憤而拔劍，並在原始森林中失足受傷。隔不到幾個禮拜，布蓋和拉孔達明同樣刀刃相向。查神父感慨萬千地將兩手交疊。你能想像嗎？這些有教養的文明紳士，戴著高雅的假髮、文質彬彬的眼鏡、噴滿香水的手絹，竟成了這副德行！

拉孔達明撐得最久，在森林裡待了八年，只有一隊五根手指數得完的士兵跟隨他、保護他，卻個個深受黃熱病所苦。他在林中闢道，開闢那只要一轉身就會再被雜草覆蓋的無用道路。他在荒野中伐木，砍伐那經過一夜又會高聳入雲的奇木。但他不屈不撓，他的毅力終於讓同樣頑固的大自然屈服了，他爲自然勾勒出一張數字的網。他終於在大自然裡畫出內角和非常接近一百八十度的三角形，成功地將所有弧度三角化，弧度不再如氣流般若隱若現。然後，他接到一封來自皇家研究院的信。這場論戰勝負已分，牛頓的學說已獲得證實，地球確實不斷在扁平化，吾輩之研究與努力盡枉然。

邦普蘭抓起酒瓶猛灌一大口。他似乎忘了，這瓶酒別人還要喝，眼前的酒杯並非全是自己人的。洪堡用責備的眼光瞪了他一眼。

事情就是這樣，查神父說，那個深受打擊的男人終於要返鄉了。他沿著一條不知名的河流整整航行了四個月，後來他將這條河流命名爲亞馬遜河。他一路畫地圖，爲山岳命名，測量溫度，並詳細記載他沿途所見的各種魚類、昆蟲、蛇類、人種。他這麼做並非是出於興趣，而是因爲他必須讓自己保持清醒，保持理智。回到巴黎後他從未談起這些事，他的士兵卻還記得：那陰森森、從喉嚨深處發出來的鼓譟之聲，那冷不防從樹叢中射出、百發百中的毒箭，那夜裡的光影、幻景，尤其是眞實世界中微乎其微的變化，幾乎讓人無法察覺，世界宛如暫時走入虛幻。樹依舊是樹，湍急的河水依舊是河水，卻隱隱透著不寒而慄的陰森，一切猶如陌生人的僞裝。拉孔達明還發現了傳說中狂人阿奎爾去過的那條天然運河，連接這片大陸上兩大河流的運河。

他一定要證明它眞的存在，洪堡堅決地說。所有河流是互通的，大自然乃一整體。

是嗎？查神父輕輕搖搖頭，一副深感懷疑的模樣。數年後，拉孔達明成了皇家研究院的院士，功成名就，垂垂老矣，不再經常從夢境中驚醒，據說他還接受了宗教信仰，再度相信有天主，當時他曾經公開坦承過，根本沒有那條運河。他說：大河與大河之間根本不可能有內陸水道相通。這種運河如果存在，將會造成大陸板塊間的混亂，這種論調對陸地而言根本是種污衊。說完後，查神父便沉默不語了，好一會兒才站起來，欠欠身向眾人道晚安。男爵，祝您一夜好夢，並且能安然醒來！

天剛破曉，他們又被淒厲的叫聲吵醒。兩位傳教士正在用皮鞭鞭打先前在大廳上被鍊上腳銬的兩位土著之一。洪堡衝上前去詢問，這到底是怎麼回事。

沒什麼，其中一位傳教士說完甚至還反問，為什麼這麼問？

這只是古老的傳統，另一位解釋道，跟你們的航行一點關係也沒有。說完他踢了那印地安人一腳，但過了一會兒那傢伙才會意，趕緊用自己破破爛爛的西班牙話說：只是一項古老傳統，跟你們的航行沒關係。

洪堡顯得很不安。同樣趕來一探究竟的邦普蘭用責備的眼光瞪了他一眼。得靠他們才能繼續航行，洪堡小聲地說，但現在該怎麼辦？

查神父命人請他們過去，他要展示珍貴的寶物。一隻羽毛凌亂的鸚鵡，牠會講一個已滅絕民族的方言。二十年前還可以見到那民族，現在一個也不剩了，所以沒有人懂這隻鳥到底在說什麼。

洪堡伸出手臂，鸚鵡立刻躍上去，牠目光朝下，竟像在思考，接著振動翅膀，說了幾句沒人聽懂的話。

邦普蘭好奇地問，為什麼那個民族會滅絕呢？

會啊，這種事就是會發生，查神父回答。

為什麼？

查神父瞇著眼睛看他。對你來說這當然很簡單。去到一個地方，看到人家好像很可憐，就同情他，返鄉後還可以到處跟人誇口說這些悽慘的故事。但如果一個人突然奉命率領五十名隨從，遠赴萬里去治理一個蠻荒之地，這個人就必須夜夜自問，森林裡傳來的聲音到底代表什麼，每天早上醒來後，都要萬般慶幸自己竟然還活著，這個人的看法或許就會跟你截然不同。

您誤會了，洪堡趕緊打圓場，沒有人想苛責。

不一定吧，邦普蘭不甘示弱地說，有些事他倒是很想知道。他愣了一下，無法置信地看著洪堡，因為洪堡竟然狠狠踢了他一腳。鸚鵡的頭在兩人之間不停來回打轉，然後說了一些話，眼神中充滿期待。

是啊，洪堡搶著說，他的同伴絕不是有意冒犯。

鸚鵡顯得若有所思，洪堡一說完，牠又接著說了一大串話。

洪堡伸出手，鸚鵡飛了出去，一副備受侮辱的模樣。

兩名印地安人幫他們把船划出瀑布區，在等待的同時，洪堡及邦普蘭決定一探教區上方的花崗岩。最高點聽說有一處古老的墳穴。花崗岩壁非常滑溜，幾乎無法站穩，只能靠幾塊岩壁上突出的結晶岩來支撐腳步。爬上去後，洪堡集中精神，專注地記下眼前一切，但思緒還是偶爾為了打蚊子而中斷。他要為此寫篇完美的佳作：眼前滾滾而去的洪流，跨越河面的彩虹，迷濛似銀光閃耀的曠野。他們小心翼翼地沿著山脊橫越山峰，到達另一座山峰，接著抵達墳穴的入口。

大概有數百具屍體吧，一具具靜靜躺在棕櫚葉編織成的籃子裡。手骨環繞著膝蓋，頭顱壓進胸腔裡。最老的幾具屍體早已變成整副骷髏，其他每具屍體分解與腐敗的程度都不一樣：許多皮膚龜裂得猶如羊皮紙，內臟則整個乾縮成一團，眼球變得又小又黑，宛若果核。另外還有好幾具屍體的肉都被刮下來，只剩骨頭。這裡完全聽不見轟隆隆的流水聲；很安靜，靜到能清楚聽見自己的呼吸。

這裡好寧靜，邦普蘭說，跟其他洞穴都不一樣。那裡有死人，這裡只有一些身體。這裡讓人好安心。

洪堡一連把好幾具屍體從籃子裡拖出來，將頭顱從脊椎上卸下，將牙齒從下巴骨上拔起，還脫下他們手指上的戒指。然後用布把一具童屍和兩具成人屍體裹起來，再用繩子綑緊，變成一束可以兩個人一起抬的包裹。

邦普蘭問，當眞要這麼做嗎？

幫忙抬啊！洪堡不耐煩地說，他一個人沒辦法把他們抬上驢子！

他們很晚才回到教區。那晚天空無雲，群星特別閃耀。一群群昆蟲散發出微弱的紅色光芒，空氣中瀰漫著香草味。一見他們來，印地安人紛紛沉默走避。老婆婆們從窗戶向外窺看，孩童們一鬨而散。一個臉上塗滿色彩的男子擋住他們的去路，他問：布裡裹的是什麼東西？

許多東西，洪堡回答，各種都有。

岩石啊，邦普蘭幫腔道，植物啊。

男子雙手往胸口一交叉，表情兇狠。

骨頭，洪堡說。

邦普蘭嚇了一跳。

骨頭？

鱷魚和海牛的骨頭，邦普蘭趕緊說。

海牛的骨頭，男子又重複了一遍。

洪堡問，他要不要看啊？

不要。男子猶豫了一下終於讓開。他寧願相信他們。

但接下來幾天可糟糕了。根本沒有印地安人肯當他們的嚮導，帶他們勘查週遭環境，就連洪堡想跟耶穌會的教士們說話，他們也慌張得避之唯恐不及。這些人怎會這樣愚蠢、迷信，他在寫給哥哥的信中提到，他們讓我了解到，原來我們距離自由和理性還有如此遙遠的距離。幸好他抓到幾隻小猴子，這種猴子到目前為止還沒有生物學家研究過。

第三天，那兩名自願幫忙的印地安人終於將船划出驚險的瀑布區，兩人只受了點輕傷，船完全沒事。洪堡給了他們些錢和玻璃珠，然後叫大家把裝有儀器的箱子，關猴子的籠子和屍體全搬上船，最後他向查神父道別，並表達了終生感激之意。

千萬小心啊，查神父說，否則人生將會變得很短。

四名水手陸續登船，他們激烈地談論船上運載的東西。先是這隻狗，現在又有這東西！尤里歐指著捆裹著屍體的布。

洪堡問，莫非你怕了？

當然怕啊，馬利歐理直氣壯地回答。

爲什麼？邦普蘭問，怕他們突然醒過來？

沒錯，就怕這個！尤里歐說。

至少，卡洛斯說，一定得加錢。

經過瀑布區後，河面變得相當狹窄，強大的漩渦和急流衝擊著船身不停晃蕩。空中濺起高高的水花，岩石、暗礁接踵而至，委實千驚萬險。成千上萬的蚊蟲蜂擁而來，一抬頭全是蚊子，根本看不見天空。沒多久大家都放棄了，不再打蚊子了，就讓牠們咬吧，反正他們已經習慣一直處於失血狀況。

他們來到下一個傳教區，首度吃到螞蟻麵。邦普蘭一口也不肯吃。洪堡取了一些嚐嚐，隨即向眾人致歉，疾步消失在樹叢中。回來後他說，其實還蠻有意思的，至少提供了一種可能性，並且讓我們知道，未來如果遇到糧食短缺可以用什麼方法解決。

別傻了，這裡人煙稀少，邦普蘭說，唯一不虞匱乏的就是食物！

村落的首領問，布裡裹的是什麼？他覺得很非常可疑。

海牛骨啊，邦普蘭說。

聞起來不像，首領又說。

好吧，洪堡大聲地說，他承認。但這些人已經死很久了，久到已經不能稱他們的遺骸爲屍體了。事實上，世界上到處都是死屍！每一把泥土都曾經是個人，是人的屍體腐化而成的，我們甚至可以說在他之前一定還有另一個人，現在我們呼吸的每一盎司空氣，都曾經被千千萬萬個已經死掉的人呼吸過，他們根本就是無所不在。還有什麼疑問？

他不過是問問而已，首領怯生生地說。

當地居民爲了對抗蚊蟲，發明了一種能關閉入口的黏土屋。他們會先在屋內點火，等到蚊蟲都飛出去了，再爬進屋裡，關上入口，熄滅火把，然後在這悶熱的空間裡一待好幾小時，只爲了不被蚊蟲叮咬。邦普蘭在一間黏土屋裡整理收集來的植物，最後終於被煙嗆得昏過去。一旁的洪堡，一邊寫信給哥哥一邊咳嗽，同樣被煙燻得快睜不開眼睛。他身旁的狗拚命喘氣，顯得呼吸困難。他們終於受不了，又是揉眼、又是全身臭汗地逃出屋外去呼吸新鮮空氣。這時有個男人朝他們走過來，想要幫他們看手相。此人全身赤裸，身上塗滿五彩顏料，頭上戴著羽毛。洪堡拒絕了，但邦普蘭覺得好玩。占卜師抓起他的手，眉毛揚得好高，興味盎然地直盯著他的手掌。

啊哈，他自言自語似地接連叫了好幾聲，啊哈！啊哈！

什麼？

占卜師搖搖頭。沒有一件事情是確定的。可能是這樣，也可能會是那樣。每個人都是打造自己幸福的鐵匠，又有誰能知道未來呢！

邦普蘭緊張地繼續追問，那他到底看見了什麼？

很長壽，占卜師聳聳肩，毫無疑問很長壽。

那健康呢？

整體而言，還不錯。

可惡，邦普蘭沒耐性地大叫，他想知道他看到的景象到底意味著什麼？

什麼景象？又長壽又健康嗎？他已經說過啦，他手上就是這樣啊。不知先生是否喜歡這塊大陸？

為何這樣問？

他將在這裡生活很長一段時間。

邦普蘭聞言大笑。這點他倒是很懷疑。很長壽，卻要待在這裡？不可能。除非有人強迫他。

占卜師嘆了口氣，又握住他的手看了一會兒，像是要給他鼓勵和勇氣。然後轉向洪堡。

洪堡搖搖頭。

幾乎不用錢耶！

不必了，洪堡說。

占卜師迅雷不及掩耳地抓住洪堡的手。洪堡想把手抽開，但占卜師的力氣比他大，被迫加入這場鬧劇的洪堡只好苦笑。占卜師的眉頭皺成一團，他把洪堡的手拉近一點，往前端詳了好一會兒，又抬頭沉思，然後眼睛瞇成一條線，腮幫子鼓了起來。

快說吧，洪堡大聲對他說，他還有事要做。縱使有什麼可怕的事也無所謂，他不會相信的。

沒什麼可怕的事。

不然呢？

什麼也沒有。占卜師放開洪堡的手，對不起，不用錢，因爲這次他失敗了。

他不懂，洪堡說。

他也不懂。竟然什麼都看不到，沒有過去，沒有現在，沒有未來，從沒有看過這樣的人。占卜師一臉好奇地望著洪堡。沒有人這樣！

洪堡愣愣地望著自己的手。

反正，別理會他胡說八道，一定是他自己出了問題，也許是他的神力忽然消失了。占卜師敏捷地打死了一隻停在他肚皮上的蚊子。也許他從來就沒有過神力。

當晚洪堡和邦普蘭把狗交給水手們看管，他們決定進黏土屋去睡個沒有蚊蟲干擾的覺。洪堡全身被汗浸濕，眼睛幾乎要冒火，思緒被煙燻得簡直要抓狂，一直到凌晨才逐漸入睡。一陣嘈雜驚醒了他。有人爬進了黏土屋，並且挨著他躺下。天啊，又來了，他自言自語，然後迷迷糊糊地伸出手，將蠟燭點亮。原來是個男孩。你要做什麼？洪堡問，要幹嘛？要做什麼？

男孩用他動物般的狹長眼睛打量著洪堡。

到底怎樣？洪堡又問，有什麼事？

男孩的眼光始終沒有離開他。男孩全身赤裸，蠟燭就在他面前，但他的眼睛連眨都沒眨一下。

你到底要幹嘛？洪堡像是在自言自語，你到底要做什麼，孩子？

男孩噗哧地笑了出來。

洪堡的手抖得好厲害，蠟燭掉了下去。黑暗中，他們清楚聽見彼此的呼吸聲。洪堡伸手想要把男孩推出去，但一碰到他潮濕的肌膚，手就像觸電一樣縮了回來。走開，他小聲地說。

男孩沒有動靜。

洪堡一躍而起，撞到了屋頂，他用力一踢。男孩慘叫失聲，自從沙蚤事件後，洪堡總是穿著靴子睡覺。男孩痛得縮成一團。他再次用力踢，這次踢到的是頭，男孩悶哼了兩聲後，便聽不見任何聲音了。洪堡只聽見自己在喘氣。他覺得眼前這具不動的軀體猶如鬼魅。他將男孩扛在肩上，拖了出去。

夜晚的空氣眞好；待過黏土屋後，外頭的空氣顯得異常清新涼爽。他有點猶豫地走向下一座黏土屋，邦普蘭睡的那座。他聽見女人的聲音，便停下腳步。他更仔細傾聽，又是女人發出的聲音。他轉身，回到自己的黏土屋，關上入口。因爲打開過，裡頭又有蚊子飛了進去，甚至有隻蝙蝠驚慌失措地從他頭上掠過。天啊！他大叫。他累得精疲力竭，終於心浮氣躁地睡著了。

當他再度醒來，天已經全亮，屋內更是悶熱，蝙蝠已不知去向。他換上筆挺的軍服，腰際掛著配劍，帽子夾在腋下走到屋外。黏土屋前一片空曠。他臉上有多處割傷。

邦普蘭問他，發生什麼事了？

他只是刮了鬍子。不能因爲蚊子多就讓自己變成野人吧，別忘了，他們可是有教養的文明人。洪堡將帽子往頭上一戴，然後問邦普蘭，昨晚有沒有聽到什麼聲音？

沒什麼特別的啊，邦普蘭小心翼翼地回答，黑暗中可以聽見很多聲音。

洪堡點點頭。還會做好多奇怪的夢。

我們根本沒辦法聽清楚所有我們聽見的聲音，邦普蘭說

而且人總得睡覺啊，洪堡說。

隔天他們進入了尼格羅河流域[51]，這裡的河水深沉，蚊子似乎變少了，而且空氣也較宜人。但船上的屍體讓水手們感到不安，就連洪堡自己也沉靜而蒼白。邦普蘭正在閉目眼神。他好怕，他說，怕自己又要開始發燒了。猴子們在籠內叫囂，拚命搖晃欄杆，牠們彼此挑釁、扮鬼臉。當中一隻突然把門撞開，牠翻了幾個筋斗，搞得水手們手忙腳亂，然後沿著船舷向前攀爬，驟然一躍而上，跳上洪堡的肩膀，並且衝著狂吠的牧羊犬吐口水。

馬利歐問洪堡，他能不能也說些故事。故事？洪堡說，他一個故事也不知道。然後伸手扶正剛才被猴子弄歪的帽子。他不喜歡說故事，倒是願意唸一首很美的德文詩給大家聽，而且免費翻譯成西班牙文：群峰之巔萬籟俱寂，蓊鬱樹林於此無風，群鳥亦沉寂，吾人於轉瞬間將逝[52]。

所有人都聚精會神地看著他。

結束了，洪堡說。

就這樣？邦普蘭問。

洪堡拿起六分儀。

抱歉，尤里歐說，不可能就這麼一點點吧！

這的確不是什麼血淋淋、有關戰爭、殺戮或怪力亂神的故事，洪堡激動地說。沒有神奇魔法，也沒有人會變成植物，更沒有人會飛，或出現什麼人吃人的聳動情節。洪堡敏捷地一把抓住那隻猴子，牠正在他腳邊，試圖要脫下他的鞋子。洪堡將牠關回籠子裡。那小傢伙一邊尖叫，一邊想咬他。牠又伸舌頭，又齜牙咧嘴地把耳朵撐得好大，然後還轉身對著洪堡搖屁股。如果他沒記錯的話，洪堡說，每個人都有一堆工作要做，不是嗎？

經過聖卡洛斯[53]時，洪堡的磁傾針開始劇烈倒轉，羅盤針卻緩緩指向北。洪堡用近乎虔誠的表情凝視這些儀器。赤道，親臨此地乃他自小的夢想。

接近傍晚，他們終於抵達傳說中那條天然運河的入口處，成群蚊子立刻飛撲而上。此地氣溫極高，河面上不再霧氣升騰，天氣晴朗萬里無雲，洪堡終於可以用儀器來確認此地的經度。他整夜不停地工作。先測定南十字星前月球軌道的角度，然後再利用望遠鏡找出木星衛星的軌道角度，以便再做一次確認。沒有事情是可靠的，他對正在看著自己的狗說，圖表不可靠，儀器不可靠，就連天空也不可靠。唯有靠自己小心求證、精益求精，紊亂才不至於危害到你。

快天亮了他才完成這些工作。他雙手一拍，站了起來：啊，我一分一秒都沒浪費掉！已確認好運河的一端了，要趕緊找到另一端。

邦普蘭睡眼惺忪地問，他怕不怕有人已經搶在他之前到達這條在世界盡頭、受上帝詛咒、千百年來根本沒人關心過的河。

誰知道呢，這點無從得知，洪堡回答。所有地圖都沒有標示出這片區域，他們只能約略猜測，這條河會將他們載往何處。岸邊林木茂密，根本看不到陸地。每隔幾小時就會飄起一場濛濛細雨，細雨如交織在空氣中的網，既無法稍解燠熱，又不能驅蚊。邦普蘭的呼吸聲劇烈如鳴笛。

沒關係，他邊咳邊說，他只是分不清楚，到底是他體內在發燒，還是空氣在發燒？身爲醫師他建議大家，吸氣別吸得太深。他懷疑森林裡不斷湧出不健康的空氣，或者是因爲船上這些屍體。

絕不可能，洪堡說，絕對跟屍體無關。

他們終於找到可以靠岸的地方。上岸後他們用短刀和斧頭清出一小片地方準備過夜。營火上不斷有蚊子被燒死，接連發出霹啪的聲響。一隻蝙蝠攻擊牧羊犬的鼻子，受傷後的狗兒血流不止，痛得拚命打轉，怎樣也無法讓牠安靜下來。最後他躲在洪堡的吊床下嗚咽哀鳴，吵得大家久久不能入睡。

隔天一早，洪堡和邦普蘭都無法刮鬍子，因爲兩個人的臉都被蚊子叮得傷痕累累。於是他們倆決定到河裡泡泡，冰鎮一下腫脹的臉，卻突然發現狗不見了。洪堡慌張地舉槍上膛。

別這麼做，卡洛斯說，原始森林之茂密非其他地方可比，況且這裡的空氣太過潮濕，開槍很危險。狗一定是被豹給叼走，救不回來了。

洪堡不理會，逕自走入森林。

九小時後他們依舊在原地。洪堡已經來回走了十七趟，他回來喝水，到河裡沖涼，然後又打算再去找。邦普蘭擋住他的去路。

沒有用的，那條狗死了。

想都別想，門都沒有！洪堡大聲道，他絕不允許！

邦普蘭用力按住他的肩膀：該死，那隻狗已經死了！

完完全全死了，尤里歐幫腔道。

絕對昇天了！馬利歐說。

我們甚至可以說，卡洛斯說，從古至今沒有一條狗像牠死得這麼徹底。

洪堡惡狠狠地瞪著所有人，一個接著一個。他張開嘴，最後什麼都沒說又閉上，然後把槍丟在地上。

隔天他們看見一處聚落。傳教士因爲太久沒跟人說話而顯得遲鈍，結巴僵硬地向他們問候。這裡的居民同樣全身赤裸，身上繪滿五彩顏色，有些人在自己身上畫著燕尾服，還有一些人畫著各式各樣的制服，但這些制服他們應該從來沒有見過才對啊！當洪堡聽聞，這裡是箭毒的發源地，他的眼睛爲之一亮。

箭毒大師是個容貌威嚴、削瘦，外型很像傳教士的人。也就是，他對洪堡解釋道，得先砍下樹枝，然後在石頭上搓下樹皮，接著小心地將汁液收集在香蕉葉編成的漏斗型容器裡。重點就在這個容器。他很懷疑，歐洲人能否製造出如此精良的工藝傑作？

這個麼，洪堡說，這個漏斗型容器確實是個非凡藝術品。

然後，大師接著說，將這些汁液倒進陶鍋裡蒸餾，這時千萬要小心，連眼睛湊過去都很危險，最後再加入葉子的浸泡液就完成了。這個，大師將一罐小陶壺舉到洪堡面前，此乃全世界，甚至在另一個世界都是最毒的毒液，連天使都能毒死！

洪堡問，喝了會死嗎？

他們一直把它塗在箭上，大師說，從沒有人喝過。又不是瘋了，怎麼可能會喝它。

剛被毒箭殺死的動物能吃嗎？

能啊，大師說，這就是此物最絕妙的地方。

洪堡看了一眼自己的食指。迅速把手指浸入陶壺裡，抽出來，舔掉。

大師尖叫一聲。

別擔心，洪堡說，他的手指完全沒變色，喉嚨也沒變色。既然沒有紅腫，表示身體受得了這種物質。他想研究此物質，所以必須冒險一試。他突然向大師致歉，說自己感到身體虛弱，接著雙腳一癱，蹲了下來，甚至乾脆坐在地上。他開始搓揉自己的額頭，還不自覺地發出呻吟。然後他小心地站起來，向大師買下了所有的毒液。

他們延遲了一天才啓航。洪堡與邦普蘭並肩坐在一棵倒下的樹幹上。洪堡呆呆地盯著自己的鞋尖看，邦普蘭失神了，一再重複唸著一段法國繞口令的頭幾句。現在他們不但知道如何製作箭毒，還一起證明了，即便喝下大量箭毒也不會發生什麼嚴重的事，只會稍微覺得頭暈，視覺上會出現幻覺，但此毒液若是直接接觸到血液，即便只是一小滴，都會讓人失去意識，五分之一克就足以殺死一隻小猴子，不過還是有辦法救：只要用力往中毒者的嘴巴裡吹氣。因爲這種毒會完全癱瘓中毒者的肌肉，在毒性還沒有散去之前，必須一直往他嘴裡吹氣。大約一小時後，毒性就會漸漸消退，肌肉的力量也會逐漸恢復，身體又能動了，還會產生一種無法排遣的憂傷。

一個滿臉鬍腮，身穿亞麻襯衫、皮背心，滿頭大汗的男子突然撥開灌木叢，一臉鎮定地向他們走過來，他們還以爲又是幻覺。那男子三十多歲，名叫布隆巴赫，來自薩克森。他說，他沒有計畫，沒有目標，只想看看這個世界。

洪堡建議，不妨跟他們結伴而行。

布隆巴赫婉拒了。單獨行動能體驗到更多，反正回家後就能遇到一大堆德國人。

洪堡說話結結巴巴，似乎已經不習慣使用自己的母語了，他問布隆巴赫，他家住在薩克森的哪個地方？教堂的鐘樓有多高？當地的居民有多少？

布隆巴赫沉穩而有禮貌地回答：家住巴德庫爾廷，教堂高五十四英尺，居民共八百三十二人。他拿出髒兮兮的乾糧想請他們吃，洪堡與邦普蘭都婉拒了。他開始談起在原始森林中遇到的野蠻人、動物，和無數寂寞的夜晚。他又坐了一會兒，然後起身，舉帽向他們致意，接著步履蹣跚地離開了，被他撥開的樹叢在他身後又一一掩上。他生命中發生過許多不合理的事，洪堡第二天在寫給他哥哥的信中提到，和這個人的巧遇卻是他人生中最奇特的一次經驗。他眞的完全無法分辨，這件事到底是眞的發生了，或者只是箭毒的作用，是箭毒讓他們倆同時產生了同樣的幻覺。

傍晚時，箭毒效力已經完全退去，他們又能行動自如了，甚至覺得飢餓。教區居民在火堆上烤肉，烤的是一顆小孩的頭，三隻小手掌和四條腿，腿上的腳趾還清晰可辨。不是人肉，傳教士趕緊解釋，這想法只會阻礙大家好好相處。上頭烤的只是森林裡的野猴子。

邦普蘭拒絕嘗試。洪堡猶豫地拿起一隻手，咬了下去——嗯，味道還不錯，只是他覺得不大舒服。如果他不吃，居民們會不會覺得不受尊重？

傳教士搖搖頭，他正大口大口地享用那顆頭。沒有人會在意！

半夜，他們被動物的叫囂聲吵醒。籠裡的猴子不斷撞擊欄杆，還不停地鬼叫。洪堡提筆爲文，想記下他對叢林之夜的觀察：那些叫聲和動物，其存在就像一場永不歇止的戰鬥，或許此地只能被理解爲天堂的反義詞。

他很懷疑，邦普蘭說，在這種地方傳教會有用。

洪堡抬頭看著他。

那個傳教士已經在這裡生活很久了，邦普蘭說，原始森林擁有一股莫名的力量。他一定為自己的無能為力深感羞愧，所以才會這麼熱情地招待他們。查神父說過，這裡的人都吃人肉，這件事眾所皆知。單憑一個傳教士能改變什麼？

胡說，洪堡斥責道。

才沒有，尤里歐也加進來幫腔，邦普蘭的話聽來很有道理。

洪堡沉默了一會兒。然後說，他感到很抱歉，讓大家跟著他經歷那麼多凶險，他很能諒解。但是，如果再讓他聽到有人說布朗斯威克公爵的教子竟然吃了人肉，他會毫不客氣地舉起槍來對付他。

邦普蘭大笑。

他是認真的，洪堡又強調了一次。

不是眞的吧！邦普蘭嘻皮笑臉地說。

是眞的！

大家立刻噤若寒蟬，知道該收斂了。邦普蘭張開嘴用力吸了口氣，還是什麼都沒說。大夥自覺無趣地一個接一個轉身走回營地睡覺。

在那之後，邦普蘭發燒的情況越來越嚴重。他常在半夜裡爬起來走幾步，然後整個人縮在那裡傻笑。有次，洪堡在睡夢中覺得好像有人在低頭看他，他睜開眼，以爲自己看到了鬼——原來是邦普蘭，他面目猙獰，齜牙咧嘴，手上還拿著一把刀。在這千鈞一髮之際他思忖著，人在這鬼地方特別會做奇怪的夢，這一點他比誰都清楚。他需要邦普蘭，他必須信任他，眼前的一切只是一場夢。他閉上眼，強迫自己一動也不動躺著，直到腳步聲越離越遠。當他再度睜開眼睛，發現邦普蘭就躺在自己身邊，正閉著眼睛安安靜靜睡覺。

白天的時間很混亂。太陽很低，水面像在沸騰，眼睛根本無法直視。蚊子從四面八方飛來，連那幾個精力旺盛的水手也提不起勁說話了。有片金屬物一直遠遠跟在船邊漂浮，忽兒前，忽兒後，無聲無息地映照著閃閃發亮的天空。它會忽然不見，然後又漂現。有片刻靠離船很近，洪堡用望遠鏡可以清楚看見投影在表面上扭曲變形的河川，還有他們的船，甚至是他自己——一切盡在其光滑無瑕的表面上。但它忽然快速漂走了，之後便沒有再出現。

終於抵達運河終點，當時晴空萬里。白色花崗岩山佇立在北方，另一邊是大片平坦綿延的草原。洪堡先用六分儀確認了太陽的位置，然後再繼續測量木星軌道和木星衛星軌道與太陽之間的角度。

現在，他說，這條運河總算是眞的存在了。

逆流而行，馬利歐說，反而能前進得更快。不必怕有漩渦，只要盡量航行在河中央即可。這麼做還可以避開蚊子。

他很懷疑，邦普蘭說，他再也不相信會有地方沒蚊子。牠們甚至霸占了他所有的記憶，就連想起故鄉拉羅謝爾，他都會覺得那城市滿是蚊子。

他已把這條運河的位置清楚標示在地圖上了，洪堡意氣風發地說，此舉將能有效促進全人類的福祉。跨越各大陸將不再是難事，往後大陸間的貨物將會流通便利，無數新的貿易中心將應運而生，許多前人想都不敢想的交易將成眞。

邦普蘭開始劇烈咳嗽。咳得淚流滿面，甚至咳出了血。這裡什麼也沒有，他邊咳邊說，這裡比煉獄還熱，還臭氣沖天，到處都是蚊子和毒蛇。這裡絕對不可能繁榮，這條醜陋的運河也絕對改變不了什麼。現在可以返航了嗎？

洪堡愣愣地望著他幾秒鐘，然後說，他還沒有決定好。愛斯梅拉達教區是這片蠻荒中最後一個基督宗教屯墾區。從那裡出發，經過一片沒人探索過的區域，只要幾個禮拜就可以到達亞馬遜河。亞馬遜河的源頭從沒有人找到過。

馬利歐在自己的胸前畫了個十字。

不過，洪堡若有所思地說，或許這麼做不夠聰明，此行並非沒有危險。如果他發生意外，那麼他截至目前爲止的發現和蒐集，以及研究成果不都白白浪費了。根本沒有人會知道。

千萬別冒這種險，邦普蘭說。

千萬不能有勇無謀啊，尤里歐附和道。

別忘了還有它們！馬利歐指著那三具屍體，再也沒人有機會瞧見它們了！

洪堡點點頭。唉，有時候人真的不能不讓步。

愛斯梅拉達教區一共有六棟房舍，房舍之間是大片的香蕉園。這裡甚至沒有傳教士，只有一位年老的西班牙軍官，由他統領十五戶當地的印地安人。洪堡雇用了幾名土著男子把船上的白蟻清乾淨。

不再繼續前進的決定是對的，老軍官說，這個教區再往下的蠻荒地帶住著嗜血成性、殺人如麻的野蠻人。他們有好幾個頭，有不死之軀，說著一種詭異的貓話。洪堡心有不甘地嘆了口氣；他感到憤怒，發現亞馬遜河源頭的壯舉竟然得拱手讓人了。爲了分散自己的注意力，他開始專心研究當地人畫的太陽、月亮，和那些軀體纏繞異常複雜的蛇，牠們被刻鑿在高出水面近百米的岩壁上。

以前的水位應該比現在高，軍官說。

或許沒有那麼高，洪堡說，是岩石的位置下降了。他在德國有位老師，這番話可不能跟那位老師講。

也許那時候的人會飛，軍官又說。

洪堡忍不住笑了出來。

很多生物會飛啊，軍官不服氣地說，有誰能反駁這一點！相反的，從沒有人看過山會自己移動。

以前的人不可能會飛，洪堡說，即使他親眼目睹，他也不會相信。

這就是科學？

是的，洪堡一臉堅定地說，這正是科學。

船上的白蟻都抓完了，邦普蘭的燒也退了，他們開始返航。道別時老軍官一再拜託洪堡，回到首都時一定要幫他美言幾句，他希望調離此地到別處去。他眞的受不了了。最近他在食物裡發現一隻蜘蛛，說著他把雙手一併，這麼大耶！十二年了，沒有人能夠想像。他滿心寄望地送給洪堡兩頭鸚鵡，眼巴巴目送他們離去，久久不忍走開。

馬利歐說的對，逆流而行反而快，而且蚊子到了河中央攻擊性確實比較弱。不久後，他們回到耶穌會教區。查神父一臉驚訝地迎接他們。

沒想到這麼快就回來了。偉大的壯舉！他們是怎麼對付那些食人族的？

沒有遇到啊，洪堡回答。

怎麼可能，查神父說，再往下走，不管哪一族，基本上都是食人族啊。

這一點他也無法確定，洪堡邊說邊搓揉額頭。

教區在他們離開後一直很不安寧，查神父說，居民們一再騷動，說有人把他們的祖先從墳穴裡偷走了。所以，他們最好趕快搭原船離開。

但眼看就要下大雨了，洪堡說。

眞的不能逗留，查神父說，情況很危急，他眞的無法保障他們的安全。

洪堡想了一會兒之後不滿地說，他既然是這裡的統治者，就應該要負起責任，承擔後果啊。

午後烏雲密布，遠處雷電閃爍，不久眞的下起猛烈的陣雨，威力之大前所未見。洪堡下令收帆，並將所有的箱子、屍體和籠子全都卸貨到河中央的一座小岩礁島上。

現在又遇到這種鳥事，尤里歐說。

下雨又不會怎樣，也不會有人受傷，馬利歐說。

雨當然會傷人，而且傷得了任何人，卡洛斯說，甚至還能殺人。有很多人都是因爲下雨而死掉。

他們再也回不了家了，尤里歐慘道。

回家又怎樣，馬利歐說，他從來都不喜歡那個家。

回家，卡洛斯說，意味的是死亡。

洪堡命令他們把船划到對岸去。他們才剛上船，忽然一記巨浪襲來，河面翻湧，船沖了出去。邦普蘭和洪堡眼見一位水手被捲下船，接著巨浪滔天遮斷了他們的視線。幾秒鐘後他們看見船在遠方，四位水手全被沖走了。

現在該怎麼辦？洪堡問。

既來之則安之，邦普蘭說，乾脆來研究這裡的岩石。

他們在瀑布後發現一處岩洞。巨大的流水聲從他們頭頂直灌而下，水從穴洞頂的岩隙間狂瀉而下，形成巨大的水柱，水柱之間有乾燥的地方可以站立。邦普蘭以沙啞的聲音向洪堡提議，測量這裡的溫度。

洪堡顯得意興闌珊。他自己也說不清楚，但有時候他就會提不起勁來，想要放手不管，隨它去。他有氣無力地操作著儀器。快跑，水快要淹到洞裡來了！

他們拚命往外跑。

雨水贏了，贏在它的強悍，傾盆大雨像一桶桶不斷澆在頭上的水。他們的衣服溼透了，鞋裡積滿了水，地面變得滑溜，根本站不住。他們索性坐下，等吧！鱷魚在浪花間若隱若現。籠裡的猴子拚命咆哮，又撞門又扯欄杆。兩隻鸚鵡猶如溼透的毛巾掛在樹枝上。其中一隻失神地凝視前方，猶似在沉思，另一隻則用破爛的西班牙文不斷在抱怨。

如果，洪堡問，船回不來了該怎麼辦？

會回來的，邦普蘭說，只要安靜地等。

雨越下越猛，彷彿老天爺要藉這場雨把他們沖離這座島。遙遠的地平線正閃電交加，雷聲落在河岸的另一邊，轟隆隆的回音讓雷聲此起彼落，不絕於耳。

情況不妙，洪堡慘道。他們已經被逼上岩礁最高處，河水就在腳邊，他們被水團團包圍。眞希望富蘭克林先生的雷電理論是錯的。

邦普蘭一語不發地拿出隨身攜帶的小酒瓶，灌了一口。

眞令他驚訝，洪堡又說，水流這麼急，水裡竟還有這麼多蜥蜴。這完全推翻了動物學家的看法。

邦普蘭又喝了一口酒。

此外還有魚，許多活生生的例子可以證明，魚眞的能逆流而上。

邦普蘭把眉角高高揚起以示回應。雷聲變成一場不願結束的喧囂。在這座小島另一頭，離他們所在位置不到五十步之處，有個又大又黑的東西攀上了岩礁。

如果他們死了，洪堡說，根本沒人會知道。

那又怎樣，邦普蘭把見底的酒瓶給扔了。反正死了就是死了。

洪堡擔憂地望著那條鱷魚。如果能夠回到岸上，他要立刻把所有東西寄回去給他哥哥：所有的植物、地圖、日記，還有他一路上蒐集來的東西。分兩艘船運。然後，他要啓程前往安地斯山脈。

安地斯山脈？

洪堡點點頭。他要去探勘火山。必須要把水成論的疑問徹底搞清楚。

不需多久，他們便已經不清楚到底等了多久。一頭死牛從水面上漂過，接著是一片碩大的鋼琴蓋，然後是棋盤和一把老舊的搖椅。洪堡小心地拿出他的鐘，靜靜聆聽著巴黎的時間在滴答作響。他瞥一眼裝在防水袋裡的鐘。這場雨若非才下了幾分鐘，不然就是他們已經枯坐了十二個小時，也許這場雨不只把河流、森林和天空打亂，還把時間給搞混了，好幾個鐘頭的時間都被雨沖走了。中午、夜晚，甚至是隔天清晨，統統攪在一起了。洪堡用手環抱住膝蓋。

有時，他說，自己也覺得好驚訝。若繼承家業，他應該在經營採礦場才對。住在德國式宮殿裡，生很多小孩，週末去狩獵，打野鹿，一個月走訪一次威瑪。現在他竟然坐在這裡，身陷洪水之中，仰望陌生的星辰，苦等一艘不會回來的船。

邦普蘭問，他後悔了嗎，覺得自己做錯了嗎？皇宮、孩子、威瑪。這些都挺重要！

洪堡摘下被雨水浸濕成一團的帽子。一隻蝙蝠飛出森林，暴露在風雨中，大雨不斷將牠往下打，牠掙扎著拍了幾下翅膀，終究還是被水沖走了。

他從沒有過這種念頭。

一閃而過都沒有？

洪堡身體微微往前彎，探頭瞧了瞧那隻鱷魚一眼，又想了想，還是搖搖頭。

7 星體

他預告了那顆行星將會於何時何地再度出現，當然沒有人肯相信。不過那塊可惡的大石頭當眞如他所預料，在那一天的那個時辰準時現身。於是他一夕成名了。天文學可是當時最紅的科學，帝王們對它興致勃勃，將軍們爲之瘋狂，其發展乃眾所矚目，許多領主提供重金獎賞天文上的新發現。報章雜誌只要一提到馬斯基林、梅森、狄克森[54]、皮亞齊，就像在歌誦不朽的英雄。一個能爲人類開拓數學視野的人，不過是個奇才。一個能發現星體的人，卻能功成名就！

終於，公爵說，有目共睹。他眞的做到了。

高斯眞的不知道自己該說什麼，於是默默地彎腰鞠躬。

還有什麼事嗎，公爵做了正常人該有的思考停頓後問，生活上呢？他聽說，他打算結婚？

的確，高斯說，是的。

大廳的裝潢有了改變。天花板上的鏡子顯然因爲退了流行，所以拆掉換貼上金箔。現在也不點那麼多蠟燭了，就連公爵本人也看起來不一樣了：他老了許多。一隻眼皮徹底垂垮下來，雙頰臃腫，極度肥胖的身軀壓得膝蓋幾乎不堪負荷。

他聽說，是個皮革匠的女兒？

是的，陛下，高斯回答，並微笑著說：感謝陛下祝福！天啊，這到底是個什麼鬼地方，他竟得一直拘束地站著才不會失禮。其實他還蠻喜歡公爵的，他不是個討人厭的傢伙，他總是努力想把事情做對，而且跟大部分的人比起來，他其實不算笨。

有了家庭，公爵說，就得負起養家的責任。

這不可否認，高斯說，所以他才會把時間花在穀神星上。

公爵皺起了眉頭，不解地看著他。

高斯嘆了口氣。穀神星，他刻意放慢速度說，就是那顆首先由皮亞齊發現，後來由他高斯計算出運行軌道的小行星，人們將它命名為穀神星。他之所以肯花時間研究，主要是為了想結婚。現在他知道了，他也可以做一些比較實際的事，一些大家都能懂的事，就連……，他猶豫了一下，就連對數學沒興趣的人也能懂的事。

公爵點了點頭。高斯這才想到不可以直視他，於是趕緊垂下視線。他常問自己，到底什麼時候才能有份穩定的工作。經常長途跋涉，來回奔波，一天到晚徒勞無功，白白浪費一大堆時間在面談上！

所以他有個想法，公爵說。

高斯故意把眉毛揚得好高，裝出一臉驚訝的模樣。事實上他早就知道了，這是齊莫曼的主意，他花了好幾個鐘頭才說服了公爵。

或許他也注意到了，布朗斯威克還沒設立天文台。

適才有想到，高斯文謅謅地回答。

什麼？

有，他有注意到。

最近他常想，是不是該在城裡蓋一座天文台。雖然高斯博士還很年輕，但應該讓他出任第一任台長。公爵把雙手往腰上一叉，俏皮地拉開笑容：這讓他很驚訝吧？

此外他還要有教授頭銜，高斯決定趁勝追擊。

公爵沉默不語。

教授頭銜，高斯一字一字地強調了一遍。他希望能受聘於赫姆斯達特大學，並且要雙倍月俸。

公爵踱了出去，又踱了回來，然後重重咳了一聲，抬頭望著貼滿金箔的天花板。高斯利用這段空檔繼續算他的質數。他已經找到好幾千個質數了，他幾乎可以確定：無法用任何公式算出質數。但是如果一個一個地找，找出幾萬個之後就會發現，其出現頻率具有一種漸近性[55]。他想得太投入了，以至於當公爵對他說，沒有人可以跟領主討價還價的時候，他嚇了一大跳。

他絕沒有這個意思，高斯趕緊說，反而他覺得自己有義務向公爵稟告，柏林有間學校想找他去，另外聖彼得堡也有一家學院想聘請他。他一直對俄國很感興趣，他早就打算要學俄文了。

彼得堡啊，公爵說，太遠了，柏林也不近啊。仔細想想，這裡對他才是最有利的地方。其他地方都是異鄉，即便近如哥廷根。不過他不是科學家，公爵謙遜地請求，如果說錯了還請望指正。

沒錯，高斯眼睛盯著地板誠懇地回答，完全正確。

即使不考慮對故鄉的愛，至少也應該考慮旅途艱辛。到了異鄉一切得重新安頓，一大堆麻煩事，搬家要錢，工程又浩大。此外還牽掛故鄉的老母親。

高斯覺得自己滿臉通紅。只要有人提到母親，他就會這樣。不是因爲羞愧，而是因爲他實在太愛她了！他清了清喉嚨，強自鎮定地再次強調：人總是沒辦法盡如所願！有了家庭就需要錢，哪裡有錢，自然就得去。

還是有辦法達成共識，公爵說，教授頭銜可以給他，但雙倍月俸不行。

要這個頭銜就是爲了要月俸啊！

莫非他是在污辱自己的專業，公爵冷冷地說。

高斯曉得自己太過分了。他深深一鞠躬，公爵揮了揮手，示意他可以退下了。他背後的侍者立刻打開門。

在等待宮裡寄發聘書的同時，他全神貫注地研究行星軌道的計算方式。星體的運行軌道，他對約翰娜說，不像其他任何一種運動，而是各股影響力互相作用的必然結果，這些影響力乃存在於眞空中所有物體對某一單一物體施行的作用力：星體的軌道就如同我們將一個物體拋出去所形成的軌跡，如果把這軌跡用平面的紙畫出來是一條曲線，在空間中就形成軌道。此乃重力之奧秘。存在於一切物體之間、牢不可破的交互作用。

物體之間的交互作用啊，她複誦了一遍，然後頑皮地用扇子敲了一下他的肩膀。他想吻她，她笑著躲開了。他從未追問過，爲什麼她後來會改變主意。她在第二封信裡答應了他，一切是那麼理所當然。他喜歡這種感覺：世上竟有他不懂的事。

過兩天就要結婚了，他決定再去一趟哥廷根。去看妮娜，最後一次。

看吧，你要結婚了，妮娜說，對象果然不是我。

不是，他回答，當然不是。

她問，難道他從來都沒有愛過她嗎？

有一點，他一邊解開她上衣的繩扣，一邊回答。他幾乎不敢相信，過兩天他將對約翰娜做同樣的事。不過其他的誓言他會信守，將來他一定會學俄文。雖然妮娜嘴上一直說無所謂，反正這是她的職業，每個來這裡的人總是柔情蜜意、花言巧語，但她還是哭了，高斯感到訝異，甚至有點不悅。

回程中，他在曠野上愕然將馬拉住，馬兒仰天長嘯，怒不可遏。他想通了，知道該怎麼根據穀神星運行軌道偏離的情況，去推算出木星的體積了。他凝視著夜空，一直看到脖子都痠了。不久前，星體只是一堆會發亮的光點。但現在，他竟能給它們定出個別的公式，而且知道哪幾顆星對確定航海位置非常重要，透過它們，就可以準確找出緯度並且標示出來。他已知道如何掌握這些星體的運行軌跡了，知道它們何時會消失，何時會再度出現。一切看似自然而然，水到渠成，其實只是因爲他需要錢，所以觀察星體才會成爲他的職業，他也才會成爲發現星體的人。

來參加婚禮的人不多：他如今又老又駝背的父親，還有哭得像孩子的母親，以及馬汀・巴特斯和齊莫曼教授，除此之外還有約翰娜的家人，和她討人厭的好友米娜，以及公爵的秘書，但這位秘書顯然不知道自己要來這裡做什麼。在寒酸的婚宴上，高斯的父親首先致詞，他說，一個人絕對不能彎腰駝背，絕不能，在任何人面前都不能。接著齊莫曼站起來，張開了嘴又閉上，面帶微笑地環視一周，然後又坐下。巴特斯用手肘推了推高斯。

他站了起來，先吞吞口水，然後說：他從沒有想過，自己可以找到這樣的幸福，事實上他到現在還是無法置信。對他而言，這一切像是個計算錯誤，他由衷希望沒人會發現這錯誤。坐下來後，他發現所有人都用不可思議的眼光瞪著他，他深感納悶，於是小聲詢問約翰娜，他說錯什麼了嗎？

怎麼會呢，她溫柔地回答，長久以來她就一直盼望，在自己婚禮上可以聽到這一番話。

一小時後，所有的人都走了。他和約翰娜並肩走在回家的路上，兩人幾乎沒交談。突然間，彼此顯得好陌生。

他先把臥房的窗簾拉上，然後走向她。她本能地往後退，他溫柔地把她拉住，開始解她的上衣。這事在一片漆黑中摸索可不容易，妮娜總是穿比較容易解開的衣服。這次肯定得花很長的時間，這質料不容易搞定，而且帶子這麼多，綁得這麼複雜，他解了好久還是解不開，他幾乎以爲自己不可能解開了。但終究還是解開了，上衣脫落下來，她赤裸的肩膀在黑暗中更顯白皙。他的手落在她肩上，她本能地用手遮住胸部，他引她到床邊，隱約感覺到她有些抗拒。他思忖著：該怎麼對付她的裙子？上衣已經大費周章了。女人爲何不穿好脫一點的衣服呢？

別怕，他輕輕安慰她，令他驚訝的是她竟然回答，她不怕啊。接著便伸出手，目標準確到令他大感意外——他的腰帶瞬間被扯開了。莫非妳曾經這麼做過？他把她想成什麼樣的人了，她嬌笑著回答。這時她的裙子也落了下來，掉到地上漲得鼓鼓的。她顯得有些猶豫，於是他一把擁她入懷，雙雙倒臥在床鋪上，兩人都心跳加速，呼吸急促，彼此都想等到對方鎮定下來。他用手撫過她的胸部，游移至腹部，然後他決定鼓起勇氣繼續往下移，雖然他有種錯覺，似乎得先跟她說聲抱歉。

就在此刻，他瞥見蒼白的月亮高掛在兩扇窗簾間，他爲自己感到可恥，他竟在這緊要關頭忽然想通了：原來利用近似值就可以修正計算行星軌道時所發生的誤差。他很想立刻記下來，但她的手正環抱住他的背。她說，她從沒想過會是這樣，語氣充滿了驚訝與好奇，啊，如此強悍的生命力，好似有另一個生物緊緊聯繫在他們之間。他開始在她身上搖擺，但他發現，她似乎有些驚訝，於是停了下來。但她忽然把腳高高舉起，緊緊拑住他。他一翻身，狼狽地道了一聲歉，踉蹌撲到桌邊，抓起羽毛筆沾上墨汁，連燈也不點便急忙寫下：*Summe d. Quadr. d. Differenz zw. beob. u. berechn.→Min.*（觀測值和計算值的差取平方以後求出各項的總和應趨於最小值），眞的太重要了，他絕不能忘記。

他聽見她的聲音：她眞是無法置信，怎麼也不敢相信，偏偏在她要經歷這一切的時候。所幸他立刻寫完了，衝回床上，卻結結實實撞上了床柱。他可以感覺到她在自己下方，當她用力將他拉向自己時，他才發現，原來自己很緊張。有個念頭一閃而過：他好驚訝，他們幾乎不認識彼此，竟能做這件事。不過情況立刻有了改觀，他不再覺得害羞。天快亮時，他們已經彼此熟悉到好似以前就經常這麼做，一直都這麼在一起。

幸福會讓人變笨？接下來幾週，每當他翻閱《算學研究》時，都會驚訝地問：這當眞是他寫的嗎？他必須非常集中精神，才能看懂其中的演算。他問自己，是不是他的靈魂變平庸了？跟數學比起來，天文學眞的是一門較粗糙的科學。沒辦法完全靠思考來解決問題，必須用望遠鏡拚命注視天空，瞧到眼睛都瘈了。還得有人把各種數據鉅細靡遺地計算出來，記錄在長得嚇死人的表格上。一個住在不萊梅、名叫貝塞爾[56]的人在幫他做這件事，這傢伙唯一的天賦就是從不會計算錯或記錄錯。身爲天文台的台長，高斯有權聘請助理，即便這座天文台到目前爲止連一塊磚頭的影子都沒有。

他幾次要求晉見，公爵都說沒空。他憤怒的寫了一封措辭嚴厲的信給公爵，依舊得不到回音。他又寫了一封信，同樣石沉大海。於是他直接衝進皇宮，等在大廳前，等了好久，終於來了一個慌慌張張，衣衫不整，頭髮凌亂的秘書，他奉命來打發他走。他在街上巧遇齊莫曼，憤恨難消地劈頭便是抱怨。

教授不可思議地瞪著他，驚訝得好似見到鬼，接著才問：他當眞不知道戰爭爆發了？

高斯看了看四周，街道沐浴在溫煦的陽光中，四下一片靜謐，有個麵包師父悠閒地扛著一籃麵包走過，教堂屋頂上的風向雞在陽光下閃閃發亮，淡淡的丁香味撲鼻而來。有戰爭？

他的確好個禮拜沒看報紙了。他去找巴特斯，那傢伙會把所有東西都保存起來。他坐在一大堆舊報紙前，幾近憤怒地翻閱一則有關洪堡在祕魯卡薩馬爾卡高原探險的報導。可惡，這傢伙到底有哪裡沒去過？正當他要仔細閱讀有關戰爭的報導時，忽然有大隊人馬經過，巨大的嘈雜聲打斷了他。只見窗外刺刀、鋼盔、長矛齊飛，足足混戰了半個多小時。巴特斯上氣不接下氣趕回家來，神情慌張地說，公爵在耶拿附近的一輛馬車上中彈了，血流如注大概快死了。一切都完了！

高斯闔上報紙，然後說：那他可以回家了。

雖然不能讓任何人知道，但是他眞的對拿破崙很感興趣。據說他立刻給拿破崙寫了六封信，其中一封信中提到，他曾經撰寫過一篇相當傑出的論文，內容是關於以固定角度來分圓的方法。此外打架他也一定會贏，因爲他總是選擇先出手，並且自信滿滿地認定自己一定會贏。而且他的思考速度比任何人都快、都詳盡確實，這也是他最神奇的地方。高斯問自己，到底拿破崙知不知道有他這號人物？

天文台的事大概無望了，晚餐時他對約翰娜說。一直以來他都在客廳觀察星象，但這不是辦法！有人想請他去哥廷根任職。他們也打算在那裡蓋一座天文台，哥廷根離這裡不遠，他每週都可以回來探望母親，搬家的工作也一定能在她生產前完成。

但是哥廷根，約翰娜說，現在是法國的領土。

哥廷根是法國的？

爲什麼，她不悅地衝著他吼，難道別人看得見的事他剛好全都瞎了！哥廷根隸屬漢諾威，漢諾威和英國王室的軍事結盟在法國大勝後已經結束，拿破崙重新劃定一個新王國威斯特法倫，執政者是哲羅姆．波拿巴[57]。若眞的成爲威斯特法倫的公務員，難道他不知往後得效忠誰嗎？得效忠拿破崙！

他搓了搓額頭。威斯特法倫，他又唸了一遍，彷彿唸出來可以幫助他快點進入情況。哲羅姆。這些跟他有什麼關係？

跟德國有關啊，她說，跟所有站在這片土地上的人都有關！

他既無助又無辜地望著她。

她知道，現在他又要說，以未來的眼光來看，現在無論站在哪一邊還不是都一樣，今天大家爲之拋頭顱灑熱血，過不了多久就沒有人會在乎了。但這麼說眞的有用嗎？只會寄望未來，同樣是一種懦弱的表現。難道他眞的相信，這樣想是比較聰明嗎？

是比較聰明一點，高斯回答，除此之外別無他法啊。

我們是活在「現在」！

唉，就是這樣才可惜，他一說完便熄掉蠟燭，朝他的望遠鏡走去。他開始校準木星，今晚木星表面罩著一層薄霧。在清澈的夜空中，他第一次這麼清楚看見它的衛星，那幾顆微乎其微的衛星。

不久後，他把望遠鏡送給了帕夫教授，舉家遷往哥廷根。哥廷根的局勢同樣混亂，夜裡常有法國士兵喧囂。至於天文台，那塊預定要蓋天文台的空地上連地基都還沒開挖，上頭只有幾隻羊在吃草。他只能借利希頓貝格教授在城牆上的舊塔樓來觀星。最慘的是，他們要求他授課。一群年輕人來到他家，當他正口沫橫飛，試圖讓他們了解授課內容時，年輕人們卻坐在他家的椅子上亂晃，還把沙發搞得髒兮兮。

這些學生是他遇到的人當中最笨的一群。他用極慢的速度講解，慢到他自己常常句子還沒講完，已經忘記開頭講些什麼了。還是沒用。他把較困難的部分通通刪掉，只講最基本的，他們還是聽不懂。他簡直要哭了。他自問，不知道這群笨蛋是否有自己獨特的語言，或許他該像學外文一樣，先學學他們的方言。他拚命比手畫腳，用極其誇張的嘴形講話，每個音節都刻意強調再強調，好似他正在教一群聾啞生。考試結果出爐，只有一人及格，一個眼睛水汪汪的年輕人。他叫莫耶彼烏斯，似乎是這群學生中唯一不白痴的人，第二次考試同樣也只有他及格。教務會議結束後，院長把高斯叫到一旁，對他說，能不能不要太嚴格啊！高斯無可奈何地含著淚水踏上歸途，但一回到家，卻發現滿屋子不速之客：醫生、助產士，還有他的岳父母都在。

他什麼都錯過了，一進門岳母便語帶責備說，又是滿腦子星星、月亮！

可是他連個像樣的望遠鏡都沒有，他沮喪地說，然後才問，發生了什麼事？

是男孩。

什麼男孩？直到和約翰娜四目交接他才明白，也同時意識到：約翰娜永遠不會原諒他了。

他爲自己感到難過，因爲他竟然覺得要喜歡那孩子好難。有人跟他說：別急，自然而然就會喜歡。但是孩子都出生好幾星期了，每當他抱起這個不知基於何緣故要叫做約瑟夫的無助嬰兒，看著他嬌小的鼻子，還有那完整到不可思議的十根腳趾，他唯一的感覺竟是可悲又可恥。約翰娜從他手裡接過孩子，語氣擔憂地問，他感到幸福嗎？當然！他說完便轉身朝向望遠鏡走去。

搬到哥廷根後，他又開始造訪妮娜。她已不再年輕，但他們之間的熟悉感，讓她宛若妻子在款待丈夫。他到現在還沒有開始學俄文，妮娜的口氣滿是抱怨，他頻頻道歉並承諾，一定會很快開始學。他對自己發誓，造訪妮娜的事絕不能讓約翰娜知道，打死都要跟約翰娜說謊。他有責任保護約翰娜，不要讓她痛苦，但是跟約翰娜說實話並不是他的義務。了解眞相是非常痛苦的，這一點沒人比他更清楚，他沒有一天不衷心盼望，盼自己能少知道一點眞相。

他開始寫一本關於天文學的書。沒什麼了不起的書，再沒有任何一本書能跟《算學研究》媲美，能像它那般永垂不朽。這本書總有一天會被時間的洪流遠遠拋開，不過卻是一本教導大家如何精確計算出星體運行軌道的一流教材，而且保證前所未見[58]。總之他得趕快動筆。

雖然他才滿三十歲，卻已明顯察覺自己的注意力在退化，而且他還發現，人們在回答問題前所需要的停頓，對他而言已經沒那麼嚴重了。他又掉了好幾顆牙，腹痛一週比一週嚴重。醫生建議他每天早上抽一回煙斗，睡前泡個溫水澡。他甚至認爲自己活不老。

約翰娜告訴他，她又懷孕了。他眞的不知道該不該高興，因爲他幾乎肯定，這孩子將成爲一個沒父親陪伴長大的孩子。但至少這次他要把所有事情都做對：整個生產過程他都表現得很緊張，一聽到孩子出生，立刻做出鬆了一口氣的模樣。爲了紀念自己和好友米娜的情誼，約翰娜決定將小女嬰取名爲威廉米娜。小女孩才幾個月大，高斯就想要教她計算，約翰娜在旁阻止：這未免太早了吧！

他萬般不情願，一方面也是因爲約翰娜又懷孕了，但無論如何還是得親自去一趟不萊梅，去幫貝塞爾把所有關於木星運行的數據整理成表。出發前一週他夜夜失眠，而且一入睡就做惡夢，白天則總是心浮氣躁，沮喪不已。這趟旅行比上次去柯尼斯堡還慘；馬車更小，同車的人比上次更髒，途中輪子還裂開了，他們被迫在泥濘的荒野中站了四小時，馬車夫邊修輪子，邊罵髒話。下了馬車，高斯雖然一身疲憊，頭昏腦脹，腰痠背痛，但一見貝塞爾就急忙追問計算結果：根據穀神星的軌道偏離情況，是否已經算出木星的體積了？木星是否也有固定的運行軌道？

高斯激動得漲紅了臉。他辦不到了，他該怎麼辦？他不曉得在這上頭已經花了多少時間。這工作眞是既棘手又麻煩！簡直是在折磨他，該死，他已經不年輕了，爲什麼不能放過他，他再活也沒多久了，當初眞不該淌這場渾水，當眞大錯特錯！

貝塞爾小心翼翼地問他，見過海嗎？

他可不想長途跋涉，高斯說。

很近的，貝塞爾說。就像去散個步！

事實上這趟路程又遠又累，馬車搖晃得很厲害，高斯腹痛如絞。車外開始下雨，老舊的車窗根本關不緊，把他們淋得全身溼透。

保證值得，一路上貝塞爾不斷鼓吹，一定要看看大海，人怎能沒見過大海！

一定要？高斯反問，哪裡寫了這條規定？

沙灘很髒，海水也令人不敢恭維。海平面看起來無比狹窄，天空很低，大海竟像灰濛濛霧氣下的一碗湯。刺骨海風吹得強勁。附近有人在燒東西，煙燻得人呼吸困難。潮來潮往間，一具無頭死雞在海水中載浮載沉。

好啦，看過海啦，高斯瞇著眼睛望著遠方薄霧，現在可以回去了吧。

貝塞爾依舊興致勃勃。還不夠，除了看海之外，還得去見識一下劇院！

劇院？那不是很貴嗎？高斯問。

貝塞爾笑著說，任誰都想把高斯教授當貴賓，能招待教授是他的榮幸，他早就租好馬車了，保證一眨眼就到！

馬車足足走了四天才到威瑪，折磨人的四天。旅館裡的床太硬，高斯背痛得幾乎無法忍受。除此之外，他的鼻子還對伊姆河畔的灌木叢嚴重過敏。皇宮劇院異常悶熱，長達數小時的枯坐簡直是酷刑。當天演出的是法國作家伏爾泰的作品。一個人把另一個人殺了，有個女的在哭，有個男的在控訴，又有個女的下跪，無數的獨白。翻譯得不錯，非常有韻律感，但高斯寧願自個兒待在家裡安安靜靜看書。他無聊得呵欠連天，眼淚不由自主順著臉頰流下。

對吧，貝塞爾輕聲對他說，很感人吧！

終場時，演員們不斷向觀眾揮手致意，並且在舞台上來來回回前進後退。嘴上還唸唸有詞，眼睛不斷朝觀眾席流轉注視。

他確信，貝塞爾在高斯耳邊嘀咕，今天歌德也在場，在他自己的包廂裡。

高斯問，就是那個笨蛋嗎？那個自以爲是、企圖修正牛頓光學理論的傢伙？

旁邊的人都把頭轉向他們，貝塞爾恨不能整個人縮進椅子裡，接下來便保持悶不吭聲，一直到舞台拉下簾幕。

他們正打算走出劇院，一個身材削瘦的男子走過來。是天文學家高斯先生嗎？有幸在此巧遇先生？

是天文學家暨數學家，高斯一臉嚴肅地說。

男子自稱是普魯士外交官，目前定居羅馬，這次為了去要柏林述職，途經過此。他將要去柏林出任內政部教育廳廳長。有好多事得做，德國的教育體系必須徹底改革。他自己受過一流教育，覺得這是個傳承的大好機會。他站得很挺，完全不倚靠手中那柄純銀手杖。除此之外，很榮幸，他們是同一所大學畢業的，有許多共同的舊識。高斯先生也研究數學，這一點他原先倒是不知道。非常高尚的情操，不是嗎？

高斯不懂他在講什麼。

剛才那齣戲啊！

喔，還好，高斯回答。

他懂他的意思，這時候演這樣的東西不太恰當，如果能演些具有德國意識的東西比較適合。但這種話歌德聽不進去，根本沒辦法跟他討論。

因為先前沒仔細聽，所以高斯又請教了一次外交官的姓名。

外交官連忙欠身，並說出了自己的名字，同時還說，他也是個酷好探索的研究者！

高斯感到好奇，並連忙鞠躬回禮。

他研究古代語言。

喔，這樣啊，高斯說。

怎麼語氣聽起來，外交官說，好像有些失望。

語言學啊，高斯搖了搖頭說，他不想冒犯。

不會，不會，儘管說吧。

高斯聳聳肩。語言學是給那些數學很蹩腳、沒天分的人學的，反正就是不怎麼聰明的人。這些人只會自欺欺人，專門發明符合自己需要的邏輯。

外交官沉默不語。

高斯想問他有關遠征的經歷。他簡直踏遍世界所有地方！

這個啊，外交官冷冷地說，那是他弟弟。經常有人搞錯，這不是第一次了。外交官謙恭有禮地告辭了，離開時的步伐卻有氣無力。

夜裡，背痛和腹痛折磨得高斯無法入睡。他在床上翻來覆去，開始埋怨命運，埋怨威瑪這個鬼地方，尤其埋怨貝塞爾。隔天一大早，貝塞爾還沒起床，高斯已命人備好馬車，命馬車夫立刻帶他回哥廷根。

終於回來了。他手上還提著行李，腹痛讓他左右兩邊交替著縮成一團，更慘的是，他整個背都僵掉了，他得歪著身子行走。即便如此他還是直奔大學，他要問清楚，天文台究竟何時開工？

現在這種時機，政府很少會有什麼指示，大學裡的官員說。漢諾威離我們那麼遠，我們根本無從得知那裡的情況。莫非他忘了現在還在打仗。

海軍有船，高斯理直氣壯地說，船要在海上航行，航行就需要用星座表來確認方位，但要繪製星座表，不是待在家中廚房就能弄出來的。

大學裡的官員承諾會很快給他消息。順便還告訴他，威斯特法倫王國計畫要重新進行一次完整的大地測量。高斯教授曾經擔任過大地測量工作，現在他們正想找一個有經驗的「算學家」來擔任這項計畫的領導人。

高斯張開嘴，本想痛罵那傢伙一頓，終究還是按捺住怒火。他闔上嘴，連告辭都沒說就走了。

他推開家門，大聲對著裡頭喊，他回來了，這次不會再那麼快走了。他正在玄關處脫靴子，卻看見醫生、助產士、岳母一一走出臥房。好吧，這次他不會再出糗了。他拉開笑容，熱情得有點過分地說：生了嗎？男的還女的？啊，最重要的是有多重啊？

男孩，醫生說，可能活不了，母親也一樣。

他們已經盡力了，助產士說。

接下來發生了什麼事，他一直記不清楚，所有記憶彷彿全兜不起來。他覺得時間似乎在快轉，向前快跑又向後倒，各種可能性都出現了，然後又彼此抵銷。他彷彿記得：他坐在約翰娜床邊，她張開眼睛，看了他一眼，她的眼神多麼陌生。汗津津的髮絲凌亂地貼在臉上，她的手也好溼，虛弱得無一絲力氣，小嬰兒就躺在椅子旁的搖籃裡。另一段記憶卻不是這樣：當他衝進房裡，她已經沒有意識了。第三種版本則是他進到房間，她剛好斷了氣，他眼見她的身體在一瞬間變白，白得像蠟一樣。第四個版本則是她清醒得驚人，正在和他交談：她問，她眞的會死嗎？他猶豫了一下，點點頭，然後她要他答應，絕對不可以傷心太久，她說，人有生就有死，人生本來就是如此。那個下午他渾渾噩噩，足足過了六小時才恢復。他坐在她床邊，其他的人擠在走道上交頭接耳。約翰娜眞的死了。

他把椅子向後靠，試著讓自己接受這想法：他必須再婚。他有小孩，他根本不知道怎麼照顧孩子。他也不可能請傭人，傭人太貴了。

他輕輕打開房門。人生就是這樣，他無奈地想。儘管一切都會逝去，但活著的人還是得活下去。每日、每時、每分，都得去面對、去處理。總要把活著當作還有意義。

他聽見母親來了，這讓他安心不少。他想起星體。一個簡短的公式，就能表達所有星體的運動。他第一次這麼清楚地意識到，他找不到那個公式了。天色逐漸昏暗下來，他步履蹣跚地走向望遠鏡。

8 高山

風中雪花越飄越密，埃梅・邦普蘭正就著一盞油燈，苦思這封家書該怎麼寫。回想過去幾個月的日子，彷彿自己已活了十幾輩子，每一輩子都很像，都不值得再活一次。奧利諾科河上的一切不像是自己的經歷，倒像是書上讀來的；新安達魯西亞則像是一則古老傳奇，相較之下，西班牙不過是一句精采的話語罷了。他的身體狀況好多了，甚至有好幾天不再發燒。就連那些恐怖的惡夢——夢裡他把洪堡男爵掐死、剁了、射殺了、用火燒死、下毒毒死，甚至用石頭活埋了，這些惡夢也不再頻繁出現。

他咬著羽毛筆，陷入沉思。他們已經登上頗高之地，驢子圍在身邊入睡，唯有洪堡滿頭霜雪，正利用木星的幾顆衛星確認方位。他跪著以保持平衡，眼睛貼在氣壓計的接目鏡上。身旁躺著三個裹著毛毯、席地而眠的嚮導。

天亮了，邦普蘭繼續往下寫，他們計畫攀登欽博拉索山[59]。為了預防萬一沒辦法活著回去，洪堡男爵強烈建議他一定要留下遺書。因為一句話也沒留下就死了，是件非常不名譽的事。

他們一路上蒐集了許多岩石和植物。附近山上已有夠多不知名的植物，過去幾個月來不知道摘了多少。男爵認爲，植物基本上可以分爲十六類。無論植物之間的共通點多容易辨識，分類多容易，就他邦普蘭看來，種類之多根本無法勝數。他們之前所蒐集的，包括那三具古老屍體，大都在哈瓦那上船了，準備運往法國。其他一小部分植物標本、地圖和素描則上了第二艘船，準備寄去給洪堡男爵的哥哥。三個禮拜前或六個禮拜前——因爲日子過得太快，他已經搞不清楚了，他們得到其中一艘船沉沒的消息。洪堡男爵懊惱了許多天，後來他說，反正他們才剛開始。但對他邦普蘭而言，那些東西搞丟了影響並不大。

那陣子他發燒得厲害，只能模模糊糊意識到自己身在何處，爲什麼在那裡，還有自己是誰。大多時候他都在跟惡夢奮戰，他夢見自己似遊魂在飛，夢見自己一再重複那些陰險的勾當。他努力叫自己不要回想了，他只希望，沉掉的不是那艘載有屍體的船。那些屍體跟他們相處許久，一起經歷奧利諾科河上的千驚萬險，到最後他根本不視它們爲船上貨物，而是船上沉默的夥伴了。

邦普蘭揉揉額頭，拿出銅製的酒瓶猛灌一口。以前他有個銀製的，但不知道何時竟然搞丟了，詳細情況他也記不得了。而他們，他寫道，他們的探險才剛開始。他忽然想到，這句話剛才寫過，於是把它塗掉。一切才剛開始！他瞇著眼睛又想了一想，又把這句話塗掉。可惜他沒辦法詳細記錄他們的遠征路線，一切全都混在一起，他只能斷斷續續回憶起一些畫面，要全部拼湊起來相當困難。例如當初在哈瓦那，爲了研究鱷魚的狩獵習性，男爵命人抓了兩隻鱷魚，然後把牠們跟一群狗關在一起。狗兒的淒厲叫聲竟像一群小孩悲慘的呼救，讓人不寒而慄。事後滿牆有刷不掉的血跡，男爵只好出錢請人重新油漆一遍。

他閉上眼睛，然後又睜開，訝異地環顧四周，彷彿忘了自己身在何處。他咳了兩聲，又喝了一口酒。在到達迦太赫納[60]前，他們的船差點翻覆，在馬格達萊那河[61]上攻擊他們的蚊子比奧利諾科河上的還兇猛，最後他們終於踏上印加民族所建的階梯，這支民族如今已完全滅亡。攀爬數千階之後，終於上到又冷又高的安地斯山脈。通常大家會雇用駝夫扛他們上去，但是爲了人性尊嚴，洪堡男爵拒絕了。這對駝夫是種侮辱，無異於狠狠鞭打他們。邦普蘭深深吸了一口氣，然後又懊惱地嘆了一口氣。抵達波哥大時，當地仕紳已等在城郊迎接，顯然他們已聲名遠播。但奇怪了，爲什麼每個人都知道洪堡男爵，卻沒有人聽過他邦普蘭？莫非是因爲發燒？他停下筆，覺得最後一句話好像不合邏輯。正打算塗掉，卻又決定留下。那些人全是貴族，當他們看見男爵抵死不肯放下手中的氣壓計，每個人都覺得好笑，而且他們還很驚訝：那麼出名的男人個子卻這麼矮小！

他們被安排住在生物學家穆蒂斯[62]的家裡。男爵老喜歡對植物發表高論，穆蒂斯總是阻止他：這種話題不適合在社交時談。但無論如何，穆蒂斯的草藥非常有效，邦普蘭的燒漸漸退了。穆蒂斯家有一名侍女，一名來自高原的印地安年輕女孩，他心裡盤算著，跟這個女孩肯定能談得很盡興——他又喝了一口酒，皺著眉偷瞥在昏暗光線下身影朦朧的洪堡一眼——不管談什麼，或談任何事。此時男爵正在觀測山脈，並且為山脈繪製地圖。精確的地圖，這一點他深信不疑。

他不自覺地打了好幾次瞌睡，清醒後又繼續寫。他們帶了十一匹驢子上山，渡過河，沿著官道而行。途中接連下了好幾場雨，地面泥濘又到處是荊棘。洪堡男爵堅持不要人抬，又怕把靴子弄髒弄壞了，他們只好打赤腳走，走得腳都流血了。驢子還鬧脾氣呢！原本打算要攀登皮欽查火山63，因為他身體不適且頭暈目眩而中斷。洪堡男爵打算自己一個人繼續往上爬，但沒過多久也暈倒了，他們只好退回山谷。男爵不死心又試了一次，他帶了一名嚮導同行，想當然耳，這名嚮導從沒上去過：住在這些國家的人，除非被強迫，否則絕不會上山去。第三次才終於攻頂成功。現在他們知道這座火山有多高，雲霧裊繞中溫度是多少，覆蓋在岩石上的是哪種苔蘚。

洪堡男爵對火山的重視高於一切，其熱中程度令人訝異。據說這跟他在德國的某位老師有關，還跟一位住在威瑪的先生有關，他對這位住在威瑪的先生簡直奉若神祇。接下來便是最神聖的任務了，攀登欽博拉索山。邦普蘭喝下最後一口酒，並且把毛毯裹得更緊一點，看了洪堡一眼。已經能清楚看見他的模樣了，他正拿著銅製的漏斗型聽筒，貼在地面上仔細聆聽。

他聽見一記巨響，洪堡興奮地大喊，地殼在動！幸運的話，或許可以遇上火山爆發！

那應該很棒吧，邦普蘭搭腔道，然後把信折好收起來，接著便躺平在地上。他的臉頰可以清楚感覺到這片冰冷土地的寒意。他的燒似乎緩和了些。

一如往常，他立刻睡著了，並且開始做夢：他在巴黎的一個秋天的清晨，濛濛細雨輕打在玻璃窗上。有個女人，他看不清楚她的臉，她問：他眞的相信自己去過熱帶嗎？他回答，他也不怎麼相信，如果眞的去過，頂多也只是去了一瞬間。然後他醒了，因爲洪堡在搖他的肩膀，並且問他還在等什麼，已經過四點了。邦普蘭站起來。待洪堡一轉身，他就把洪堡整個人扛起來抬到懸崖邊，用盡他所有的力氣扔下山谷去。有人在搖他的肩膀，並且問：都四點了，還在等什麼，要出發了。邦普蘭揉揉眼睛，甩一甩頭髮上的霜雪，站了起來。

印地安嚮導睡眼矇矓地望著他。洪堡交給他一封已經封好的信。是給他哥哥的遺書，他琢磨好久才寫完。如果他無法活著回來，請他務必送到下一個耶穌會教區。

嚮導邊打呵欠，邊說一定的。

這封是他的，邦普蘭說，他的沒有封，他們想看就看，如果沒有辦法送到教區也無所謂。

洪堡交代嚮導，至少要等他們三天。嚮導們不耐煩地點了點頭，一邊拉直身上的氈毛披風。洪堡又檢查了一遍氣壓計、望遠鏡等儀器。他雙手環抱胸前，沒目標地遙望遠方。突然，他毫無預警地邁開大步向前。邦普蘭急忙抓起標本箱和背包追上去。

許久沒見他這麼精神抖擻了。洪堡主動聊起他的童年，他如何搭建避雷針，如何在森林裡孤單地遊蕩，不過他蒐集了好多金龜子，還幫牠們分類。還有亨麗葉特女士的沙龍，那些令他怦然心動的時刻。他爲沒有享受過情感啓蒙的人感到遺憾。

最早給他情感啓蒙的，邦普蘭說，是鄰家的一個農村女孩。她允許邦普蘭對她做任何事。不過她那些哥哥可不好惹，得很小心才行。

他老是忘不了那頭狗，洪堡坦承，他一直沒辦法擺脫罪惡感。他必須對那頭狗負責！那個農家女好令人驚訝。還不到十四歲，什麼事都懂，眞讓人不敢置信。但哈瓦那的那群狗又另當別論。他當然也爲牠們感到遺憾。但那是爲了科學研究，如今我們又知道更多有關鱷魚狩獵的習性了。而且那些都是雜種狗，血統既不高貴，又染有嚴重的皮膚病。

他們行經之地完全沒有植物，只有一些突出霜雪之上的岩石長出黃棕色的苔蘚。伴隨雪地呼嘯而過的風聲，邦普蘭聽見自己劇烈的心跳。一隻蝴蝶突然飛過他面前，他嚇了一大跳。

洪堡氣喘吁吁地提到烏奎尤下台的事。這件事很棘手。剛開始只是謠言，後來各種跡象都顯示，烏奎尤眞的失去王后的寵愛。不知奴隸制度又得持續多少年。回去之後他一定要針對一些事發表文章，內容肯定不是這批人樂見的。

積雪越來越厚。邦普蘭不小心腳底打滑，摔下山去，洪堡接著也摔了下去。爲了保護暴露在外的手掌不被凍僵，他們用圍巾裹住手掌。洪堡望著靴子的皮底。腳指甲，他若有所思地說——原來他的鞋底開花，腳趾露了出來。非得現在露出來不可嗎！

積雪不久便高達膝蓋。更慘的是，一陣濃霧突然將他們團團包圍。洪堡觀測過磁傾針之後，又拿出氣壓計來確定高度。如果沒估計錯的話，攻頂的最短捷徑應該是先往東北走，越過一處緩和斜坡，再往左邊走一小段路，然後再攀上一段陡坡就大功告成了。

往東北啊，邦普蘭複誦了一遍，但是霧這麼大，根本就分不清往哪邊是上山，往哪邊是谷底！

那邊，洪堡信心滿滿地指著前面某個方向。

他們弓著身子，沿著一片分裂成無數柱型的岩壁奮力前進。就在那上面，一座靄靄白雪覆蓋的山峰驀地清晰可辨，轉眼卻又消失了。因爲坡度陡峭，地面濕滑，他們本能地靠左走，右邊就是深不見底的斷崖。邦普蘭一開始完全沒注意到跟在他身邊那位身穿深色衣衫、一臉愁容的男子。直到那男子開始幻化成一座微微震動的蜂巢，他才開始感到不舒服。

你看我左邊，他問洪堡，有沒有什麼東西？

洪堡往他左邊瞧了一眼：沒有啊。

很好，邦普蘭回答。

他們在一塊狹小的平地上稍事休息，因爲邦普蘭開始流鼻血了。他忐忑不安地一再偷瞥那座慢慢朝他們飄來的蜂巢。他咳了兩聲，拿出小酒瓶猛灌一口。鼻血終於止住，他們又可以繼續前進了，邦普蘭鬆了一口氣。洪堡的鐘告訴他們，其實才走了幾個小時。大霧籠罩，他們根本就分不清楚哪邊是往上，哪邊是往下，舉目但見一片白茫茫。

積雪高達髖部了。洪堡大叫一聲，消失在雪裡。邦普蘭拚命挖掘，終於抓到了他的外套，奮力將他往上提。洪堡先把身上的雪抖乾淨，然後確認過儀器都沒有損壞。他們在一塊突出雪面的岩石上坐下，等待霧散，也期盼陽光能穿透雲層。一定很快能撥雲見日。

親愛的老友，洪堡說，他不想太多愁善感，但是他們一起經歷了這麼漫長的旅程，在眼前這偉大的一刻，有些話他必須說出來。

邦普蘭屛息聆聽。但接下去竟然沒有了，洪堡像是忘記自己剛才說了什麼。

他不想掃興，邦普蘭說，但眞的有點不對勁。在他們右邊，不，是更遠一點，喔不，是左邊，對了，就是左邊。有一團像棉花的東西，或者是像房子的東西。不過他猜測，是不是只有他一個人看見？

洪堡點點頭。

邦普蘭問，他該不該爲自己擔心？

這是觀點問題，洪堡說，端看他自己怎麼想。其實主要是因爲山上氣壓較低，組成空氣的成分跟平地不太一樣，絕對不是什麼可怕的有毒沼氣。而且，在這裡的醫生又不是他。

那是誰呢？

眞是太迷人了，洪堡說，越往高處空氣的密度就越低。所以只要知道高度，就可以據此推算出從哪個高度開始會進入眞空狀態。或者由於沸點不斷下降，到了某個高度，血管裡的血液就會開始沸騰。他也一樣啊，他一路上也一直看到那頭走失的狗。牠看起來好狼狽，斷了一條腿，少了一隻耳。被牠踩過的雪竟然都不會陷落，眼睛看起來好黑，黑不見底，牠已經死了。這景象讓人很不舒服，他總是努力克制自己才不至於出聲吶喊。一路上他一直好後悔，怎麼沒給牠取個名字。但是沒有必要吧，他們只有這隻狗不是嗎？

就他所知沒有別隻了，邦普蘭回答。

洪堡放心地點點頭。他們繼續往上走。積雪下，岩石間的落差極大，他們得放慢腳步走。陽光霍然穿透濃霧，他們看見懸崖就在面前，但沒幾秒，他們又被大霧包圍住。牙齦一直出血，洪堡非常自責地說，眞不是辦法，他爲自己感到羞恥！

邦普蘭的鼻子又開始流血了。雖然裹著圍巾，兩手還是凍得毫無知覺。他說了聲抱歉，繼而跪倒在地上開始嘔吐。

他們謹愼小心地攀上一面陡峭的岩壁。邦普蘭忽然想到，大雨中他們被困在奧利諾科河中的一座孤島上。那天他們是怎麼離開那裡的？他完全想不起來。他正要問洪堡，洪堡卻踩落一顆石頭，不偏不倚打中他的肩膀。好痛，痛得他差點從岩壁上掉下去。他閉上眼睛，拿起白雪搓揉自己的臉。他覺得好多了，雖然那團像脈搏震動的蜂巢還一直跟著他，而且更不愉快的是，每當他想要靠著岩壁尋求支撐點，岩壁就會自動往後退。還有陌生的臉孔不斷從岩壁上浮現，那些臉孔困惑地望著他，有的滿臉不屑，有的一臉無趣。幸好大霧讓他看不見深谷。

當時在島上，他大聲問洪堡，到底是怎麼脫困的？

許久得不到答案，邦普蘭都快忘記自己問過這問題了。終於洪堡轉身對他說，他也眞的不知道。到底是怎麼辦到的？

霧氣劃破岩壁頂端，他們隱約可以望見藍天和錐形山峰。空氣寒冷又稀薄，不管呼吸多用力，肺部還是像吸不到空氣。邦普蘭想測量一下自己的脈搏，但總是數到一半就出錯，最後只好放棄。他們看見霜雪覆蓋下有段便橋，橫亙於兩座懸崖間。

望前看，洪堡說，千萬別往下！

邦普蘭立刻往下看。突然一陣天旋地轉，崖底朝他飛也似地衝上來，便橋卻迅速往下沉。他整個人嚇得攀住手杖，一動也不敢動。這橋——他結結巴巴地說。

繼續走！洪堡大聲喊。

這橋不是岩石，邦普蘭說。

洪堡停下腳步。沒錯，他們腳下踩的根本不是岩石，而是一段掛在兩座懸崖間的雪。洪堡低頭往下瞧。

什麼都別想，邦普蘭說，繼續往前。

繼續往前，洪堡重複一遍他的話，卻一動也不動。

不管了，繼續往前，邦普蘭說。

洪堡邁開步伐繼續往前。

邦普蘭小心翼翼地一步接一步走。只聽見腳下白雪不斷發出嘎嘰嘎嘰的擠壓聲，彷彿走了好幾小時。他知道，在他與萬丈深淵之間只隔著一層冰。一直到人生盡頭，亦即當他身無分文被強留在巴拉圭、獨自啃食孤寂時，他依舊清楚記得此時此刻的每一個細節、每一幕：飄散在身邊的浮雲、明亮的空氣、餘光瞥見的腳底懸崖。他想哼首歌，聽見的卻不是自己的聲音，算了。四下只有深谷、山峰、天空，和腳下嘎嘎作響的雪，一直走不到盡頭，走不到就是走不到。不知何時，洪堡已經等在那裡，向他伸出手，一隻來自對岸的手。

邦普蘭——洪堡喊著他的名字。他竟然變得這麼矮小、晦暗，還突然衰老許多。

洪堡——邦普蘭回應著他。

他們倆沉默地並肩站了好一會兒。邦普蘭拿起手帕按住自己又在流血的鼻孔。那團像脈搏微微震動的蜂巢又慢慢地回來了，一開始是透明的，然後越來越具體。那座雪橋大約只有十步之遙，頂多十五步，走過去應該只需要幾秒鐘。

他們沿著峭壁邊緣而行，試探性地踏出每一步。邦普蘭終於確定，原來他是由三個人組成的：一個在走路，一個在旁觀看這走路的人，一個則不斷用一種沒人聽得懂的語言從旁評論這一切。他試著打了自己一巴掌。好像有用，覺得自己總算有幾分鐘是清醒的。只可惜眼前景象還是沒變，原本該是天空的地方卻吊著地面，天地整個顛倒過來了，他們的頭朝下，不斷往下登山。

不過這也很有道理啊，邦普蘭忽然大聲說，畢竟他們是在地球的另一面啊。

洪堡的回答他聽不清楚，因爲跟在他身邊評論的人好吵，洪堡的聲音被他蓋過去了。邦普蘭開始唱歌。跟在他身邊的一個人先加入合唱，第二個人也跟進了。這首歌是邦普蘭小學的時候學的，他確信南半球沒有人會。這就證明他身邊這兩個傢伙確實存在，並非虛妄，否則誰能教他們唱這首歌？雖然這樣的推論不太合邏輯，但是他想不出別的推論了。反正無所謂，因爲他自己也無法確定，現在正在思考的眞的是他，而不是另外兩個人當中的一個。他的呼吸聲又急又雜，心跳如飛快。

洪堡突然煞住。

怎麼了，邦普蘭生氣地問。

洪堡問他，他也看見了嗎？
當然囉，邦普蘭理所當然地回答，完全沒問洪堡到底看見了什麼。
他一定得問，洪堡說，因爲他無法信任自己的感官和知覺了。那隻狗老是跟著他。
那隻狗啊，邦普蘭說，他一直受不了那隻狗。
這片斷崖，洪堡問，眞的是一片斷崖對不對？
邦普蘭往下看。腳下的岩石有道裂縫，這道裂縫至少向下延伸四百英尺。他們跨過裂縫繼續往前走，從那裡望去，山頂似乎不遠了。
他們絕對上不去的！
邦普蘭嚇了一大跳，因爲這不是他說的，是他右邊那個人說的。雖然他根本覺得無所謂，還是認爲有必要複誦一遍。他們絕對上不去的！
絕不可能，左邊那個人也深表同意說，除非他們會飛。
洪堡動作緩慢得像在掙扎。他蹲下來，打開放氣壓計的袋子，手發抖得厲害，幾乎握不住氣壓計。現在連他也在流鼻血了，鼻血滴在他的外套上。現在絕不能出錯，洪堡堅定地對自己說。
請、請，邦普蘭回答。
不知洪堡怎麼做到的，他竟然升起一堆火，並且用一個小鍋子裝水開始加熱。他無法信任氣壓計，他解釋道，也無法相信自己的腦袋，他必須透過沸點來確認他們所在的高度。他的眼睛瞇成一條線，為了集中精神，他全身緊繃，繃得連嘴唇都在發抖。水沸了，他開始用儀器測量，並讀取沸點的溫度。他拿出筆記本，一邊寫一邊揉掉，整整揉掉七八張，不聽使喚的手才願意讓他把數字記下來。

邦普蘭不安地往懸崖下望了一眼。天空遙不可及地在他們底下，這景象令人毛骨悚然。用頭頂著地面站立，人們或多或少可以適應。最無法適應的其實是：洪堡竟然算得這麼慢。邦普蘭問，今天還有什麼任務要完成嗎？

抱歉，洪堡說，他很難集中精神。拜託，有沒有人能幫他把狗栓起來！

那隻狗，邦普蘭說，他一直很受不了那隻狗。說完他立刻感到羞愧，因為他想到自己已經說過一遍了。他覺得讓人看出自己不舒服很丟臉。他向前彎下腰，又吐了。

吐完了嗎？洪堡問。如果吐完了，他要告訴他，他們所在的高度是一萬八千六百九十英尺。

哈利路亞，邦普蘭說。

他們將成為到達最高點的人，從來沒有人登上距離海平面這樣遠的地方。

但山頂呢？

不管有沒有攻上山頂，他們都已經創下世界紀錄了。

他想要攻頂，邦普蘭說。

難道他沒有看見斷崖嗎？洪堡衝著他大吼，而且他們兩個都不太清醒了。如果現在不往回走，可能永遠回不去了。

不過他們也可以說，邦普蘭說，說自己已經上去過了。

洪堡回答，他不想聽他講這種話。

這不是他講的，是他旁邊那個人講的！

確實沒有人能證明他們是不是上去過，洪堡若有所思地說。

本來就是，邦普蘭說。

他可沒有這樣說喔，洪堡不悅地說。

說什麼？邦普蘭問。

他們萬般無奈地彼此對望。

既然已經確認過高度，洪堡終於說，岩石標本也都採集好了。現在趕快下山！

下山花了他們不少時間。之前他們藉由雪橋度崖，回程他們卻得繞遠路。所幸大霧已散，視野清晰，洪堡毫無困難地找到了路。邦普蘭跟在他後頭。他覺得自己的膝蓋很不可靠，一直覺得自己走在流動的水面上，視覺上的折射效果讓他舉步維艱。就連握在手裡的拐杖也輕佻得不成體統，不但晃來晃去，還一下子戳進雪堆裡，一下子敲打在岩石上，搞得邦普蘭除了追著走之外，別無他法。太陽已經很低了。洪堡一不小心沿著一堆碎石子滑了下去，雙手和臉多處擦傷，外套也磨破了，唯獨氣壓計毫髮無傷。

疼痛也有好處，他咬牙切齒地說，那一瞬間他終於看清楚眼前的一切，那隻狗也消失了。

那隻狗，邦普蘭說，他眞的很受不了那隻狗。

他們今天一定要下山，洪堡說，半夜會更冷，到時候情況一定會更糟，他們甚至會喪命。他往地上吐了一口血水。他眞的爲那隻狗感到難過，他眞的很愛那隻狗。

難得此刻兩人如此坦白，邦普蘭說，反正明天可以把一切歸咎於高山症作祟，所以他眞的很想知道，剛才洪堡在走雪橋時，心裡在想什麼？

他命令自己什麼都不准想，洪堡回答，所以他眞的什麼都沒想。

完全沒有嗎？

絲毫沒有。

邦普蘭轉過頭去，望著那團逐漸在消失的蜂巢。兩個一路跟隨他的夥伴已先行離去，現在他只需要再擺脫一個。或許根本沒必要了。他高度懷疑，剩下的那個就是他自己。

他們兩人，洪堡說，登上了世界最高峰。無論將來他們的人生如何，這件事將永不改變。

並沒有完全登上去啦，邦普蘭說。

胡說！

一個人若是說他爬過那座山，就代表他一定去過山頂。如果沒去過山頂，就不算是爬過那座山。

洪堡望著自己血跡斑斑的手，不再說話。

在橋上的時候，邦普蘭說，他眞的感到好遺憾，自己竟然走在第二個。

別那麼世俗，洪堡說。

不只是這樣，還因爲他第一個抵達安全的地方。他有好多奇怪的想像，如果他走前面，心裡有個聲音告訴他——他很希望一走到對岸整座橋就垮了，一步之差，就他一個人抵達。這渴望非常強烈。

洪堡沒有回答他。他似乎也陷入了沉思中。

邦普蘭覺得頭好痛，又開始發燒了。他精疲力竭。要消除這一天的疲憊，肯定得花很長的時間。遠渡重洋到處旅行的人，他說，能體會許多事，有些事甚至超越了自己。

洪堡說了聲對不起。他沒聽清楚，風太大了！

邦普蘭沉默了幾秒。沒什麼重要的，他慶幸對方沒聽見。不過是瞎扯、閒聊。

那就好，洪堡面無表情地說，別再拖延了！

兩小時後，他們找到在等待的嚮導。洪堡要求歸還他的遺書，一拿到手，立刻將遺書撕碎。這種事絕不能馬虎！沒有任何事比寫遺書的人還活著更叫人尷尬。

他覺得無所謂，邦普蘭頭痛欲裂地說，隨便他們要保有他那封信，或者要丟掉，還是要寄出去，隨便他們。

當晚風雪交加，爲了抵禦風寒，洪堡縮在一張毯子下，漏夜振筆疾書，一共寫了十二封信，這些信都要寄回歐洲。他要告訴大家，跟所有逝去的古人相比，他洪堡登上了最高處。他小心地封好每一封信。完成後，意識才漸漸模糊。

9 花園

天都黑了，教授才來敲領主官邸的門。一個瘦長的年輕僕人來應門，他一開門便說：封得嘔的好嘔伯爵不見任何人了。

高斯拜託他把伯爵的名字再複誦一遍。

僕人又講了一遍：辛里希・封得嘔的好嘔伯爵。

高斯忍不住笑了出來。

僕人滿臉不耐煩地看著高斯，似乎覺得這人一定是剛從牛糞堆裡爬出來的。接著冷冷地說：我家主人，其尊貴的家族幾千年來都是這封號。

德意志本來就是個可笑的地方，高斯回答。總之，他是爲了大地測量而來。有些障礙物必須先移除，所以國家得向，嗯——什麼先生呀，他忍不住又笑了。嗯，國家得向伯爵先生先收購幾顆樹和幾間沒什麼價值的儲物倉。一些形式上的手續而已，一下子就好。

或許一下子就好，僕人說，但肯定不是今晚。

高斯看了看自己髒兮兮的靴子。他就怕會這樣。好吧，今晚他就留宿在這裡，請幫他準備一間房！

應該沒有空房了，僕人傲慢地說。

高斯摘下頭上的鵝絨帽，搓了搓額頭，又整整衣領。他覺得自己很不舒服，全身是汗，胃也開始疼痛。請不要誤會，他可不是來請求施捨的，他是國家測量委員會的主席，如果再刁難他，他就去找警察陪同他過來。現在懂了嗎？

僕人倒退了一步。

到底聽懂了沒？

懂了，僕人不情願地應了一聲。

要說：聽懂了，教授先生！

聽懂了，教授先生，僕人十分不情願地複誦了一遍。

那好，現在他要見伯爵。

僕人一臉爲難地用力皺眉，皺得額頭全擠成一團。或許他先前沒講清楚，他家主人已經休息了。睡著了！

只要一下子就好，高斯說。

僕人拚命搖頭。

睡著又不是什麼不可改變的命運。睡著了，可以把他叫醒。他在這裡站越久，就得越晚把伯爵叫醒，得拖到更晚，才能讓伯爵再回到他溫暖的被窩。而且他的脾氣也會越來越差，因爲他已經累得像條狗了。

僕人粗聲粗氣地說，請跟他走。

他端著蠟燭，腳步極快，似乎存心要高斯跟不上。這原本難不倒他，只是高斯現在腳痛得要命，鞋子的皮革太硬，羊毛衣還搞得他全身發癢，此外後頸部也無比灼痛，一定又曬傷了。他們走過一條鋪著褪色地毯的低矮通道。一位身材曼妙的侍女捧著一盆夜壺經過，高斯眼光哀怨地一路盯著她。他們沿著一段階梯往下走，又往上，然後又往下。如此複雜的結構存心要讓客人迷路，對沒有幾何想像力的人肯定管用。高斯約略估計了一下：以大門爲起點，他們現在應該往上走了十二步，往西走了四十步，並且還在繼續往西南方向走。僕人敲了一下門，然後打開，對著裡頭說了一些話，接著示意高斯進去。搖椅上坐著一個老人，穿著睡袍和木製拖鞋。人很高大，臉頰凹陷，眼光咄咄逼人。

敝人乃封得嘔的好嘔，很高興認識您。請教，有什麼事這麼好笑？

他沒有笑，高斯回答。他是政府派遣來的測地學家。他絕對沒有笑，他只是想自我介紹，並且向主人表達謝意，如此而已。

伯爵問，爲了這個把他叫醒？

就爲了這個，高斯回答，願伯爵一夜好眠！高斯心滿意足地跟著僕人往下走過一段階梯，接著又通過一條悶到令人窒息的通道。他絕不允許別人再次把他當下人看！

可惜勝利的滋味不長。僕人帶他來到一處恐怖的洞穴。這房間惡臭難當，地上鋪了些發霉的乾草，一片簡陋的木板就是床了，有個鏽蝕不堪的鐵盆裡裝著一些不怎麼乾淨的水，這就是盥洗盆。根本沒便盆。

他已經有經驗了，高斯無奈地說。兩個禮拜前，有個農夫將狗窩讓給他睡。跟這裡比起來，那狗窩還眞是挺舒適的。

也許吧，僕人說完打算要走，臨走前又補上一句：沒有其他房間囉。

高斯哀怨地強迫自己躺上那片木板。枕頭很硬，又很臭。他拿帽子墊著，但不管用。他根本無法入睡。背好疼，空氣好臭，他怕有鬼，一如每個夜晚，他很想念約翰娜。唉，一個不留神竟坐上這職位，搞得每天得翻山越嶺，爲了買幾棵歪歪斜斜的樹，得跟那些無知的農民不斷周旋。今天下午他才剛爲了一棵老樺樹，付給一個農夫超過其價值五倍的錢。工人花了老半天工夫，才把那棵礙眼的樹摺倒。樹倒了，歐根才能利用光束反射打訊號給他，他也才能利用經緯儀來接收這些訊號，藉此測定距離。一開始，那頭笨驢又把方向打錯了！他們約好明天會合，明天他一定要記住，從這裡到下一個連接點，最大誤差不能超過兩個刻度。這就是他現在的工作。那本天文學的書早就出版了，大學放了他長假。無論如何，這工作至少收入還不錯。一個人只要不笨，總有機會用各種方法賺外快。想到這裡他終於入睡了。

一早他從惡夢中醒來。他看見自己躺在那片木板上做夢，夢見自己正躺在那片木板上做夢，而且也正夢著自己躺在那片木板上做夢。他驚慌無比地彈坐起來，立刻想到：這只是夢境，他還沒有眞的醒過來。數秒之內，他迅速從一個現實進入另一個現實，然後又從那個現實進入另一個現實。但每個醒來的現實都一樣，都是這間地上堆著草、牆角邊有個水盆的骯髒房間。一次有個長長的黑影站在門邊，一次有隻死狗被扔在牆角，一次有個戴著木製面具的男孩溜進來搗亂，他正想看清楚，他卻一溜煙不見了。當他終於精疲力竭眞正醒過來時，他正坐在床邊，呆望著清晨明亮的晴空，適才的恐懼一直揮之不去：他覺得自己差一點就回不來了，回不來眞正屬於他的現實。他往臉上潑了些冷水，想起歐根——下午要跟他會合。只要能罵罵他，心情就會好些。他穿上衣服，疲倦地往外走。

他走過一排房間，廊上牆壁按時間順序掛滿了畫，全都是些表情嚴肅的男子，畫得很呆板，顏色太厚重。木製家具的表面大多斑駁脫落，上頭積滿了灰。他停在一面鏡子前若有所思，很不滿意鏡裡那男人的模樣。他隨手拉開一些抽屜，裡面是空的。忽然他看見花園裡有一道柵門，他覺得如釋重負。

這座花園打造得無比精緻：有棕櫚樹、各式蘭花、橘子樹，還有各種奇形怪狀的仙人掌，植物種類應有盡有，許多是高斯在書上沒見過的。鵝卵石在他腳下窸窸窣窣，一不小心讓藤蔓掃落了他的帽子。空氣裡瀰漫著香味，樹上掉下來的果實碎落滿地。越往深處走，植物生長得越茂密，走道也越狹窄，最後幾乎得弓著身子往前行。眞是奢華！他只希望沒見過的昆蟲不要突然出現才好。當他鑽過兩棵棕櫚樹，正要大步邁向前去，外套突然給勾住了，他一個踉蹌，險些跌進荊棘叢裡。前面竟是一片草地。搖椅上坐著的依舊是一身睡袍、一頭亂髮，並且打著赤腳的伯爵，他正在喝茶。

眞是嘆爲觀止，高斯說。

從前更漂亮，伯爵說，如今雇用園丁太貴。之前這裡被法軍占領，許多東西都毀了。前不久他才回來。之前他避居瑞士，當一個流浪者，所幸目前局勢有了轉機。測地學家，不一起坐下嗎？

高斯看了四周一眼。只有一張椅子，伯爵正坐著。不一定要坐，他說得言不由衷。

那麼，伯爵說，我們可以開始交易囉。

只是一些形式上的手續，高斯回答，爲了測量和定位，他們必須把伯爵領土上的三棵樹砍掉，這樣才不會擋住從這裡到相恩霍斯特的測量點之間的視線，另外還要拆掉幾間明顯閒置多年的貨倉。

相恩霍斯特？沒有人能看得那麼遠！

可以，高斯說，只要利用光束就可以。他發明了一種儀器，可利用光束反射來傳送訊息，其反射距離確實可遠到令人不敢置信。利用這儀器，人類首度能從地球向月球發射訊號、進行溝通[64]。

從地球向月球啊，伯爵驚訝地複誦了一遍。

高斯會心一笑地點點頭，這個蠢老頭現在心裡在想什麼，他了然於胸。

關於那些樹和貨倉，伯爵說，其價值顯然被低估了。爲了以備不時之需，貨倉乃不可或缺。至於那些樹更是無價之寶。

高斯嘆了一口氣。其實他好想坐下來，這種愚蠢的對話不知道還要進行多少回？當然，高斯疲憊地說，但價格不能太高。他很了解行情，木材和茅草屋值多少錢他很清楚。就當前局勢，大家不該漫天喊價，造成國家的負擔。

愛國主義！伯爵嘆道，眞是有趣。尤其是要求他愛國的人，前不久還是個法國官員。

高斯睜大了眼睛瞪著他。

伯爵低頭嚐了一口茶，然後說，千萬別誤會，這絕非指責。現在時局這麼亂，每個人都只能將就時局、將就機會。

因爲我，高斯說，拿破崙才沒有攻打哥廷根！

伯爵點了點頭，看起來毫不驚訝。不是每個人都能這麼幸運，能獲得科西嘉人的賞識。

因爲沒有人像我這般傑出，高斯回答。

伯爵若有所思地望著自己的茶杯。是啊，至少測地學家做起生意來，不像他看起來那樣外行。

高斯問，這話什麼意思？

他猜，測地學家付給他的應該是國內通用的貨幣吧？

當然囉，高斯回答。

那他不禁要問，國家付給測地學家的難道不是黃金嗎？如果眞是黃金，當中的價差可是很驚人！這一點，不用是數學家就能算得很清楚。

高斯漲紅了臉。

至少人人敬稱的數學王子，伯爵接著又說，更不會沒想到這一點。

高斯把手藏到背後交握，眼睛望著種在棕櫚樹上的蘭花。這並不違法，高斯嘴上這麼說，聲音卻像卡住了一樣。

無庸置疑，伯爵回答，他相信，測地學家一定早就確認過，這麼做並不違法。此外，他對測量工作相當好奇。這工作要好幾個月扛著一大堆儀器翻山越嶺，令人嘆爲觀止。

在德國就是這樣，但同樣的工作在安地斯山脈，就會被說成豐功偉業，是偉大的發現者。

伯爵搖搖頭。這工作無論如何都很艱辛，至少都要離開家人。測地學家成家了嗎？有賢內助？

高斯點點頭。他覺得陽光好刺眼，尤其那些植物讓他很不安。他問，現在可以談談收購樹木的事嗎？他得出發了，他時間有限！

不至於這麼有限吧，伯爵說，既然能寫出《算學研究》這等巨作，就再也不必著急了吧。

高斯望著伯爵，驚訝極了。

省掉那些不必要的謙遜吧，伯爵說，分圓這部分就他見最爲出色，甚至在裡頭還發現了一些讓他可以學習的東西。

高斯大笑。

眞的，眞的，伯爵說，他是認眞的。

他只是感到驚訝，高斯趕緊說，竟然可以在這裡遇到有此嗜好的人。

他個人認爲，更恰當的說法應該是對知識如此熱中的人，伯爵說，他的興趣非常廣泛。他向來認爲，人不應該只學習自己關心的事，還應該盡量拓展視野，學習各方面知識。順便趁這個機會討教：他聽說，測地學家有事情想跟他談。

什麼？

事情過去好一會兒了，但聽說既有抱怨，又大發脾氣，還揚言要報官！

高斯搓了搓額頭。他覺得越來越熱。他聽不懂這傢伙在講什麼。

肯定不是這麼一回事，對吧？

高斯一臉茫然地望著他。

那就一定不是了，伯爵說，有關那些樹木的事，完全免費。

但儲物倉呢？

一樣免費。

爲什麼？高斯脫口而出，問完他自己也嚇了一跳，多愚蠢且錯誤的問法！任何事都要有理由嗎？難道不能只是基於人民對國家的愛？不能只是基於他個人對測地學家的敬意？

高斯微微欠身，表達了謝意。他眞的要走了，他那個不成材的兒子正在等他，他今天還要測量好長一段距離，得一路測量到卡布斯洛赫。

伯爵用他又瘦又單薄的手在空中揮舞道別。

在走回官邸的路上，高斯一度以爲自己迷失了方向。他讓自己重新集中精神，先向右，然後向左，然後再向右，通過一道柵門，右轉兩次，再通過一道門，就到了他前一天所在的位置：入口大廳。僕人已等在那裡，畢恭畢敬地爲高斯打開門，並爲昨晚給高斯那樣的房間而道歉。他眞的不知道來者何人。那原本是間騎兵房，現在專門留給無賴或流浪漢用。但上面眞的有很不錯的房間，有鏡子，盥洗台，還有寢具。

專門留給無賴或流浪漢用，高斯喃喃自語地複誦了一遍。

是啊，僕人面無表情地說，專給那些又髒又沒教養的下等人。說完便輕輕地闔上了門。

高斯深深吸了一口氣，出來眞是如釋重負。他得趕緊離開，免得那瘋子又後悔了。他竟然讀過《算學研究》！對於自己這麼出名，他一直很不習慣。即便當時的戰火如火如荼，拿破崙還曾派遣副官捎來問候，他也同樣以爲是搞錯了。或許在別的地方也有人受過同樣的禮遇，不過他永遠也不會知道。他邁開大步，順著斜坡往下走，走進森林。

可惡，昨天做好記號的那幾棵樹全都位於森林深處、樹木最茂密的地方。天氣異常悶熱，他全身是汗，蒼蠅繞著四周打轉。他昨天已經把必須砍掉的樹全都畫上白色記號，現在要做第二道記號，標出哪幾顆樹已取得領主同意可以砍除。不久前歐根還問他，難道他不覺得可惜嗎？這些樹又老又高，提供許多遮蔭的好地方，應該還可以活很久。唉，這孩子多愁善感，腦筋又不靈光。眞是遺憾，他原本決定要讓孩子們繼承他的天分，要他們輕鬆愉快地學習，要把他們的天賦異稟全都激發出來。結果，他們什麼天賦也沒有，甚至不比別人聰明。約瑟夫還不錯，當了軍事律師，當然囉，他是約翰娜生的。威廉米娜至少也很乖巧，而且還會把家裡收拾得一塵不染。歐根呢？

他終於找到了那間儲物倉，並且標上了記號。要等工人把這間倉庫完全拆掉，或許得花好幾天。接著他要先確定一個角，再以此角的一邊爲基準線。等這個三角形完成後，這個測量網就又多了一個三角形，面積就更大了。他得一直重複這些步驟，一步接一步，每個步驟都要精確，並且得一路測量到丹麥邊境。

其實過不了多久，這繁複的工作就會變得很簡單。人們可搭乘熱氣球升空，利用磁力強度來確定距離[65]，還可以利用電流傳訊，把測量結果從一個觀測點傳送到下一個觀測點，然後根據電流的震動強度和間隔來識別這些訊號[66]。可惜這些現在都幫不了他，他必須躬體力行，利用皮尺、六分儀、經緯儀這些落後而笨重的儀器測量，還得在泥濘的土地上疲於奔命。除此之外，他還得用純粹的數學方法來解決測量過程中的不精確[67]。每次一點點小誤差，加起來就是個大災難。截至目前爲止，世上還沒有任何一張精確的地圖，這裡沒有，任何地方都沒有。

他覺得鼻子很癢，原來有隻蚊子飛進他的鼻孔裡。他抹掉臉上的汗，想起有關洪堡的報導，有關他在奧利諾科河遇到的大群蚊子：人類和昆蟲眞的無法長時間和平共處，向來都不行，未來也不行。上禮拜歐根才被一隻大黃蜂螫傷。據說每個人身上都有百萬隻蟲子。不管運氣再好、技術再佳，都沒人能把身上的蟲子全部殺光。他坐在一棵樹下，從背包裡取出一小塊硬麵包，小心翼翼地咬著。不到幾秒，他的頭竟被一群黃蜂包圍。平心而論實在不得不承認，昆蟲已經贏了。

他忽然想起妻子米娜。他從沒騙過她。一開始，他想娶的其實是妮娜，但巴特斯的一封長信讓他相信，他不可以這麼做。於是他跟米娜說，他需要有人幫他照顧孩子，幫他整理家務，照顧他的老母親，此外他實在無法一個人過生活，而她又是約翰娜生前最好的朋友。至於米娜，她不久前才跟某個笨蛋解除了婚約，她已經不再年輕，要再覓得結婚機會難上加難。她一害羞，竟然咯咯笑了起來，扭身便往外走，但很快又走回來。回來後一直捏著自己的衣角，接著還哭了，然後一口答應了求婚。

他想起婚禮上的她，想起自己的震驚：當他看見她身著白紗，歡天喜地拉開幸福的微笑，因此露出一口巨齒時，喔，他當時多震驚！他承認自己錯了。問題不在於他不愛她，問題在於他根本無法忍受她。只要一靠近她，他就覺得緊張、不快樂。他還覺得她的聲音像是粉筆在黑板上用力摩擦出來的吱吱聲。每次只要一看見她的臉，縱使只是從遠處瞧見，他就開始爲自己的孤單而沉吟。一想起她，他就寧願自己已經死了。爲什麼他會成爲測地學家？爲了不想回家。

他發現，自己又失去方向了。他抬頭觀測：蒼翠樹梢竄入迷濛的天空中，森林的地面在他踩過之後，似乎又輕輕彈了回來。他得格外小心，滿布樹根的林地非常潮濕，一不留神就會滑倒。中午他又得找戶農家吃飯，肯定又要被麵包湯和油膩膩的牛奶搞得腹痛如絞。每個鄉下醫生都愛嘮叨：大汗淋漓是很不健康的。

歐根整整遲到了好幾個小時，一進森林便看見高斯一臉不耐煩地在林中踱步、咒罵。

爲什麼現在才到，高斯衝著歐根吼。

歐根說，他不是故意的。有個農夫跟他指錯方向，接著他又錯過儲物倉那個記號，因爲記號實在畫得太低了，剛好被一隻母山羊擋住。後來他終於發現了那個記號，但母山羊竟然朝他衝了過來。他從來沒有被母山羊咬過，根本沒料到會發生這種事。

高斯嘆了口氣，舉起手。歐根以爲要被摑巴掌，本能地往後縮。其實高斯只是想拍拍他的肩。這下子高斯眞的火大了，他收手不是，不收手也不是，被搞得尷尬無比，只好眞的一掌摑下去。這巴掌似乎打得太重，歐根滿臉錯愕地望著他。

看你站那什麼模樣，高斯大吼，似乎在爲這一巴掌找理由。站直！他一把取過歐根手裡的日觀測儀。這男孩毫無疑問繼承了母親米娜的頭腦，從父親那裡只遺傳到憂鬱的性格。高斯動作極其輕柔地開始調整儀器上的水晶鏡面、刻度，和可以自由旋轉的望遠鏡。這項發明夠人類用很久了！眞希望，他說，能親自示範這架機器給伯爵看。

哪個伯爵啊？

高斯又嘆了口氣。從小他就習慣別人很遲鈍。但自己的兒子，他實在無法漠視。笨得像頭驢，說完他便逕自往前走。一想到還有無數工作等著他完成，他就腦袋發暈。德國並非都市型國家，大部分居民都是農民，不然就是一些脾氣古怪的貴族，而且境內大多數地區都是森林和落後的村莊。這些他都得一一造訪，一想到就覺得可怕。

10 首都

第一個採訪者已等在新西班牙了。

他們差一點回不了新西班牙，因爲船長拒絕外國人上船，而那是唯一一艘開往韋拉克魯斯的船。不管有沒有證件，不管是否允許，反正他是新格蘭那達人，西班牙的事他不感興趣，烏奎尤的章根本沒有用了，過去在這裡不管用，現在連在西班牙也無效了。基於原則問題，洪堡不願賄賂船長，最後的解決辦法是洪堡將錢交給邦普蘭，邦普蘭拿錢去賄賂船長。

途中經過科托帕西峰⑱時剛好遇到火山爆發，並引發了海嘯。船長根本不理會洪堡的忠告——他航行這條路線這麼多年了，要他修正航向乃違反航海法，若是一般船務人員早就要被吊死了。不聽建議的結果，就是他們嚴重偏離了航道。爲了不浪費這場海嘯，爲了觀測這場連海岸線都擋不住的滔天巨浪，洪堡叫人把他高高綁在船頭上，大約高於水平面五公尺。他就這麼一整天吊在那裡，從早到晚，六分儀的接目鏡一刻也沒有離開過他的眼睛。從船頭下來後，他雖然有點頭暈目眩，卻紅光滿面，精神抖擻，甚至還有點興高采烈，他完全不能理解，爲何那些水手從此以後都視他爲惡魔。

韋拉克魯斯的碼頭上候著一位鼻下留了一小撮鬍鬚的男人。他叫葛梅茲，爲多家西班牙報社及德國報社撰寫文章。他懇求留在伯爵身邊進行採訪。

不是伯爵，邦普蘭糾正道，只是男爵。

由於他會自己記錄整個旅行過程，所以他覺得沒有必要，說完後洪堡滿是責備地看了邦普蘭一眼。

葛梅茲保證，他會像影子或幽靈一樣，讓人完全感覺不到他的存在，不過他也會像證人一樣盡其所能觀察，鉅細靡遺記錄。

首先，洪堡得爲這個港口城市定出正確地理位置。一張精確的新西班牙地圖，洪堡躺在地上，用望遠鏡校準夜空，一邊說給葛梅茲記下：不但有助於殖民地開發，還能有效提升人類征服大自然的速度，並能幫助統治者掌握國家未來的命運，把國家帶往更有利的方向。據說有個德國天文學家算出一顆新行星的運行軌跡。眞可惜，沒辦法知道得更詳細，這裡只能看到早就過期的報紙。有時候他眞想回家。他放下望遠鏡，請葛梅茲把最後兩句話刪掉。

他們進入山區。邦普蘭不再發燒，身體已恢復健康，但看起來非常清瘦，大太陽底下竟顯得無比蒼白，臉上第一次冒出皺紋，頭髮明顯比幾年前少。最近他開始咬指甲，而且有事沒事就習慣性咳嗽。他掉了好多顆牙，所以有進食上的困難。

相反的，洪堡看不出有任何改變。他依舊忙碌，手上正在繪製南美洲的剖面圖。他在地圖上清楚標示出各種植物分布區域，以及隨高度增加而不斷下降的氣壓，還有山脈的各種岩石結構分布與交錯狀況。爲了研究岩石內部的結構與形態，洪堡爬進非常狹窄的洞穴裡，好幾次卡在中間動彈不得，得靠邦普蘭拉住他的腳，硬把他拖出來。還有一次他爬上一棵樹，結果樹枝斷裂，不偏不倚摔在正在隨行記錄的葛梅茲身上。

葛梅茲問邦普蘭，洪堡到底是怎樣的人？

洪堡是他在這世上最了解的人，邦普蘭說，他了解他的程度超過了解自己的父母親，甚至他自己。他並沒有刻意，但結果就是這樣。

還有呢？

邦普蘭嘆了一口氣。他也不知道。

葛梅茲問，他們在一起多久了？

他也不知道，邦普蘭又回答，久得像一輩子，或許更久。

爲什麼他願意承受這一切？

邦普蘭望著他，雙眼充滿血絲。

爲什麼，葛梅茲又重複一遍自己的問題，爲什麼他要承受這一切？爲什麼他會成爲洪堡的助手——

不是助手，邦普蘭立刻糾正他，是夥伴。

爲什麼經歷了這麼多苦難和這麼多年，他還願意一直留在他身邊當他的夥伴？

邦普蘭陷入沉思。原因好多。

例如？

原本，邦普蘭說，他只是想離開故鄉拉羅謝爾。但後來發生一連串的事情，一樁接著一樁。時間過得好快，快得荒謬。

但，葛梅茲說，這不算回答。

他得趕快去蒐集仙人掌了。邦普蘭轉過身去，手腳俐落地攀上一座小山丘。

洪堡甚至深入了塔斯科⑲礦區。他在開採銀礦的礦坑裡觀察了好幾天，仔細研究坑道的表面結構和建築方式，他敲打岩石，並和礦坑管理員交談許久。他戴著自己發明的呼吸面具和礦坑燈，看起來簡直像怪物。每次他一出現，礦工都會被嚇得跪地求饒，甚至驚呼上帝保佑。礦工們有好幾次對他扔石頭，他得靠工頭保護才得以全身而退。

最吸引他的其實是礦工們高超的偷竊技巧。在出礦坑前，每個礦工都要接受嚴格檢查，他們還是有辦法夾帶礦石出去。洪堡詢問管理人員，基於學術研究，他能不能參與檢查身體的工作。他發現這些礦工把銀塊藏在頭髮裡，胳肢窩下，甚至是肛門內。違反其原則的檢查方式，洪堡對負責管理礦坑的官員說——這傢伙名叫唐・費南多・加西亞・烏堤拉——比方說直接碰觸小男孩肚臍眼的行爲，即便是爲了科學研究，爲了國家利益，他也絕不會做。後者莫名其妙地望著洪堡。如果不能先摒除工人追求個人利益的私心，就無法落實有計畫開採地下寶藏的偉大事業。說完他又重複了一遍，好讓葛梅茲完整記下來。此外，他還建議更新設備，因為意外太常發生了。

這裡的工人夠多，唐．費南多說，死了馬上就有人可以遞補。

洪堡略顯不悅地問他，莫非他沒唸過康德。

唸過一點，唐．費南多說，但是他無法認同，他比較喜歡萊布尼茲。由於他本身有一點德國血統，才會去接觸這些稀奇古怪的想法。

在他們要繼續踏上旅程的那天，天空出現兩顆用繩索固定在地面上定點升空的熱氣球，飄在太陽旁邊顯得渾圓閃耀。現在正流行，葛梅茲解釋道，只要稍有地位，希望展現個人勇氣者都會升空一試。

多年前，他第一次見到熱氣球升空是在德國，洪堡說，能在那時候搭乘熱氣球升空的人真是幸運。當時升空雖然不再是遙不可及的夢想或奇蹟，但也沒有淪落到像現在這般庸俗、譁眾取寵。就像如今大家一窩風流行找新行星一樣。

他們在庫埃納瓦卡[70]遇見了一個來自北美的年輕人。他蓄著一搓細緻的鬍鬚，名叫威爾森，專門為《費城新聞》撰寫報導。

這樣就真的太多人了，洪堡說。

雖然美利堅合眾國一直走不出強大鄰國的陰影，威爾森說，但這年輕國家也有自己的群眾，這些群眾越來越關心洪堡將軍的各項活動。

是礦區督察員，洪堡搶在邦普蘭之前糾正威爾森，不是將軍！

快到首都時，洪堡換上正式的軍官禮服。總督親率官員們在一座小丘上等候，準備致贈洪堡當地的市鑰。除了巴黎之外，他們從沒見過如此大規模的都會。這裡有大學、公共圖書館、植物園、國家藝術研究院，還有一間仿效普魯士礦業研究院規劃的國家礦業研究所，所長是他在佛萊貝格唸書時期的同窗安德烈亞斯・德爾・里歐。那傢伙顯然沒有因爲老友重逢而欣喜，他雙手按住洪堡的肩膀，始終和他保持一臂之距，然後瞇起眼睛打量他。

原來全是眞的，他用破破爛爛的德文說，我還以爲只是流言。

什麼流言？遇到布隆巴赫之後，洪堡也好久沒說德語了，所以他的德文聽起來既僵硬又生疏。他拚命在腦中尋找字彙。

各種謠言啊，安德烈亞斯回答，比方說，他是美利堅合眾國派來的間諜，或是西班牙派來的。

洪堡大笑：西班牙人自己派間諜到西班牙殖民地去？

沒錯啊，安德烈亞斯說，這裡很快就不再是西班牙的殖民地了，西班牙當局很清楚，只有這裡的人才剛知道。

靠近中央廣場的地方有個開挖古蹟的工地，人們正在挖掘當初被克爾特茲[71]摧毀的阿茲特克廟宇。幾個工人站在廟宇遮蔭處打哈欠，空氣中瀰漫著嗆鼻的玉米餅氣味，地上躺著幾具眼睛上鑲著寶石的骷髏，還有無數黑曜石磨成的刀，另外有一些高工藝水準的戰役石雕，以及一些胸腔被挖開的小型陶偶，和一座雕著骷髏頭的石製祭壇。玉米的氣味讓洪堡很不舒服。他一回頭，正好看到手裡拿著筆記本的威爾森和葛梅茲。

他拜託他們先離開，讓他獨自一人留在這裡，他必須集中精神。

這就是偉大研究者的工作態度，威爾森讚嘆道。

爲了集中精神，必須獨自一個人，葛梅茲如獲至寶地說，這件事一定要讓全世界人都知道！

洪堡站在一座巨大石輪前。上頭雕著一尊軀體似蜥蜴，頭似蛇的雕像，還有一些由幾何碎片組成的人形。中央則是一張臉，舌頭吐了出來，眼睛沒有眼瞼。洪堡注視了很久，在混亂中逐漸理出頭緒，看出存在當中的呼應：這些圖案間存在著一種巧妙的互補關係，各種記號依據自己的規律性重複出現，並且隱藏著數字密碼。天啊，這是一部曆法！他想要描繪下來，卻怎麼也辦不到，和中央的那張臉有關嗎？他問自己，究竟在哪裡見過這樣的眼神。他想起那頭美洲豹，又想起闖進黏土屋裡的男孩。他焦躁不安地望著自己的筆記本。他需要找個專業繪圖者來畫下。他再次凝視那張臉，不曉得是因爲太熱或是因爲玉米的氣味，他得調過頭去。

兩萬人，一個工人興致勃勃地說，這座廟宇落成時一共獻祭了兩萬個活人。一個接著一個，先挖出心臟，再砍掉頭。獻祭者的行列從這裡一直排到城外。

這位先生，洪堡忍不住插嘴道，請不要胡說八道！

工人瞪著他，一副受辱的模樣。

一天之內，在同一個地方，兩萬個人，這根本無法想像。獻祭者絕對無法忍受，圍觀的群眾更不可能受得了。況且，宇宙的秩序絕不容許這種事發生。如果眞的發生了，宇宙一定會滅亡。

宇宙，哼，那個工人嗤之以鼻說，根本無所謂！

傍晚，洪堡在總督官邸用餐。安德烈亞斯・德爾・里歐還有其他的官員也都出席了，此外還有博物館館長和幾位軍官，以及一位皮膚黝黑，身材矮小，穿著華麗體面卻沉默寡言的男士。他名叫孔特・德・蒙特蘇馬，阿茲特克最後一任皇帝的曾曾孫，並且是西班牙帝國的大公。其封地位於西班牙的卡斯提爾，目前因商務所需，來殖民地已經好幾個月了。他的妻子是位高大的美女，用熱烈的眼光盯著洪堡，絲毫不掩飾她對洪堡的興趣。

是兩萬個人沒錯，總督說，或許還更多，大家對人數的估計眾說紛紜。阿茲特克帝國在最後一任大祭司特拉卡勒的領導下，幾乎可說是血流成河。

不只是祭司制度讓這種獻祭儀式大受推崇，安德烈亞斯補充道，就連一般人也經常以自殘的方式來獻祭。比方說——他先向女士們致歉，然後說，遇到重要節慶，男性常會從自己的陰莖取血來獻祭。

洪堡輕咳了一聲，先清了清喉嚨，然後開始談起歌德，他哥哥，還有他們對古代民族語言的濃厚興趣。他們大家都很推崇古老語言，認爲它們甚至比拉丁文更棒，更純粹，更貼近世界的起源。他想問的是，不曉得阿茲特克的語言是不是也一樣？

總督同樣一臉狐疑地望著孔特。

恕他無可奉告，他的頭連抬都沒抬一下，眼光一直停留在盤子上，只淡淡地回了一句，他只會講西班牙文。

爲了轉移話題，總督問洪堡，他對銀礦場有何看法。

一點效率也沒有，洪堡心不在焉地說，根本就是業餘的做法，一場糊塗。他閉上眼睛，那張刻在石頭上的臉立刻浮現眼前。他覺得有東西在看他，而且從此將他牢牢記住。不過，因爲銀礦的利潤太龐大，他聽見自己說話的聲音，很容易讓沒效率的工作矇混過去。工具太老舊，夾帶和偷竊的數量大到驚人，工作人員的訓練不夠，素質極差。

現場立即鴉雀無聲。總督嚴厲地看了一眼臉色發白的安德烈亞斯．德爾．里歐。

他剛才說得太誇張了，洪堡自己也嚇了一跳，趕緊補充道，其實還有很多地方非常傑出！

孔特望著他，嘴角掛著一抹揶揄。

新西班牙需要一位有能力的礦業部長，總督意有所指地說。

洪堡問，莫非他想到合適的人選？

總督看著他默不作聲。

不可能，洪堡舉起手來拚命搖著說，他是普魯士人，絕不可能爲其他國家效力。

那晚，他等了很久才終於鼓起勇氣跟孔特大人交談幾句。他小聲地問，他知不知道有座用石頭雕刻出來的大型曆法石輪。

半徑大約五尺骨長[72]，對不對？

洪堡點點頭。

一些有羽毛的蛇，中央有一張瞪著人看的臉？

沒錯，洪堡驚呼道。

他什麼也不知道，孔特說，他不是印地安人，他是西班牙大公。

洪堡又問，難道家族沒有留下任何相關傳說或傳統嗎？

孔特激動地站起來，高度剛好到達洪堡胸前。他的祖先被克爾特茲挾持，爲了活命，得像女人一樣跟敵人求饒，並且受盡煎熬，痛哭哀嚎。被囚禁數週之後，終於決定投向敵方。

要是在以前，阿茲特克人民肯定會用石頭砸死他。就算現在，如果他孔特・德・蒙特蘇馬膽敢出現在中央廣場上，不出五分鐘一定會被打死。但孔特又想了想。也不一定，他說，或許什麼事也不會發生。一切都過去這麼久了，大家早就忘了。他伸手扶住妻子的手臂，抬起頭來，瞇著眼睛看洪堡。遇到他的人，總想從他臉上尋找阿茲特克皇帝留下的最後榮耀。每個聽到他名字的人，總是想透過他的身影尋回逝去的過往。不知洪堡能否體會這種心情？他只能活在偉大家族的陰影下。

有時候他也有這種感覺，洪堡回答。

哼，家族傳統，孔特一臉不屑地又說了一遍。然後連聲招呼都沒打，挽著妻子的手離開了。

隔天一早，洪堡發現邦普蘭不見了。洪堡開始找他。街上到處是小販：有個男人在賣水果乾，另一個在賣除了風濕以外什麼病都能治的神奇藥物。第三個小販則用斧頭砍掉自己的左手，然後忍痛走向群眾，讓大家檢查他的手，直到大家都檢查完把手還給他了，他才把手接回傷口，並且滴上一些自製的藥酒。他因爲失血過多而臉色蒼白，但滴過藥酒之後，他一再爬上桌面向群眾展示，他的手重新癒合了。圍觀的群眾鼓掌叫好，一下子買光所有的藥酒。第四個人賣的是專治風濕的靈藥，第五個賣的是印刷相當粗糙的畫冊。其中一本敘述一位法力無邊祭司的神奇事蹟，另一本則是一個印度青年的故事，他曾親眼目睹瓜地洛普[73]的聖母瑪利亞顯靈。第三本則是敘述一個德國男爵的冒險故事，此人不但駕船探索過地獄般的奧利諾科河絕境，還征服了世界最高峰。上頭的插圖畫得眞不賴，尤其是洪堡的制服，確實有幾分神似。

他找到了邦普蘭，事情完全符合他的猜測。那棟房子的裝潢相當華麗，門面貼滿高級瓷磚。門房請他在外面稍候。幾分鐘後，邦普蘭衣衫不整地衝了出來。

洪堡問，到底還要提醒他多少遍，他才會記得當初的約定？

這只是間旅館，跟其他一般旅館沒兩樣，邦普蘭強辯道，當初的約定根本就是強求，他從來沒有答應過。

不管如何，洪堡說，總之那是一項約定。

邦普蘭請他不要再說教了。

隔天他們朝波波卡特佩特山[74]前進。一條羊腸小徑幾乎一路通到山頂，葛梅茲、威爾森、首都市長，以及三位繪圖員，還有近百位圍觀群眾一路尾隨洪堡和邦普蘭。邦普蘭只要一剪下植物，就必須交給大家輪流觀賞，等植物再回到他手上，大多已破爛不堪，所以也不必放進植物標本採集箱裡了。洪堡在一處洞穴前戴上他自製的呼吸面具，如雷掌聲立刻響起。當他拿出氣壓計開始確認山頂高度，還有將溫度計吊進火山口時，小販們剛好可以利用空檔向群眾們兜售冷飲。

下山時，一位法國人走過來搭訕。他叫做杜普雷斯，爲巴黎多家報社執筆。原本他爲了採訪受法國皇家研究院之命出發遠征的鮑定，結果沒見到鮑定，卻意外聽說有個比鮑定更偉大的人在此，他眞是喜出望外。

洪堡聞言，一時間竟擠不出一絲自豪的笑容：他一直抱著一絲希望，希望能見到鮑定，可以跟他一起去菲律賓。他一直認爲，一定可以在阿卡普爾科[75]攔截到鮑定船長，然後跟他一起去探索那神聖的島嶼。

一起，杜普雷斯一邊複誦一邊記下，在島嶼上進行神聖的探索。

是「探索那神聖的島嶼」！

杜普雷斯把剛才的句子塗掉，重新寫過，然後抬頭向洪堡道謝。

接下來他們還走訪了陶蒂華康[76]遺跡。太雄偉了，簡直不像人類的建築。他們沿著一條筆直的大道，走到一處神廟四面環繞的廣場。洪堡坐在地上開始計算。尾隨其後的群眾與他保持一定的距離，從遠處觀察他。不久後開始有人不耐煩，甚至謾罵起來。一小時後，絕大多數的人都走了，九十分鐘後更是走得一個也不剩，只有三名記者留了下來。邦普蘭滿頭大汗地從大金字塔頂端繞了一圈回來。

眞沒想到這麼高！

洪堡手裡拿著六分儀，默默地點頭。

四個小時後，雖然早過傍晚了，洪堡還一直坐在那裡，維持著同樣的姿勢，身體趴在筆記本上。邦普蘭和記者們已經冷得睡著了。洪堡終於開始收拾儀器，他也終於了解：在夏至和冬至的那一天，站在大道上往前看，陽光會剛好越過大金字塔頂端，落在第二座金字塔頂，然後往下延伸出去。這整座城就是一部曆法。這到底是誰想出來的？這些人到底了解星象多少？他們到底想傳達什麼訊息？數千年來，他是第一個看懂此訊息的人。

爲何他如此沮喪，邦普蘭問，他被儀器的碰撞聲給吵醒了。

如此浩瀚的文明，如此駭人的殘暴，洪堡感慨萬千地說，這是一種什麼樣的結合啊！和德國所主張的完全相反。

或許，該是回家的時候了，邦普蘭說。

回城裡嗎？

不是指這座城。

洪堡默默望著夜空中的滿天星斗。好一會兒才說：好吧，他願意試著將這智慧驚人的石頭排列視爲大自然的一部分。並且願意就此算了，讓鮑定自己去遠征菲律賓吧，他將搭乘下一艘前往北美的船，然後從那裡返回歐洲。

但在此之前，他們先去探勘了荷魯約火山。五十年前，它曾在毫無預警下突然爆發，轟一聲巨響，大量岩漿和火山灰從地底噴出，如大雨驟降。光從遠處看見這座火山，洪堡就已激動得不斷拍手叫好。他一定要上去，他一邊說一邊讓採訪的記者寫下，此番探勘必能徹底終結水成論者的觀點。一想起偉大的亞伯拉罕·維爾納——他細心地幫記者拼出這名字的所有拼音——他就既難過又覺得抱歉。

剛抵達山腳，瓜納華托州的州長已率大隊人馬等在那裡，其中一位是第一個登上荷魯約火山的人，他名叫唐·羅蒙·艾斯培德，如今已垂垂老矣。此人堅持，一定要由他帶領洪堡一行人上山。他說，把這種事交給外行人眞是太危險了！

但是洪堡向他保證，世上沒有任何人比他攀登過更多座山。

唐·羅蒙無動於衷地再三提醒他們，千萬別直視太陽，而且每次跨出右腳時，一定同時呼喊瓜地洛普的聖母瑪利亞。

他們走得拖拖拉拉，老是得停下來等這個或那個隨行者，尤其是唐·羅蒙，他不是一再滑倒，就是累得無法再走。洪堡一路在眾人驚訝的表情下，規律地每隔四步就停下來用聽筒聽測地面岩石。一到山頂，他就命人用繩索將他吊入火山口。

這傢伙，唐·羅蒙說，一定是徹底瘋了，他從沒見過這種事。

當他們把洪堡拉出來時，他一臉鐵青，咳得幾乎喘不過氣來，全身衣服還透著焦黃。水成論，他瞇起眼睛興奮地大喊，從今而後水成論走進歷史了！

眞叫人傷心，邦普蘭說，他還寫過詩歌盛讚水成論呢。

他們在韋拉克魯斯搭程清晨第一艘船返回哈瓦那。他得承認，洪堡說，當他看見海岸線消失在薄霧中時，他確實感到興奮，一切終於要結束了。他靠著甲板上的欄杆，瞇著眼睛遙望天空。邦普蘭突然注意到：洪堡第一次看起來不像個年輕人。

他們很幸運，剛好有艘船要從哈瓦那啓程，沿著美洲大陸而上，然後再順著德拉瓦河航向費城。洪堡決定去找船長，向他出示自己的西班牙護照，並請求他准予搭乘。

天啊，船長驚道，又是你！

我的天啊！洪堡也非常驚訝。

兩個人無所適從地僵在那裡。

他認爲這樣不妥，船長想拒絕。

但他眞的得搭船去，洪堡說，他承諾，航行時絕不干預航向，也不進行任何方位測量，他會完全信任船長。當初橫越海洋，船長精良的航海技術，他至今記憶猶新。雖然那次爆發了瘟疫，船上又只有個庸醫，還出現了一點點航距上的計算錯誤。

這次竟然要去費城，船長說，就他的立場，他才不管這些殖民主義者，他無所謂，要在哪裡瞎搞都一樣。

他一共有十四箱岩石標本和植物標本，洪堡說，另外還有二十四個關著猴子和鳥類的籠子，一些裝著昆蟲和蜘蛛的玻璃罐，搬運這些東西時都得非常小心。如果方便的話，現在就可以搬上船了。

這是個熱鬧活躍的港口，船長說，船班非常多，相信下一艘船很快就會來了。

其實他也不反對，洪堡說，只是他手上的簽證讓他不敢或忘，篤信天主教的西班牙國王和王后正殷切盼望他盡快返航。

洪堡信守承諾，途中完全沒有干預航線。如果猴子沒有偷跑出籠，獨自吃光船上一半的存糧，還把兩隻大毒蜘蛛放了，並且躲進船長房間裡撕爛了所有的東西，這將是趟平靜祥和的旅程。洪堡幾乎都待在船尾的甲板上，睡得比平常多，一共寫了三封信，一封給歌德，一封給他哥哥，一封給湯瑪斯・傑佛遜[77]。船抵費城，工人正在爲洪堡卸貨，船長和他再度話別。

他由衷盼望很快能再見，洪堡挺直地站著。

絕不會比他更殷切，船長也說——身上制服已經緊急縫補好了。他們互行軍禮道別。

接他們去首都的馬車已等候多時。使者遞交一封正式的邀請函：總統希望有此榮幸，能邀請各位下榻於剛落成的行政大廈，因爲他迫不及待想知道洪堡先生的傳奇經歷。

眞是隆重！杜普雷斯讚嘆道。

隆重仍不足以形容，威爾森說，洪堡與傑佛遜耶！他竟能躬逢其盛！

爲什麼是洪堡先生的經歷，邦普蘭問，爲何從來沒有人說是洪堡及邦普蘭的經歷？或者說是邦普蘭及洪堡的經歷？或者說是邦普蘭的遠征事蹟？有沒有人能跟他解釋一下？

不過是一個落後地區的總統，洪堡轉過頭去對邦普蘭說，他講的話不算數，沒有人會在乎他怎麼想！

首都華盛頓正在大興土木。到處是施工的鷹架，剛開挖的地基，以及堆積如山的磚頭、石塊。鋸木聲、榔頭敲打聲不絕於耳。行政大廈甫落成，但其實尚未完工，還在油漆。這是一棟古典的圓頂建築，四周有圓柱環繞。讓人深感欣慰，走下馬車時洪堡說，這棟建築再次見證了偉大的藝術史學家溫克爾曼⑱無遠弗屆的影響力！

一支訓練不夠精良的軍隊踢著不夠整齊的正步，對他們行軍禮歡迎，一記宏亮的號角響徹雲霄，美國國旗在風中熱烈飄揚。洪堡挺拔地站著，手舉在帽緣上答禮。大廈裡走出幾位身穿深色禮服的男子；爲首的是總統，跟在後面的是外交部長麥迪遜。洪堡說了些客套話，說他很榮幸來到此地，他個人對民主概念的推崇，以及他能擺脫君主專制轄區的喜悅。

用過餐了嗎，總統一把摟住洪堡的肩問。先吃點東西吧，男爵！

國宴的菜色令人不敢恭維，但合眾國裡所有達官貴人全到齊了。洪堡全場口沫橫飛，從酷寒的安地斯山脈說到奧利諾科河上的漫天蚊蟲。他口才極佳，只不過太過忘我：他的描述鉅細靡遺，不管是突如其來的暴風雨，氣壓變化所引起的暈眩，或是高度變化與植物分布之間的關係，還是各種昆蟲類型的細微差異，他都陳述得太詳盡，使得女士們紛紛打哈欠。他正要拿出筆記本介紹自己傲人的測量成果，邦普蘭便從桌底下踢了他一腳。洪堡終於暫停，喝了口酒，然後又高談闊論君主專制的弊病，開採礦石的不智，根本是一種假象的富裕，國民經濟從沒有因此而受惠過。他話鋒一轉，又開始談起奴隸制度造成的悲哀。他感覺又有人在踢他了。他憤怒地瞪了邦普蘭一眼，之後才發現，踢他的人是外交部長。

傑佛遜是大地主，麥迪遜小聲地提醒洪堡。

那又怎樣？

土地上所有的一切也都屬於他。

洪堡立刻改變話題。他提到哈瓦那骯髒不堪的碼頭，祕魯卡薩馬爾卡高原，還有印加皇帝阿打瓦巴⑲陷落地底的黃金花園，以及印加民族修築了長達數千英里的石道，這些石道巧妙連接起境內綿延不絕的山丘。洪堡喝了太多酒，遠遠超過他平常的酒量。他滿臉通紅，動作也變得極誇張。他一直都在旅途上，從八歲開始，同一個地方從沒有待超過六個月。他的足跡遍布世界各洲，看盡所有奧妙神奇，甚至那些東方童話裡虛構的事物：會飛的狗、多頭蛇、會說各種語言的鸚鵡。洪堡自顧自地輕笑起來，然後離席就寢去了。

隔天即使頭痛欲裂，洪堡還是在總統橢圓形的辦公室裡跟他進行了一場冗長的會談。傑佛遜身體往後一靠，摘下鼻梁上的眼鏡。

雙焦點兩用鏡片，總統說明道，他的好友富蘭克林的多項發明之一。坦白講，他一直覺得那個人很可怕，他從來沒辦法了解他。喔，喔，當然，非常樂意，儘管拿去！

洪堡接過眼鏡開始研究，傑佛遜雙手環抱胸前，趁洪堡在研究時，一面詢問他。洪堡常會偏離主題，每當洪堡離題時，他就會搖搖頭打斷，重新再問一遍。桌上擺著一張中美洲的地圖。他想知道一切有關新西班牙的事，運輸路線，礦藏所在。他對這些深感興趣，他想知道整個行政組織是如何運作，國內海外的命令如何布達，貴族間的政治氣氛如何，有多少軍力，裝備如何，訓練素質又如何？和這強權爲鄰，再多的資訊都嫌不夠。當然他還是很願意提醒男爵，他是受西班牙皇室的批准和委託才得以旅行，或許他有義務保持緘默。

哈，爲什麼，洪堡回答道，反正又不會損及任何人？他彎下腰，靠近地圖，先糾正了地圖上無數個錯誤，然後再精確標示出西班牙軍隊最重要的幾處駐守地點。

傑佛遜感慨萬千地向他道謝。待在這裡到底能知道些什麼？他們只是個位居邊陲、微不足道的新教徒國家，距離世界那麼遙遠。

洪堡看了一眼窗外。兩個工人正扛著一個梯子走過，第三個人在挖砂石坑。老實講，他迫不及待想回家。

回柏林？

洪堡聞言大笑。稍有理智的人都不會把那個醜陋的城市看成自己的家，他指的當然是巴黎。他非常篤定，他絕不會再住在柏林了。

11 兒子

高斯心情糟透了，他丟開餐巾。這裡的食物眞是難吃至極，但礙於不能一直抱怨，他轉而大肆批評柏林這城市。他不禁要問：這裡的人怎麼受得了？

也有其優點啦，洪堡略顯心虛地說。

哪些？

洪堡呆望著桌面幾秒鐘後才說，他腦中經常會出現一幅景象，整個地球布滿了磁力線所構成的網，這個網是由一些磁力觀察站連結而成的。他想找出答案，地球內部是否眞有一個、兩個，或無數個磁力中心點。他已成功爭取到皇家研究院的支持，不過他還需要數學王子的協助！

這種事根本用不著厲害的數學家，高斯說，他十五歲就已經能處理磁學上的問題了，根本是小兒科。這裡難道不供應茶嗎？

洪堡深感錯愕，趕緊揮揮手叫人備茶。早就下午了，高斯教授才剛起床，他整整睡了十六個鐘頭。洪堡一如往常，五點鐘就起床。還沒用過早餐就已處理完一堆公事，試過幾次測量地球磁場波動的方法，然後口述訓練海豹所需的費用及要點給秘書記下，又寫了四封信給兩家不同的學會及研究院，還跟達蓋爾詳細討論有關利用化學原料在銅板上顯像的技術問題，但還找不到答案。之後喝了兩杯咖啡，休息十分鐘，再爲他的遊記做注，爲關於安地斯山脈植物的那三章加上注釋。接著還跟自然科學家協會的秘書討論了接待晚會的整個流程，然後再寫一封簡短的信給墨西哥的新任首相，建議他如何抽取礦井裡的水，之後又分別回信給兩位生物學家，答覆他們來信詢問的問題。接著高斯教授醒了，睡眼惺忪，心情極差地走出客房，劈頭便問早餐在哪裡。

關於柏林，洪堡無奈地說，他實在是迫不得已。多年來他待在巴黎……。他撥開擋在眼前的白髮，然後拿出手絹，輕輕地擤了鼻涕，再把手絹折好，整平，放回口袋裡。到底該怎麼說呢？

因爲錢用光了？

這種說法太武斷。的確，旅行所蒐集來的龐大資料或多或少耗盡了他的資產。整整三十四冊筆記，還有各式各樣的統計圖表、銅版畫、地圖、插圖等等。剛好又碰上戰爭期間，物資極其匱乏，工資又高，他簡直是獨自一人在負擔一個小型的研究機構。不過現在他又是王室官員了，食宮廷俸祿，得以每天晉見國王。這還不是最糟的，當初還更糟。

肯定是，高斯回答。

至少腓特烈威廉[80]很重視科學研究！但是拿破崙很討厭他和邦普蘭，因爲他派了三百多位科學家遠赴埃及，成果卻遠不如他們倆在南美洲豐碩。他們回來後，巴黎最熱門的話題都是他們，一直長達數月之久。拿破崙根本無法忍受這一點。杜普雷斯在他那本《洪堡──偉大的旅行家》裡記述了不少當時的美好回憶，這本書的記載比較接近事實，沒有扭曲得太嚴重，才不像威爾森那本《科學家與旅行者：我與洪堡男爵在中美洲的遊記》。

歐根問，邦普蘭先生後來怎麼了？看得出來歐根昨晚沒睡好，他跟兩名僕人睡在隔壁棟一間幾乎不通風的房間裡。他完全沒料到，竟然有人可以打鼾打到讓人震耳欲聾。

法國皇帝只召見過他一次，洪堡回憶道，那次皇帝問他，植物都是他蒐集來的嗎？他回答是。皇帝卻說：簡直像個娘兒們。然後就傲慢地轉過頭去。

當初全是因爲他高斯，高斯自豪的說，拿破崙才沒有攻打哥廷根。

這件事他也聽說了，洪堡回答，但他高度懷疑，他覺得應該是基於策略考量。正如他的一貫作風，拿破崙也曾想利用普魯士間諜的罪名將他趕出法國，皇家科學院所有成員費盡心思才阻止了這件事。他才不想──洪堡回頭看了一眼秘書，秘書立刻打開筆記本記錄──他才不想向任何人打探任何秘密，除了大自然，除了會將眞相眞正徹底展現出來的大自然之外，沒有任何奧秘值得他探究。

將眞相徹底展現出來的大自然，秘書噘起嘴認眞地邊唸邊記。

真正徹底展現的啊！

秘書點點頭。這時一位僕人端著托盤進來，托盤上放著幾個純銀的小杯子。

後來邦普蘭先生呢？歐根再問一遍。

很慘，洪堡嘆了口氣，一則悲傷的故事。喔，茶終於來了——沙皇送的禮物，俄國的財政大臣一再邀請他去俄國。他當然拒絕了，一方面是基於政治因素，一方面是，不說大家也應該猜得到，年紀的關係。

正確的決定，歐根說，俄國是全世界最極權的國家！他被自己的激動嚇了一跳，窘得滿臉通紅。

高斯趨身向前，好不容易才搆到歐根的手杖，然後瞄準，打算從桌底戳歐根一下。竟然沒瞄準好，再戳一次。歐根嚇了一跳，整個人縮成一團。

這點他無法全然否認，洪堡說。他示意停止，秘書立刻停下筆來。復辟就像黴菌般迅速在歐洲傳染開。關於這件事，他實在不該隱瞞，他自己的哥哥也有錯。年輕時的理想和抱負，如今都顯得遙遠而不切實際。一邊是君主專制，一邊是無知群眾的自由。三個男人在街上碰頭，就叫做非法集會、聚眾滋事。但三十個人躲在一間密室裡通靈、招魂，卻完全沒人管。一群腦袋混沌的傢伙遊走全國各地倡導自由，要那些純潔的笨蛋無條件供養、追隨他們。整個歐洲沉浸在一場惡夢中，卻沒有人願意醒過來。幾年前他本來要去印度，資金都籌措好了，各種設備、儀器也都買好，一切都計畫妥當。這原本該是他有生之年最輝煌的壯舉，結果竟被英國佬硬生生阻撓。沒有人肯讓反對奴隸制度的人入境。此外，近來拉丁美洲紛紛獨立建國，出現了許多新國家，這根本毫無意義和用處。其摯友西蒙・玻利瓦爾[81]一生的努力竟成泡影。不知先生們是否知道，這位偉大的獨立運動家是如何稱呼他的？

他忽然停了下來。好一會兒大家才搞清楚：原來他在等他們回答。

到底叫什麼？高斯終於開口問。

南美洲眞正的發現者！洪堡望著自己的茶杯自豪地微笑。這部分可以參閱葛梅茲所寫的《洪堡男爵》，一本沒有獲得其應得重視的書。對了，聽說教授正在研究計算概率的方法。

一種死亡統計，高斯說完先喝了口茶，但隨即臉色大變，厭惡地將茶杯往外推，推到不能再遠爲止。大家總認爲，我們的存在方式是由自己決定的。人生是由我們自己開創、發掘的，我們努力賺錢，找到心愛的人，愛這個人甚於愛自己，然後生了小孩，小孩或許聰明，或許愚蠢。然後看著自己心愛的人去世，自己也逐漸衰老、變笨，最後病了，終於也入土爲安。大家總以爲，這一切都是我們自己決定的。但數學告訴我們，我們只是選擇了一些較寬廣的路走。獨斷！聽到這番話的人一定會這麼反駁我。但其實，就連王公貴族也是群可憐蟲，他們同樣得這麼活著，忍受生活，然後漸漸死去，跟其他所有人一樣。眞正專制的是自然法則！

但我們有理性，洪堡也企圖反駁，理性能塑造法則！

老掉牙了，康德式的一派胡言，高斯用力地搖了搖頭。我們的理性根本不能塑造任何東西，就連理解力也相當有限。空間是彎曲的，時間是延伸的。畫一條直線，一直畫一直畫，總有一天它會回到原點。掛在窗邊的太陽同樣揭示著：此燃燒的星體所放射出來的光線，從來都不是以直線的方式來到這裡。爲了生活所需，我們可以對世界進行各種測量和計算，但這絕不代表我們已經對世界有所了解。

洪堡雙手環抱胸前。其一，太陽本身並非在燃燒，是燃素在燃燒，但太陽會不斷產生其所需要的燃素，所以太陽將永遠一直發光發亮。其二，空間究竟怎麼了？航行奧利諾科河時，他曾雇用一些水手，他們也開過類似的玩笑。對於這種無稽之談他完全無法理解。而且，這些傢伙也一樣，常喜歡吃些讓感官產生幻覺的東西。

高斯忽然問，宮廷大臣到底都在幹些什麼？

許多不同的事，什麼都有。主要就是提供國王意見，國王要做重大決策前給他一點建議，並且將自己的專長與經驗貢獻在有用之處。像他個人最常被詢問到的就是外交事務。國王希望每天晚餐都能見到他，聽聽他的意見。所以他總是爲了跟國王報告新大陸的種種見聞而搞得飯都沒吃好。

也就是說，光靠吃飯和閒聊就可以領錢囉？

一旁的秘書忍俊不禁笑了出來，但立刻爲自己的失態而臉色發白，並推說是咳嗽，請原諒。

眞正專制的，歐根忽然插嘴，才不是自然法則。各種強而有力的運動正在國內各地崛起，自由不再只是一種席勒式的口號。

一群笨驢發起的無謂運動，高斯嗤之以鼻。

他一向跟歌德比較談得來，洪堡說，席勒跟他哥哥比較親近。

一群笨驢，高斯又說，這些傢伙什麼也做不成。或許繼承了一些家產，有點聲望，但根本沒有大腦。

他哥哥，洪堡說，不久前才發表了一篇深入探討席勒的論文。但他個人對文學不太感興趣，沒有數字的書總讓他覺得不太安全，而且他一直覺得歌劇很無聊。

正是如此，高斯心有戚戚焉地大聲附和。

藝術家太容易忘記自己的職責。應該根據事實眞相表現，是怎樣就怎樣。但藝術家總認爲偏離是一種力量，殊不知，杜撰只會混淆群眾，風格化只是在僞造世界。比方說舞台布景，根本不過是用馬糞紙畫的英式油畫，上面浮著一層油膩膩的汁。還有小說，根本就是謊話連篇的童話。作者自己鬼話連篇也就算了，卻老愛假借歷史人物之名大書特書。

太可惡了，高斯一副同仇敵愾的模樣。

他正在為植物及自然界依其特徵編列一套目錄，並且擬定出一套標準，要求畫家在繪圖時一定要遵守。應該建議戲劇界也訂立同樣的規定。他覺得，應該先幫那些重要人物們列出人格特徵，然後規定作家的自由不可以逾越這些標準。如果有一天達蓋爾先生的發明能夠臻致完美，眼前這些所謂的藝術根本就是多餘了。

這傢伙也喜歡寫詩，高斯抬起下巴指指歐根。

眞的啊？洪堡問。

歐根滿臉通紅。

詩歌和其他一些愚蠢的東西，高斯說，他從小就這樣。不過他不會拿出來給大家看，只是偶爾隨手亂丟被看見。當個科學家很蹩腳，當個文學家更悽慘。

他們眞的很幸運，這幾天天氣很好，洪堡轉移話題說，上個月幾乎都在下雨，現在總算能期待今年有個美好的秋季。

他總是要人包容。他哥哥至少是個軍官，但這傢伙卻什麼都不學，也什麼都不會。竟然會寫詩！

他還有在大學裡讀法律啊，歐根小聲地反駁，除此之外還有數學！

那又怎樣？高斯嗤之以鼻。好一個數學家，都要火燒屁股了，才能解出一題微分方程式。誰都曉得學位不代表什麼，數十年來他看盡了年輕人的蠢臉。他原本寄望自己的兒子會好一點。天啊，爲什麼偏偏要念數學？

他也不願意啊，歐根說，他是被逼的！

啊，誰逼你了？

四季輪替、氣候變化，洪堡說，乃緯度之美的眞正成因。豐富多樣的熱帶植物讓歐洲的四季猶如一座舞台，讓人淋漓盡致地見識到宇宙萬物之生生不息。

你說啊？是誰啊？歐根憤怒地大吼，是誰在進行大地測量時亟需要一個助手？好一個偉大的助手！那些誤差是誰造成的？是誰害他每一段距離都得測量兩遍？小數點後面第五位的誤差！根本不可能有任何影響，徹徹底底無所謂。

等等，洪堡說，測量上的誤差絕不可能無所謂。

那被你弄壞的日觀測儀呢，高斯質問，那也無所謂嗎？

測量是一門高深的藝術，洪堡說，也是種責任，不容輕忽之。

事實上是兩架日觀測儀，高斯憤憤不平地說，另一架雖然是他摔壞的，但那是因爲有個笨蛋在森林裡帶錯了路。

歐根忽然一躍而起，抓起拐杖和紅色便帽便往外衝。大門在他身後重重關上。

瞧他這副德行，高斯抱怨道，腦子裡根本不知道什麼叫感激。

對年輕人而言確實不容易，洪堡說，不要對他們太嚴格了，有時鼓勵比責備更有用。

朽木不可雕也！至於磁學，他的問題一開始就問錯了，重點不在於地球內部有多少個磁力中心點。因爲我們無論如何都可以找出正負兩極，以及這兩極所形成的磁場，並且能利用磁力強度和磁傾針所測得的角度來確認。

所以他總是把磁傾針隨時帶在身上，洪堡說，他做過不下萬次的測量，收集到無數的資料。

老天爺啊，高斯嘆道，光靠到處測量是不夠的，還得用腦筋思考。磁力的水平分量可藉由地理上緯度和經度的函數來表示，而計算垂直分力的最好辦法，是從地球半徑倒數的冪級數導出。相當簡單的球面函數。說完後他笑了笑。

球面函數啊，洪堡也跟著拉開微笑。其實他一個字也聽不懂。

唉，已經生疏囉，高斯說，二十歲的時候，這點東西花不了他一天的時間，現在卻需要整整一星期。他敲敲自己的腦袋：這裡不靈光囉。他眞希望當初自己一口氣把箭毒喝光了，不要活著受折磨。人類的腦袋眞的會一點一滴地死掉，每天死一點。

箭毒喝再多也不會死掉，洪堡說，必須直接注射到血液裡才會死。

高斯訝異不已地瞪著他。眞的嗎？

當然，他非常確定，洪堡有些不悅地說，他可是親身實驗過才發現的。

高斯沉默了好一陣子。如今，他突然問，那個邦普蘭究竟怎樣了？

待會兒再說吧！洪堡站了起來。開會的時間不等人的。在他致完開幕詞之後，還有一場專爲貴賓們舉行的小型接待會。唉，其實是被軟禁了！

什麼？

邦普蘭被軟禁在巴拉圭。回到巴黎後他一直鬱鬱不得志，於是便耽溺在虛名與酒色中。他的生活失去意義和目標，這卻是人生唯一不容走錯的一步。他曾經擔任過皇家花園的總管，培育出無數美不勝收的蘭花。在拿破崙戰敗後，他又遠渡重洋。他在彼岸建立了莊園、家庭。某次內戰，他選錯了邊，或者應該說選對了邊，總之，他選的那邊輸了。一個名叫佛朗西亞[82]的獨裁者，聽說還是個醫生呢，此人把邦普蘭軟禁在他自己的莊園裡，一天到晚威脅要處死他。就連西蒙・玻利瓦爾也沒辦法幫邦普蘭偷偷傳遞消息。

眞可怕，高斯說，但這傢伙究竟是誰？他怎麼從來沒聽說過邦普蘭這個人。

12 父親

歐根・高斯在柏林的街頭上閒逛。沿路上碰到一個乞丐拉住他的手乞討，一隻狗撲到他腿上嗚咽哀鳴，一匹馬把一口氣嗆在他臉上，一名巡佐訓斥他別在街上晃來晃去。他在街角遇到一名年輕的傳教士，兩個人聊了起來。他跟他一樣來自鄉下，同樣膽怯靦腆。

數學呀，傳教士說，眞是有趣！

還好啦，歐根說。

他叫做尤里安，傳教士說。

他們互祝幸運之後便分道揚鑣了。

走了幾步，竟有名女子想跟他搭訕。歐根嚇得兩腳發軟，這種事他早就聽說過了。那名女子努力想趕上他，歐根加快腳步，頭也不回地拚命往前走，所以他根本不知道她只是想告訴他，他的帽子掉了。他在一間餐館裡喝了兩杯啤酒，雙手環抱胸前望著濕答答的桌面。他從沒有這麼悲傷過。不是因爲父親，他一直都是這樣，也不是因爲深感孤單，而是因爲這座城市。擁擠的人群，又高又有壓迫感的房屋，還有骯髒的天空。他寫下幾句詩，但是他不喜歡，接著便愣愣地望著前方發呆。兩名穿著當時流行的鬆垮長褲、留著時髦長髮的大學生坐到他身邊來。

哥廷根？他們當中的一個人說，一個惡名昭彰的地方。集會活動很熱絡呢！

歐根一副也很了解狀況的模樣拚命點頭，事實上他什麼也不知道。

但無論如何，另一名大學生說，自由終將落實。

一定會的，歐根附和道。

毫不遲疑地，似夜裡的宵小悄悄到來，第一個大學生說。

現在他們總算知道，原來他們也有志同道合之處。

一小時後，他們相偕走在路上。依照當時大學生的慣例，歐根和當中一位並肩而行，另一人得走在他們後面，跟他們保持三十步的距離，唯有這樣才不會被憲兵攔住。歐根說他不懂，爲什麼有些人可以出外那麼久：一大堆陌生的街道，一大堆不知通往哪裡的十字路口，還有身邊來來往往的人潮，人數之多叫人嘆爲觀止。他們到底要去哪？人怎能這樣生活？

洪堡蓋了間新大學，歐根身邊的大學生告訴他，全世界最好的大學，沒有任何一間大學的組織這麼完善。集結全國最優秀、最有聲望的師資，把政府嚇得要死。

洪堡創辦了一間大學？

是哥哥，那個大學生補充道，那個正派的。不是那個法國奴才，戰爭期間全躲在巴黎的懦夫。他哥哥一定勸過他，要他勇敢拿起槍桿子對抗敵人，但他根本沒把祖國放在眼裡。法軍占領柏林時，他甚至在官邸入口立了一塊牌子：請勿攻擊，屋主乃巴黎皇家研究院成員。眞是無恥至極！

街道陡陡地向上延伸，然後又斜斜往下降。有兩個年輕人站在一扇門前，看見他們走近便詢問暗號。

自由戰鬥。

這是上次的暗號。

跟在後面的大學生湊了上去，雙方交頭接耳地討論。日爾曼？

早就不用了。

德意志與自由？

對啦。兩名看門的年輕人交換了一下眼神。好吧，讓他們進去。

順著階梯往下走，他們進入一間滿是霉味的地窖。地上散置著許多箱子，屋角還放著一堆酒瓶。兩位大學生將外套的領子翻過來，紅黑相間的徽章露了出來，中間還有幾道金色光芒。他們打開地面上的一道暗門。一段陡峭狹窄、通向第二層地窖的階梯赫然出現。

一座搖搖晃晃的講台前排列著六張椅子，牆上掛著一些同是紅黑色的旗幟，已經到場的學生約莫有二十人。所有人都拿著拐杖，有的戴著波蘭式軟帽，有的戴著老式的德國便帽。

有幾個人的穿著看得出是自己縫製的，當時大學生最流行穿鬆垮長褲，腰上還繫著中世紀的寬版皮帶。牆上的火把拖曳出不斷跳躍的影子。歐根坐了下來，他覺得頭暈，因爲空氣很差，也是因爲太過激動。他聽見旁邊有人在小聲說：「他」會親自到場耶！縱使不是他本人，也是跟他一樣地位崇高的人物，唉，沒有人知道實情。聽說他在翁斯楚特河畔的佛萊堡被捕了，但又聽說他總是匿名在全國各地活動。眞不敢想像，他眞的要在這裡現身！見到他本尊，一定會心跳加速。

越來越多大學生聚集在會場，他們都是兩兩成對，井然有序地一個跟著一個，大多都在討論進來時的暗語到底是什麼，顯然沒有人確知。有不少大學生在閱讀詩集或者在翻閱《德國體操藝術》。有些人嘴裡還唸唸有詞，模樣很像在禱告。歐根心跳得好快。現場的椅子老早被坐滿了，之後進來的人只能擠在角落裡。

一名男子踩著沉重的步伐走下樓來，現場立刻鴉雀無聲。他的身材又高又瘦，禿著頭，但留著一臉灰色的落腮鬍。是他——歐根竟然一點也不覺得驚訝，是上次在邊境餐館裡坐在他們隔壁桌的人，當他們在跟警察吵架時，進來插科打諢的那個人。他慢慢地走，雙臂在身體兩邊晃呀晃地上了講台。他一語不發地站在那裡，因爲要幫講台點蠟燭的那名大學生的手抖得太厲害了，一連試了好幾次都沒有辦法點燃。終於就緒，他可以開始演講了，他用冷靜而高亢的聲音說：你們不需要知道我的名字！

除了最後面有個學生發出了一記嘆息外，全場一片靜默。

大鬍子忽然舉起手臂，用力弓成九十度，然後用另一隻手拍拍它，問道：有誰知道這是什麼？

沒有人回答，甚至沒有人敢呼吸。於是他自問自答說：肌肉！

你們這些乖孩子，他停了好一會兒後才又接著說，你們這些年輕人，充滿活力的年輕人，你們必須強悍起來！

他先清了清喉嚨又接著說，一個人若要思考，若要進行深刻而觸及本質的思考，最根本的方法就是要先鍛鍊體魄。沒有肌肉的思考將軟弱而匱乏，就像軟趴趴的法國佬一樣。孩童爲祖國祈禱，莽撞的青少年熱血沸騰，但一個眞正的男人會奮戰，會承擔。他彎下腰去，並維持這樣的姿勢好一陣子，接著他開始韻律地擺動，並且一邊捲起自己的褲管。還有這裡！他握緊拳頭敲敲自己的小腿肚。純粹而有力，能穩定做出雙槓跳躍，以及強有力的單槓跳躍，想摸摸看的人可以過來。他再度挺直腰桿，一語不發地凝視著眾人好幾秒，突然聲如洪鐘地大喊：德國必須像這條腿一樣強悍！

歐根好不容易才環顧四周一圈。許多人聽到渾然忘我站了起來，嘴大大地張開著。有好幾個人感動得淚流滿面，還有一個人閉上眼睛，全身不停地顫抖。站在歐根旁邊的那個人則是激動得猛咬手指頭。歐根眨了眨眼。他覺得地窖裡的空氣更糟了。燭光映照下，影子成群堆疊在一起，他覺得自己已融入這個巨大的群體，成爲其中的一分子。他一直努力克制自己，才壓抑住想哭的衝動。

沒有任何東西能叫青年學子屈服，大鬍子說，向朋友不能低頭，對敵人不能哈腰。威脅人民的不是敵人的力量，而是人民自身的軟弱，是他們自我設限。他舉起手來用力拍了一下自己的胸脯。不敢用力呼吸，不敢盡情活動，根本不知道，內心深處最貼近本質的意志和最純眞善良的赤子之心，究竟要何去何從？貴族、法國人、神職人員，將人民操弄於股掌之間，懷柔、欺哄，把群眾拐騙得百依百順。但青年學子：要團結起來，忠貞而虔誠地團結在一起。思考！他握住拳頭用力敲自己的額頭。唯有思考，其神聖的本質任何魔鬼都無法摧破。我們終將戰勝敵人，擁有眞正屬於德國人的教會。但這意味著什麼，青年學子們？他張開雙臂，慢慢蹲了下去，又站了起來。這意味著，你們要能掌握自己的身體，鍛鍊自己的身體，要能向上躍，往下跳，要能吊單槓，後空翻，要成就自己爲一個完整的人。

可惜，如今之世我們擁有怎樣的局勢？人們只能偷偷旅行，最近他才親眼目睹過一位老先生和一名大學生，亦即一對德國父子，兩個老實人被邊界警察惡意刁難，只因爲他們沒有證件。當時他曾義無反顧跳出來，他必須像個德國人，勇敢站出來反抗專制暴政。我們每天都要遇到無數這樣的不公，陋規無所不在。除了優秀的青年學子之外，還有誰能對抗它？這些滴酒不沾、不近女色、矢志將精力奉獻給德國的修行者，乾淨而虔誠，愉悅而自由。法國佬已被我們驅逐了，現在輪到貴族了，齷齪的神聖同盟[83]很快將會瓦解。哲學一定能戰勝現實、校正現實！並且再度贏回統治權，贏回屬於它的時代！他扶著講台，歐根聽見自己和在場所有的人都在鼓掌叫好。大鬍子靜靜地站著，但一臉激動，瞪大了眼睛望著台下群眾。驀地他表情大變，向後退了幾步。

歐根感到有陣風吹進來。地窖裡頓時一片寧靜。有五名男子走下來：一個小老頭和四名憲兵。

我的天啊，歐根旁邊的男子慘道，是警方！

他就知道，那個小老頭對憲兵說，只要仔細觀察就看得出來，他們是故意分開來走的。幸好他們都笨得可以。

三名憲兵留在階梯前，一名走向講台。那個大鬍子突然看起來好消瘦，而且一點也不高大了。他把雙手高高舉起，這攻擊動作一下子就被制服，並且被戴上了手銬。

憲兵準備押著他往樓上離開，這時他努力對群眾高喊，他絕不會哭，不會屈服也不會求饒，勇敢的年輕人絕不能允許自己這麼做。風潮即將形成，此乃歷史性的一刻。就在他要踏上階梯時，他突然改口：這一切都是誤會，他可以解釋的。但還是被押了上去。

他去請求支援，爲首的那名官員說完便匆匆爬上階梯。

不准交談，當中一名憲兵說，不准說話，誰都不准跟旁邊的人交談。否則別怪人把你打得頭破血流。

歐根忍不住哭了起來。

他不是唯一一個，許多人都開始啜泣。先前站起來的那幾個人，現在又紛紛坐下。在場五十名帶著拐杖的大學生，歐根心裡暗暗盤算，只有三名警察。只要他們當中有人發動攻擊，其他人一定會跟進。如果他現在出手攻擊的話？沒錯，他做得到。他足足幻想了好幾秒鐘，最後還是不得不承認：他太懦弱了。他抹掉臉上的淚，默默坐著，直到那名爲首的官員帶著二十名憲兵和一位鼻下蓄著一撮鬍鬚的高階軍官回來。

全都捉起來，那位高階軍官命令道，先關進牢裡，了解情況後，明天再移交有關單位！

一名瘦弱的年輕人跪倒在他面前，雙手抱住他的靴子，拚命向他求饒。軍官尷尬地望著天花板，憲兵把那名年輕人拉開了。歐根利用這空檔從筆記本裡撕下一張紙。他想寫張紙條通知父親。趁還沒有被銬上，歐根將紙條揉成一團握在手心。

警察的囚車已經等在街上了。所有被逮捕的人都擠在囚車裡的長凳上，背後站著憲兵。歐根的斜對面正好坐著那一臉失神的大鬍子。

我們該不該反抗？有個大學生問。

這是場誤會，大鬍子回答，他叫做克瑟瑞德，來自西里西亞。他是誤打誤撞不小心被牽扯進來的。一名憲兵的鐵棍重重落在他肩上，他悶哼了一聲，縮成一團。

還有誰有意見？憲兵問。

所有人都不敢動了。囚車的門被重重摔上，車子開了出去。

13 以太

洪堡瞇著眼睛介紹星體和洋流。他的聲音不大，但全場都聽得見。在他背後的是一面碩大的夜空布景，所有星辰整齊地環繞著一個圓形向外擴散出去：此乃申克爾[84]爲《魔笛》所設計的舞台布景，爲了此次活動又掛了出來。他們在星辰之間加上多位德國科學家的名字：布赫、薩維尼、胡費蘭、貝塞爾、克拉普羅特，洪堡和高斯。全場座無虛席，放眼望去盡是單片眼鏡、雙片眼鏡，以及許多穿軍服的人和輕輕晃動的扇子，中央包廂裡坐著面無表情的儲君和其夫人。高斯坐在第一排。

可惜，達蓋爾心情很好地在高斯耳邊嘀咕，還得再等幾年，他的照相機才能成功拍出一張照片來。曝光的問題終會有辦法解決，但他跟他的夥伴尼普斯[85]一直想不通，怎樣才能讓碘化銀定著住？

高斯噓的一聲要他安靜，達蓋爾聳聳肩，不再講話。

當我們抬起頭來仰望夜空時，洪堡說，根本無法想像這一大片拱形是如何向外延伸。位於南半球上空那團看似光霧的麥哲倫雲系，其實並非結晶，也不是水氣或任何氣體，而是無數個太陽，因爲距離我們太遙遠，所以看起來才會像一團光霧。僅僅一小段銀河，比方說寬緯度二度、長經度十五度，在這樣的範圍內，用望遠鏡所能計算到的星體就超過五萬顆，除此之外還存在著大約十萬顆也許因爲亮度不夠而無法分辨的星體。所以，整個銀河裡至少存在著二千萬顆太陽，但其中的某一顆，在吾人眼球可見的直徑範圍內，卻只是微弱的光點，而在天文學家所觀察到的諸多星霧中，其中一小片星霧裡的星體，據估計至少也超過三千顆。

或許有人要問，既然有這麼多星星，爲何天空不是明亮無比？外頭爲何是漆黑一片？爲了解決這個問題，我們不得不假設出一種能對抗明亮性的原則，也就是說，空間裡存在著一種阻礙物，一種能將光線消滅掉的以太[86]。大自然又再一次證明它充滿理性的安排與結構，因爲，所有人類文明都是從觀察天體運行開始的。

說到這裡，洪堡首度將眼睛完全睜開。地球乃漂浮在此黑暗以太中的一顆星辰。地球的火球核心，外面裹著一層堅硬的固體和一層流動的液體，還有一層充滿彈性會流動的物質，此三者共同孕育出地球上的生命。即便在地底深處，完全沒有光線的地方，他也找到過增生植物。火山乃地球核心那團火的天然調節閥，堅硬的岩石地殼又被另外兩層大洋所包覆，一層是水所形成的海洋，一層是空氣形成的。經由這兩者作用，地球因此有固定的洋流在流動，例如著名的墨西哥灣流，就是大西洋的海水流經尼加拉瓜和猶加敦[87]間的地狹後，轉向巴哈馬運河，接著朝東北流向紐芬蘭附近的海域，再從那裡朝東南方流向亞速群島；這也就是為何棕櫚樹會結實纍纍，魚會飛躍在海面上等神奇現象的眞正原因，亦即我們為何經常會在愛爾蘭的海岸發現划著小船的愛斯基摩人。

他個人就曾經在平靜的海洋中，發現到一股不能算不重要的洋流，這股洋流直直沿著智利和祕魯將冰冷的海水向北推進，流向回歸線的方向。不管他如何推辭或勸阻，洪堡面露喜色又帶點靦腆地說，水手們就是要把那股洋流命名為「洪堡洋流」。大氣層中也存在著跟洋流相似的大氣環流，其運動方向主要是受太陽熱能變化的影響，並且會因高山阻擋而受到破壞，而且植物種類的分布並非根據緯度，而是根據等溫線所畫出來的等溫區域。透過這整個洋流和環流的系統，地球各部分互相連接為一個彼此影響的整體。

洪堡突然停住，好似他後面要講的話連自己都深受感動。無論是在地底洞穴裡，在海洋裡，或甚至在大氣中，到處都有植物的蹤跡。植物，一目了然地站在那裡，漠然不動地呈現生命。植物，根本沒有所謂的內在，完全不隱藏，所有一切都呈現在外。整個暴露出來，幾乎沒有任何保護，固定在土地上，生存條件全然受限，但它依舊活著，不但經久且長壽。昆蟲剛好相反，至於動物和人類則是受到諸多保護，擁有許多裝備。其體內的恆溫機制讓他們能夠安然度過各種環境變化。當我們看見一隻動物時，我們對牠其實還是一無所知，但是當我們第一眼看到一棵植物時，它卻是直接向我們展現其本質。

他又要開始多愁善感了，達蓋爾小聲地說。

生命透過其組織在各階段中不斷增加的隱藏能力向上提升，直到突然發生一次大躍進，我們不妨稱之爲最大潛能的激發，亦即理性的頓悟。這就不是一種循規蹈矩的演進了。人類受到的第二大侮辱是奴隸制度。最大的侮辱則是，人類乃源自於猴子的想法。

人類跟猴子！達蓋爾噗哧一聲笑了出來。

洪堡將頭微微往後仰，猶如在傾聽自己剛才說的那番話。我們對宇宙的了解已經非常進步了，利用望遠鏡我們已經認識到太空，我們也知道了地球的結構，它的重量，它運行的軌道，我們還算出了光的行進速度，並且知道海流的路徑，和生命得以存在的條件。不久之後，我們將要順利解開磁力之謎。我們即將抵達終點，丈量世界的任務就要大功告成了。宇宙將徹底爲我們所掌握。人類最初所遭遇到的所有困境，例如恐懼、戰爭和剝削，將永遠走入歷史。這些困境正是德國，尤其是在場所有科學家的當務之急，我們必須努力投注貢獻。科學將帶領人類走向全然幸福的時代，誰曉得會不會有一天，甚至能爲我們解決死亡的問題。接著洪堡一動也不動地站在那裡，神遊了好幾秒之後，才終於深深地一鞠躬。

從巴黎回來後，達蓋爾在一片掌聲中湊著高斯的耳朵說，男爵的情況就大不如前了。他總是很難集中精神，同樣的話老是要講好幾遍。

高斯問，他眞的是因爲缺錢才回來的嗎？

其實最主要的原因是國王的最後通牒，達蓋爾說，國王再也受不了自己最聞名的臣子竟然一直逗留在國外。多年來爲了回覆宮裡的來信，他總是想盡各種理由搪塞。但在最後一封信裡，宮廷態度堅決：如果他拒絕回國，唯一的辦法就是公開決裂。可惜老先生已經沒有任何本錢可以，達蓋爾笑著說，支持他這麼做了。他那本萬眾矚目、千呼萬喚始出來的遊記讓所有讀者大失所望：數百頁的測量數據，不涉及任何私人情節，也就是說根本沒有任何冒險故事。情況很慘，幾乎讓他晚節不保。唯有能留下美好故事的人，才能成爲舉世聞名的探險家。可惜老先生根本不曉得如何寫出一本動人的書！如今他回到柏林，蓋了天文台，手中有上千個研究計畫，搞得議會烏煙瘴氣、人仰馬翻。所有年輕的科學家都在背後嘲笑他。

他不清楚柏林的狀況，高斯站了起來，但在哥廷根，他遇到的所有年輕科學家無一不是笨蛋。

甚至攀上了所謂的第一高峰，達蓋爾一邊跟著高斯往外走一邊說，如今大家又發現喜馬拉雅山更高。對老先生而言，這眞是天大的打擊。有好幾年他都不願意承認此事。此外，他也一直無法接受遠征印度計畫觸礁這件事。

在走向休息室的路上，高斯先是撞到一名女士，接著又踩上另一位男士的腳，然後又用力擤了兩次鼻涕，招來多位軍官側目。他眞的很不習慣在這麼多人的地方行走。達蓋爾體貼地攙扶著他，但在前面引路的卻是高斯。他想到了！高斯又想了一下才說：食鹽溶液。

喔，是啊，達蓋爾露出深表同情的臉色。

高斯拜託他別一臉呆頭呆腦的模樣。可以利用食鹽溶液來讓碘化銀定著。

達蓋爾整個人愣在原地。高斯看見洪堡站在休息室門口，於是他奮力擠過人群，朝洪堡走去。食鹽溶液，達蓋爾在他背後喊，爲什麼？

這不需要是化學家也能知道啊，高斯回過頭去對著他喊，稍微用點腦筋就知道了。他略顯遲疑地踏進休息室，如雷掌聲立刻響起。若非洪堡即時捉住他的手臂，將他往前推，他早就掉頭落跑了。在場大約有三百個人等著他。

接下來的半個鐘頭簡直是折磨。一張接著一張的陌生臉孔從他面前晃過，一隻手握過另一隻手，一直不斷地握下去，而且洪堡還一直在他耳邊細細碎碎唸了一大串毫無意義的名字。高斯約略估計了一下，如果在家鄉的話，他大概需要一年又七個月時間才能遇見這麼多人。他想回家。有一半的男人穿軍服，三分之一的人鼻子下留了鬍子。出席的人當中只有七分之一是女人，女人當中只有四分之一低於三十歲，而且只有兩個長得還不賴，而這兩個當中只有一個會讓他想一親芳澤，但在她向高斯屈膝行禮之後，她就一溜煙不見了。一名身戴三十二枚勳章的男子滿不在乎地伸出了三根手指頭和高斯握手，高斯本能地立刻鞠躬，但王儲淡淡地點了點頭就走開了。

他覺得不舒服，高斯說，他該上床睡覺了。

他發現手上的絨布帽不見了；有人把它接了過去，他不知道是這裡的規矩，還是有人偷了他的帽子。有人拍了拍他的肩膀，熱絡的模樣竟像他們早就認識好多年，但到底是在哪裡見過呢？接著又有一個穿著軍服的人朝他立正敬禮，還有一個穿著禮服、戴著眼鏡的傢伙衝著他高喊：這是他人生中最偉大的一刻。高斯覺得自己快哭出來了，他好想念媽媽。

現場突然鴉雀無聲。

一個削瘦，臉色蒼白如蠟，舉止僵硬不自然的老頭走了進來。他小步前進，幾乎看不到他的腳在動，慢慢地移向洪堡。兩個人各自張開雙臂，然後緊緊抱住對方的肩膀，頭還用力地往前靠。抱完後，兩人各自退了一大步。

眞是太高興了，洪堡說。

的確，另一個人說。

旁邊的人開始鼓掌。一直等到掌聲停止後，兩個人才一起轉向高斯。

這位是，洪堡說，我最親愛的哥哥，部長先生。

他知道，高斯回答，多年前他們在威瑪見過一次面。

普魯士偉大的教育家，洪堡說，他爲德國創辦了大學，並且獻給這世界最實用的語言理論。

這個世界，部長先生說，其眞實樣貌沒有人比他弟弟掌握得更清楚。高斯覺得他的手好冷，無一絲生氣，目光呆滯如人偶。他早就不什麼教育家了，只是個平民百姓和詩人。

詩人？高斯心裡暗自慶幸他終於把手放開了。

每晚七點到七點半之間，他都會創作一首十四行詩讓秘書記下。這習慣維持十二年了，他還會一直維持下去，直到生命的盡頭。

高斯問，那些十四行詩都寫得不錯嗎？

這一點他深具信心，部長說，可惜現在他得告辭了。

眞是遺憾，洪堡說。

但，部長說，這眞是個美妙的夜晚，令人非常愉快。

兩個人再度張開雙臂，又重複了一遍剛才的儀式。部長同樣踩著細碎小步，轉身向門口走去。

當眞是無法言喻的快樂，洪堡說，但一說完卻像洩了氣的皮球，變得非常沮喪。

他想回去了，高斯說。

再等一下就好，洪堡說，這位是憲兵司令弗格特，乃學術界特別要感謝的一位。在他的推動下，柏林所有憲兵都配備了一個指南針，科學界因此獲得許多有關首都地形的新資料。憲兵司令足足有兩公尺高，嘴上留著一搓像海狗般的鬍子，握手的力道極大，令高斯吃不消。另外這位，洪堡繼續引薦下去，這位是動物學家馬查赫爾，這位是化學家羅特，這位是來自哈勒的物理學家韋伯及其夫人。

很榮幸，高斯客套地說，很榮幸。他簡直就快哭了。幸好這位年輕的夫人有張嬌小而細緻的臉蛋，深色的眼眸，並且穿著胸口挖得很低的禮服。他兩眼一直盯著她瞧，希望這樣可以讓自己心情好一點。

他是實證物理學家，韋伯說，他一直在追蹤電力。電流雖然狡猾很會躲藏，卻絕逃不過他的追蹤。

其實他也做過，高斯說著，目光還是一直停留在那位漂亮的夫人身上。將它們換算爲數字，但已經是多年前的事了。

他知道，韋伯興奮地說，他有把《算學研究》當《聖經》一樣仔細拜讀過，倒是《聖經》從沒有好好讀過。

這位夫人有對非常細緻而高挑的眉毛，低胸禮服讓她整個肩膀都裸露出來。高斯心裡默默地想，如果能將唇印在這肩上，啊，該有多美好！

他總是夢想，來自哈勒的韋伯博士繼續說，如果自己能夠有像高斯教授一般的靈魂，不侷限於解決數學問題，而是能全面性處理宇宙的問題，那麼他就能爲實證研究做出更大的貢獻。他有好多疑問，最大的心願就是把他的研究結果報告給高斯教授聽。

但他不太有時間，高斯說。

應該是吧，韋伯說，但只要一點點時間就好了，眞的有其必要，他絕非泛泛之輩，不會白白浪費教授的時間。

高斯終於轉過頭來正眼瞧他。站在他面前的年輕人有一張長長的臉，眼睛無比清澈。

爲了讓教授了解情況，韋伯趕緊解釋，他有必要說明，他研究的領域是電波活動，他的許多論文都受到廣泛的注意和流傳。

高斯問他的年紀。

二十四歲。韋伯漲紅了臉。

您有位非常漂亮的夫人，高斯說。

韋伯趕緊道謝。夫人也跟著屈膝行禮，絲毫不顯尷尬之色。

您的雙親很以您爲榮嗎？

他猜是吧，韋伯回答。

明天下午可以來找他，高斯說，他會給他一個小時的時間，但一個小時後他就得離開。

夠了，韋伯感激地說。

高斯點點頭，向門外走去。洪堡從背後喊他，他得留下來，國王待會兒會到。他眞的不行了，他已經累到快死了。嘴上留著一搓鬍鬚的憲兵司令擋住他的去路，兩個人都想閃開對方，一起向右，又一起向左，又一起向右，折騰了好一陣子兩個人才岔開來。衣帽間裡有個全身贅肉的男人，一堆大學生圍著他，只聽他操著濃重的施瓦本腔在罵：自然科學家，自以爲了不起的傢伙，立論根本站不住腳，既不符合邏輯又不道德，即便是星星也只不過是一些物質！高斯加快腳步衝了出去。

他覺得胃痛。聽說大城市裡有隨召隨停的馬車，可以叫車載人回家，不知道是不是眞的？但是這附近一輛也沒有。空氣中瀰漫著臭味。如果在家，他早就上床了，雖然他討厭看見米娜，不想聽到她的聲音，而且每次只要她一出現，他就覺得很緊張，但基於習慣，純粹基於習慣，他覺得自己非常想念她。他揉了揉眼睛。爲什麼他會變得這麼老？身體不再硬朗，視力不再準確，而且頭腦轉得好慢。年老其實並不可悲，而是可笑。

他開始集中精神回想路上的每個細節，洪堡的馬車一路上從皇宮花園路四號駛向歌唱學會。他無法正確回憶起每個轉彎的地點，但方向應該很明確：斜斜地向左，東北方沒錯。在家鄉，只要抬頭望一眼就能確認方向了，但在這個烏煙瘴氣的鬼地方，根本看不見星星。把所有光線熄滅掉的以太？哼，在這種鬼地方生活，才會產生這種荒謬的想法！

他每走一步就回頭張望一次。他好怕，怕強盜，怕野狗，怕遇到無賴漢。他好怕，怕這個城市太大，再也找不到路回去，怕這個迷宮會把他困住，再也不讓他回家。不，不可以，不可以讓自己掉進任何陷阱裡！城市，也只不過是一堆房子而已，百年之後，連最小的城市都會比這個大，甚至於三百年後——他皺起眉頭，要在這緊張、心情惡劣的情況下，爲都市擴充畫出一條成長曲線還眞是不容易——三百年後，大多數城市的人口一定會遠遠高過今天，甚至一個城市的人口就足以超越今天德意志地區各領主國內的總人口數。人將會多到像昆蟲，住在蜂窩一樣的房子裡，賺取微薄的工資，生養小孩，然後死去。到時候屍體當然得火化，因爲沒有墓園可以容納這麼多人。到時候那麼多糞便該怎麼處理？他吸了吸鼻涕，有點擔心地想：自己會不會眞的生病了？

兩小時之後主人回來了，看見高斯坐在那張高大的靠背沙發上，悠閒地抽著煙斗，雙腳翹在墨西哥石桌上。

他怎麼突然就不見了，洪堡生氣地說，大家都在找他，爲他的安危擔心，而且他還錯過了一場豐盛的晚宴！國王因爲沒有見到他而感到遺憾。

他爲了沒有吃到那頓豐盛晚餐而感到遺憾，高斯說。

怎麼可以做出這麼失禮的事！很多人都是因爲要見他才千里迢迢趕來。他怎能做出這種事？

他蠻喜歡那個韋伯的，高斯說，但是，能將一切光線都熄滅掉的以太，這根本是胡說八道。

洪堡生氣地將雙手環抱在胸前。

奧坎的剃刀⑱，高斯說，說明事理時，需要的假設應該越少越好。而且，空間雖然是空的，卻是曲面的。所有星體都在一個非常巨大的拱形中漫遊。

又來了，洪堡說，又是星際幾何[89]。他眞是不能理解，怎麼連高斯都在鼓吹這種既怪異又偏頗的研究方向。

他沒有！高斯生氣地說，他早就下定決心不發表任何有關這方面的論文，他才沒興趣成爲大家的笑柄。有太多人喜歡把自己的習慣當作研究世界的基本原理。他對著天花板緩緩吐出兩朵煙雲。多折騰人的一晚！他差點就找不到回來的路，回到這裡，爲了要進來，還得把怠忽職守的僕人叫醒，他幾乎把整棟屋子裡的人都吵醒了。那麼骯髒的街道，全世界再也找不到比這裡更髒的地方了。

他比教授去過更多更遠的地方，洪堡尖酸刻薄地說，他可以向教授保證，世界上絕對有比這裡更髒更亂的城市。除此之外，教授還犯了一個天大的錯誤，他不應該就這麼跑掉，當場聚集了許多重要人士，原本他可以有機會跟這些人一起合作，在世界各地進行研究計畫。

研究計畫？高斯不屑地說，一再地遊說，不斷地提案，一直鉤心鬥角、耍手段。得跟十幾個領主、上百家研究院卑躬屈膝進行溝通，才終於能拿起氣壓計開始測量。這根本不是科學研究。

啊哈，洪堡不甘示弱地回道，你倒說說看，什麼是科學？

高斯先吸了一口煙。一個人獨自坐在書桌前，前面有一本筆記，當然還要有一架望遠鏡，對著窗外觀測萬里無雲的星空。如果這個人能在理解之前絕不放棄，或許就能稱之爲科學研究。

如果這個人是在旅途上做這件事呢？

高斯聳聳肩。遙遠異鄉的東西，洞穴、火山或礦場，都是偶然之物，根本無關緊要，世界不會因爲你知道了那些而變得比較清楚透徹。

待在桌子旁的那個男人，洪堡語帶諷刺說，想必需要一個能爲他做牛做馬的妻子，天冷了要用熱水幫他泡腳，餓了要幫他煮飯，孩子們都很乖順，幫他清洗所有儀器，父母親得一直把他當小孩子來照顧。他需要有個穩定的家，能爲他遮風蔽雨的堅固屋瓦。還需要有頂帽子，才能讓他的耳朵保持溫暖不凍傷。

高斯問，他這是在說誰啊？

他只是在描述一般性的狀況。

如果是這樣的話，沒錯。這些東西他都需要，而且還需要更多。否則叫一個男人怎麼受得了？

已經換上睡衣的僕人走了進來。

洪堡問，到底懂不懂規矩，進來前能不能先敲門？

僕人交給他一張紙。這是街上小孩剛剛送來的，好像很重要。

他才不關心，洪堡說，他才不屑接到半夜送來的匿名信，就像科策布[90]的劇本一樣，叫人看了想吐！但洪堡還是勉爲其難打開了那張紙。眞奇怪，他說，竟然是一首詩，押韻押得眞差。當中還提到了樹、風和海洋。還有一隻猛禽，和一位中世紀的國王。怎麼斷了，沒寫完。按照押韻來看，下面應該還有個「銀」字。

僕人請他翻過面來看。

洪堡聞言，翻了個面繼續看。天啊，洪堡驚呼。

高斯也把身體坐正起來。

歐根少爺顯然遇到麻煩了，這張紙條是他從監獄裡偷偷遞出來的。

高斯面無表情地望著天花板。

眞是棘手，洪堡說，加上他又是政府官員。

高斯點點頭。

他眞的不便插手。事情一定會照程序處理，普魯士的司法絕對值得信任，不會有任何不公。只要沒犯錯，絕對可以放心。

高斯望著自己的煙斗。

慚愧，洪堡說，眞叫人不愉快，至少，他們是他的客人啊！

那孩子從來就不成事，高斯說完又把煙斗放進嘴裡。

兩個人都沉默不語。過了好一會兒，洪堡踱到窗邊，望著外面漆黑一片的庭院。

到底該怎麼辦？

是啊，高斯回答。

眞是漫長的一天，洪堡說，他們倆都累了。

而且都不再年輕了，高斯說。

洪堡走到門邊，向高斯道了聲晚安。

他再抽一下煙斗，高斯說。

洪堡拿走燭臺，並且闔上了門。

高斯將雙手枕在腦後。只剩下煙斗發出些微光亮，有輛馬車從街上駛過，發出雜沓的噪音。高斯將煙斗從嘴裡抽出來，放在手指間把弄。他嘟起嘴唇，將煙慢慢呼出來。忽然有腳步聲走近，接著門開了。

這樣不行，洪堡喊著，他不能容許這種事情發生！

喔，高斯淡淡應了一聲。

沒多少時間了。今晚歐根還羈押在憲兵隊裡，明天一早就要移交給秘密警察，到時候就沒希望了。如果想救他，就得趁現在。

高斯問，他知不知道現在幾點了？

洪堡驚訝地瞪著他。

他已經不知道有多少年沒在這時候出門了！若仔細想想，其實是根本沒有過。

洪堡覺得他很不可思議，逕自熄了蠟燭。

好吧，高斯氣呼呼地放下煙斗，站了起來。毫無疑問，這會讓他的病情加重。

他看起來很健康啊，洪堡說。

夠了，高斯氣得大吼，事情已經夠糟了，他沒必要再受人侮辱！

14 鬼魂

憲兵司令弗格特出去了。夫人裹著一條家居毛毯，頭髮淩亂，一臉睡意地跟他們說：他在參加過歌唱學會舉辦的招待會後回來了一下，很快又被叫走了，應該是逮捕到什麼重要的嫌犯吧。午夜之前又回來過一次，換了便服又出去了。每個禮拜總有一晚要這樣。不是啦，她眞的不知道他去哪裡了。

那就沒辦法了，洪堡說，他深深一鞠躬，打算告辭。

他就知道，高斯忽然說。

在場其他兩個人莫名其妙地望著他。

他就知道，來這裡一定有用。洪堡因爲沒結過婚，所以不知道眼前究竟是怎麼一回事。一個女人，如果她老公每星期總有一晚要出門，她一定知道他去哪裡了。縱使老公不告訴她，她還是會有辦法知道。所以她肯定能幫眼前兩位老人家的忙。

她眞的不能說，弗格特夫人喃喃道。

高斯向前邁一大步，把手搭在她的手臂上，輕聲問道：爲什麼要爲難他們呢？難道他跟他的朋友看起來像是會去告密的人？像沒法保守秘密的人？然後他低下頭，和藹可親地對著她笑：眞的有很重要的事。

絕不能告訴別人是她講的。

當然，當然，高斯滿口允諾。

其實也不是什麼違法的事，祖母死了之後才開始的。大家都說，祖母藏了些錢，但沒有人知道藏在哪裡，只能試試唯一能試的辦法。

離開時，高斯邊走下樓梯邊說：眞是屢試不爽。女人絕對沒辦法守口如瓶。只要老婆知道了，全世界都會知道。能不能先去一趟監獄？他想去探望那個不成材的兒子。

不可以，洪堡說，他不能讓人看見他去那種地方。

歐洲最有聲望的共和主義者不能去監獄？

正因爲是最有聲望的共和主義者，所以才不能去，洪堡說，其實他的地位不像外表看起來穩固，聲望代表的不一定是保障。要在這個城市找到方向比在奧利諾科河上還難，他壓低嗓門說。目前憲兵只是依據身分階級監禁犯人，明天一早才會移交給秘密警察。如果弗格特在這之前肯放那個年輕人回家，根本是神不知鬼不覺。

這孩子已經沒希望了，高斯說，其實他還蠻喜歡韋伯的。

但是由不得人啊，這些都不是自己能選擇的，洪堡說。

或許吧，高斯說完便一路沉默，直到馬車抵達目的地前都不曾開口。

他們通過一處骯髒的中庭，沿著樓梯往上走。因爲高斯爬得上氣不接下氣，中間休息了兩次。他們上到四樓，洪堡敲了敲門。一個面色蒼白，下巴留了撮洋蔥形鬍鬚的男子前來應門。他穿著一件繡著金蔥的襯衫，一條絲絨褲，和一雙幾乎磨破的拖鞋。

羅倫茲，他劈頭便說。洪堡和高斯愣了幾秒才會意，原來他是在自我介紹。

洪堡問，憲兵司令是否在此？

在呀，羅倫茲先生操著生硬的德文回答，另外還有幾個人。不過，若想進去，得先加入儀式才行。

好吧，高斯說。

千萬別破壞儀式，羅倫茲叮嚀道，不能將這個世界和亡者的世界混在一起，也就是說，得先請兩位付錢。

高斯搖搖頭，但洪堡立刻塞了點金幣在羅倫茲手上，後者打了個九十度鞠躬，立刻讓開了路。

玄關的地毯非常破舊。前頭有扇半掩的門，從裡頭傳來女子痛苦的呻吟。他們走了進去。

房裡只點了一根蠟燭，所有人圍著圓桌而坐。發出呻吟的是個年約十七歲的少女，她穿著一件白色睡衣，臉上香汗淋漓，凌亂的髮絲貼在額頭上。憲兵司令弗格特閉著眼睛坐在她左手邊。坐在弗格特旁邊的是個禿頭男子，接下去還有三個年紀頗大的老女人，和一個黑衣女子，以及好幾個穿著黑色外套的男人。少女不斷用頭畫圓圈，嘴裡一再發出呻吟。洪堡調過頭去想離開，高斯拉住了他。羅倫茲拉開兩張椅子，高斯和洪堡勉爲其難坐了下來。

現在，羅倫茲登高一呼，請在場所有人手牽手！

這輩子誰都別想叫他這麼做，洪堡說。

又不是什麼嚴重的事，高斯說完一把牽起羅倫茲的手。如果現在被趕出去，就無法得到幫助了。

不行，洪堡說。

一定要做才行，羅倫茲說。

高斯嘆了口氣，一把捉起洪堡的左手。一個年約六十、飽歷風霜、模樣活像尊蠟像的老女人從另一邊用力握住洪堡的右手。洪堡被這麼一握，整個人愣住了。

少女的頭往後一甩，放聲尖叫。她猛烈地扭動，睡衣整個歪掉了。高斯睜大了眼睛瞧。她的身體一直往上挺，像要衝出去一樣。幸好身邊的兩名男子緊緊按住她；她齜牙咧嘴，眼球飛快轉動，身體前後劇烈搖晃，嘴裡不斷發出嗚咽哀鳴。她看見所羅門王了，她斷斷續續地說，但他不願意來，有別人來了。

他受不了，洪堡說。

其實很有趣啊，高斯說，而且小姑娘長得挺不賴。

她放聲尖叫，猛一撞整個人激烈地往後仰；如果不是兩名男子將她緊緊捉住，恐怕早就連人帶椅翻倒了。突然，她安靜下來，頭歪向一邊，眼睛呆呆望著桌面。你們當中有個人，少女說，他舅舅想告訴他，他已經完全原諒他了。還有個兒子在等他母親。她看見拿破崙了，化身爲人形的惡魔，他在地獄裡接受火刑。他還是滿口穢言，一直在咒罵，毫無悔意。她的頭不斷擺動，像在仔細聆聽。睡袍一路敞開，直到胸前幾乎全裸，肌膚因潮濕而光澤耀人。她看見某個人的哥哥了，哥哥說，他的死因很單純，沒有問題，不必再繼續追查了。某個人的母親來了，她說，她對他感到失望，原來他一直在等她死，她死了他就自由了，可以雲遊四海、到處閒晃了，上次在洞穴裡明明就看見了她，竟一副視而不見的模樣。接著，她又看見了一個孩子，他想要告訴他父母，他過得很好，那裡的大廳非常寬敞，可以一直飛，只要小心就不會撞到、不會痛。還有一位老婦人，她說她並沒有把錢藏起來，所以幫不上忙。少女輕輕地嘆了口氣，所有人湊上前來想聽清楚，結果她什麼也沒講。突然她全身痙攣不斷乾嘔，停止後她慢慢抬起頭來，動作輕柔地將兩名男子的手撥開，抽出自己的手。然後將睡衣拉正，接著便失神地微笑起來。

嗯，不錯，一片靜默中高斯突然說。

弗格特嚇了一跳，朝這邊看過來。這才發現了他們倆。

總之，洪堡不知所云地說著。他臉色發白，表情僵硬。

太迷人了，穿黑衣的女子說。

眞是偉大的一刻，介於陰陽兩界的一次完美溝通。羅倫茲說完，所有人都轉過頭來瞪他——他的義大利腔竟然不見了，於是他趕緊用他該有的腔調再講一遍。少女窘迫而慌張地望著大家，高斯則從旁仔細觀察她。

弗格特突然問，莫非他們跟蹤他？

也可以這麼說，洪堡回答，他們有事相求，可否到外面單獨談談？洪堡對高斯比了個手勢，要他留在原地，然後請弗格特跟他一起到玄關去。

他是爲了祖母的事才來的，弗格特壓低了嗓門說。沒有人知道她把錢藏在哪裡，他的處境艱難。身爲一個紳士，無論如何都必須償還債務，所以才會無所不用其極。

洪堡先清了清喉嚨，然後閉上眼睛沉思了幾秒鐘，彷彿這樣才能讓自己回復平靜。有個年輕人，他開始說，就是那邊那個天文學家的兒子，因爲參與了一場愚蠢的聚會而被捕。現在還有時間放他出來，讓他回家。

弗格特撫弄著自己的鬍鬚。

這位天文學家將對國家做出許多貢獻，普魯士當局很重視跟這個人的合作，所以極關心這件事，希望不要有人冒犯了他。

極關心啊，弗格特跟著說了一遍。

在別的地方，洪堡繼續說，這麼做甚至能獲頒勳章。

弗格特轉過頭去面對牆壁。大家都嚴厲譴責那些傢伙，這可不是一樁小事，那種秘密集會眞的非常可疑。剛開始大家都以爲來演講的人眞的是《德國體操藝術》的作者。結果眞是謝天謝地，原來那傢伙只是打著此書作者旗號招搖撞騙的一個小角色。他們已經派人緊急趕往佛萊堡確認了。

假冒別人身分的人眞是該死，洪堡說，他門下有兩名研究員，達蓋爾和尼普斯，他們正在研究一種機器，那東西問世後一定能造福群眾。到時候每個官員都可以有自己的正式照片，也就沒有人敢再冒用他們的名號了。他很清楚這個問題，前不久才有一名男子在提洛白吃白喝了一個月，花的全是公帑，因爲他自稱是洪堡男爵，知道怎樣能找到金礦所在。

無論如何，弗格特說，事情確實很棘手，但他也沒有說不能處理。洪堡聞言充滿希望地看著他。弗格特又說，但確實不好處理。

他只需要去一趟警察局監獄，釋放那個年輕人，讓他回家就好了，洪堡說，名字根本就還沒有呈報上去，沒有人會知道。

但還是有風險啊，弗格特說。

微乎其微。

微乎其微並非沒有，有教養的文明人都懂得要爲此付出代價。

洪堡承諾一定會對他心存感激。

感激的方式有很多種。

洪堡再次保證，他會一輩子視他爲友。將來如果有需要他效勞的地方，一定在所不辭。

效勞？弗格特嘆了口氣，那要看怎麼效勞囉，這樣那樣都行。

洪堡問，這是什麼意思？

弗格特不禁搖頭嘆息。兩個人都不知如何是好地僵在那裡。

眞是夠了，高斯的聲音忽然在他們身邊響起。難道他眞的聽不懂嗎？要賄賂這傢伙啊！

弗格特頓時刷白了臉。

他希望你買通他，高斯慢條斯理地說，這個醜陋的公僕，可惡的下流胚。

他必須抗議，弗格特憤怒地大吼，他沒必要受這種污辱！

洪堡拚命跟高斯打手勢要他停。原本待在沙龍裡的人，紛紛好奇地走了出來。禿頭男子和黑衣女子正在交頭接耳、竊竊私語，穿睡衣女孩的眼光越過兩人的肩膀，望向高斯和洪堡。

他非受不可，高斯說，既然敢這麼不要臉，這麼寡廉鮮恥，這麼骯髒齷齪，就要敢做敢當。

夠了，你給我住嘴，弗格特怒不可遏地嘶吼。

還不夠，高斯繼續反唇相譏。

明天天亮他就會派人來逮捕他！

天啊，洪堡驚呼道，這一切全是誤會！

他會把他派來的人全部轟出去，高斯說，一定是飯桶才會聽令於他這種跳樑小丑。他會踢得他們屁滾尿流，夾著尾巴逃！

弗格特咬牙切齒地問，也就是說，這位先生抵死不道歉囉！

那當然。即使被他這個齷齪的傢伙殺了，他也不會道歉！

弗格特張大了嘴巴又閉上，緊握拳頭，望著天花板。他氣得雙腿發抖。如果沒有搞錯的話，教授先生的兒子正遇到麻煩。經過這番懇談，相信教授先生應該不會再期望自己的兒子能夠很快回家。他說完便三兩步衝到衣帽間，抓起大衣，戴上帽子，疾步往外走。

那是他的帽子啊！禿頭先生拚命大喊，趕緊追了出去。

結果還是沒用，一片沉默中高斯說。他定睛看了看那位靈媒，然後把手插在口袋裡，轉身離開了那間屋子。

眞是天大的誤會，洪堡追上正在下樓的高斯，對方並沒有要錢的意思！

哈，高斯嗤之以鼻。

普魯士的高階軍官是不可能接受賄賂的，這種事從來沒有發生過。

哈！

他可以拍胸脯保證！

高斯大笑。

他們來到門外，發現馬車已經離開了。

那就用走的吧，洪堡說，其實也不遠，在他的全盛時期，他征服的距離可不只這麼一點點。

拜託別再提了，高斯不耐煩地說，他眞的聽不下去了。

他們沒好氣地彼此對望了一眼，然後開始徒步走回去。

都是年紀的關係，過了好一陣子後洪堡才說，以前他總是有辦法說服每個人，能突破任何封鎖線，取得所有他想要的證件。沒有人能反駁他、阻止他。

高斯一語不發。他倆一路沉默地並肩而行。

好，高斯終於開口，他承認，他剛才那樣做的確不聰明。但他眞的被惹毛了啊！

這種靈媒應該要加以禁止，洪堡說，用這方法根本不能接近死者。不成體統，既下流又無恥！他從小就在鬼魂身邊長大，該怎麼跟鬼打交道，他再清楚不過了。

這些路燈，高斯說，很快就會變成煤氣燈，以後就不會有黑夜了。他們倆只能活在這種二流時代裡，並且漸漸老去。不知道歐根這下子會怎樣？

被大學開除，可能會被監禁，某些情況下還可能被放逐。

高斯沉默不語。

有時，我們眞得接受這樣的事實，洪堡說，我們的確幫不了別人。他花了好多年才終於領悟，他幫不了邦普蘭，所以不該再爲此終日煩惱。

這一點他也得教教米娜，她就像白痴一樣鍾愛這孩子。該放手的時候，洪堡說，就要放手。這話聽起來好像有點忠言逆耳，但成功的人生就是有其苦澀的一面，當然也可以說是殘酷的一面。

他的人生已經過了大半，高斯說，他有個對他而言毫無意義的家，有個嫁不掉的女兒，和一個身陷危機的兒子，老母親也應該活不了多久了。過去十五年來，他都在翻山越嶺進行測量。他突然站住，默默凝望著夜空。總歸來說，他眞的無法解釋，爲何他會覺得以前做那一切都那麼容易。

他也無法解釋，洪堡說，但他也有類似的感觸。

或許還爲時不晚，在某些事上還大有可爲。磁學，空間幾何。他的腦袋確實不比從前，但還沒有到不能用的地步。

他還沒有去過亞洲，洪堡說，這樣下去眞不是辦法。有時候他眞想問自己，拒絕俄國的邀請是不是錯了？

當然，他得再找個助手。他已經無法自己一個人工作了。大兒子在軍隊裡，小兒子還太小，歐根已經不可能了。對了，那個韋伯，他還挺歡喜他的！他還有個漂亮的太太。哥廷根剛好有個物理學教授的職缺。

肯定沒那麼容易，洪堡說，政府監控他的一舉一動。如果他們以爲他已既老又衰，很容易妥協，那就大錯特錯了。當初他們阻止他去印度，如今俄國他非去不可。實證物理學，高斯說，一個嶄新的領域。不過他還得再仔細想想。幸運的話，洪堡說，他或許還能去中國呢。

15 草原

什麼是死亡？各位女士、各位先生，基本上，死亡不是斷氣的那一刻，不是在跨越生死的那一瞬間，而是在那之前，是漫長的退化過程，死亡是經年累月不斷延伸的衰老；當一個人還活著時，卻同時不再是他自己了，其偉大、其重要性在那一刻早成爲過去式，卻要繼續佯裝他還在。如此縝密而周延，各位女士、各位先生，就是大自然賦予我們的死亡！

在掌聲結束前，洪堡已奔下講台。一輛馬車等在歌唱學會前，準備要載他去探視躺在病床上的大嫂。她整個人放鬆了，不再有疼痛。昏沉沉的似半睡半醒。她再次微微睜開眼，先是看見洪堡，然後看見了自己的丈夫，有點輕微的震驚，她似乎無法分辨這兩個人了。幾秒鐘後她死了。兄弟倆互望了一眼。洪堡伸手握住哥哥的手，因爲他知道，這種情況下應該這麼做。沒過多久，他們像是忘了死亡這回事，不但抬頭挺胸坐著，還神采奕奕地開始聊起往事。

他還記得那個傍晚嗎？哥哥終於問起，那天他們讀到阿奎爾的故事，他當場決定，總有一天要遠征奧利諾科河。他們還爲了日後要昭告世人，把那天的日期記了下來。

當然記得，洪堡說，但他不認爲世人會對此感興趣。他甚至懷疑那趟旅行的意義。雖然找到了那條運河，但根本沒有爲當地帶來繁榮，還讓自己身陷險境，被漫天的蚊蟲攻擊。其實邦普蘭是對的。但至少，他並沒有活得很無趣。

他倒是沒怕過無聊，哥哥說，不過他不願意自己一個人過活。

他一直都是自己一個人，洪堡說，但他最害怕的卻是無聊。

他一直無法釋懷，哥哥說，自己從沒做過首相，都是哈登貝格[91]從中作梗，不然絕對是他！

沒有人，洪堡說，生來具有使命。我們唯一能做的，只是下定決心去假裝自己有一項使命，一直假裝到連自己都信以爲眞。當中一定有許多事情無法配合，所以必須付出極大的代價，必須對自己殘酷！

哥哥退後幾步，仔細打量他，然後問：還是童男？

你知道？

一直都知道。

他們彼此無言地並肩而坐，過了好一會兒洪堡才站起身來。一如往常，他們既隆重又正式地互相擁抱。

還會再見嗎？

當然，以血肉之軀或通透的靈魂。

要陪他一起遠征俄國的兩位同伴已經在學會等候，他們是動物學家埃倫貝格和礦物學家羅澤[92]。埃倫貝格個子很矮，很胖，下巴蓄著一撮三角鬍鬚，羅澤身高超過兩公尺，頭髮看起來黏答答。兩個人都戴著厚重的眼鏡。國王派他們來當洪堡的助手。出發前三個人一起確認過所需的儀器：天空藍度計、望遠鏡和萊頓瓶，這些是洪堡在熱帶探險時用過的，還有一個英國鐘，比先前的法國鐘更精確，另外還有一架專門測量磁力的磁傾儀，但功能明顯比從前的更完善，據說是蓋比[93]親手打造的，而且有一具輕巧的無鐵帳棚。接著洪堡準備進宮，到夏洛特堡晉見國王。

此番遠赴他女婿的帝國，他樂觀其成，威廉腓特烈遲鈍地說著，就這一點看來，他相信宮廷大臣洪堡已願意接受忠告，從現在開始願意實事求是了。

洪堡不得不撇過頭去，但他的動作太明顯了。

怎麼啦，亞歷山大？

沒什麼，洪堡趕緊解釋，只是他大嫂剛過世。

他很了解俄國，國王接著又說，也很清楚洪堡的聲望。他不希望見到任何一方有抱怨！千萬別爲了某個不幸農夫的淚水，破壞了雙方的情誼。

他已經向沙皇保證過，洪堡的口氣像在背書一樣，他只想研究人煙罕至的大自然，至於俄國下階層的人民如何生活他絕不過問。這句話在他寫給沙皇的信中已經提過兩遍，在呈交給普魯士宮廷的正式文件上也寫過三遍了。

一回到家，已有兩封信等著。一封是哥哥寄來的，感謝他去探視大嫂，並給予他精神上的支持。無論我們倆能不能再見，如今又只剩下我們倆了，其實一直就只有我們倆。從小我們被教導人生需要觀眾，其實我們總認為，我們就是整個世界。隨著時間消逝，我們的世界越來越小，我們終於了解，你我努力追求的目標，事實上並非宇宙，而是你我之中的另一個人。我因為你的關係成為了部長，你因為我的關係經歷千驚萬險，上高山、入洞穴。為了你，我創辦一流的大學，因為我，你發現了南美洲。只有愚蠢之輩，不了解何謂雙重人生的人，才會誤以為我們在競爭、對立：因為有你，我成了一國之師，因為有我，你成為新世界的探索者，任何其他的結果都不恰當。你我一直都知道，什麼才叫恰當。我請求你，不要讓這封信影響到我們未來的聯繫，即便情況眞像你跟我所說，你對未來已經沒有寄望了。

另外一封是高斯寄來的。他同樣捎來祝福，並附上幾則有關磁力測量的公式，這些公式洪堡沒有一行看得懂。此外他還建議，途中可以開始學俄文。他自己已經開始學了，不全是因為多年前許下的諾言。另外，如果洪堡有遇見普希金94，千萬別忘記代他致上最高敬意。

僕人走進來說，一切已準備就緒，馬匹已餵飽，所有儀器也都上車了，等天一亮就可以出發。

俄文的確幫了高斯大忙，讓他忘掉家中所有的不快，忘掉米娜的悲傷和指責，忘掉女兒憂鬱的神情，和所有與歐根有關的事。道別時，妮娜將她的俄語字典送給高斯，她要搬去她姊姊那裡，在東普魯士，她將永遠離開哥廷根。在那一刻高斯不禁自問，或許她才是他此生最重要的女人，而並非約翰娜。

他的脾氣變得比較溫和，最近甚至可以不用厭惡的表情看著米娜。當他沒看見她那張有點削瘦、上了年紀、老愛抱怨的臉時，竟感覺像是缺少了什麼。

韋伯現在經常來信。照情況看，他應該很快會來哥廷根。這裡將有教授職缺，高斯的話在這裡極有分量。只可惜，他跟女兒說，妳長得太醜，他又已經結婚了！

從柏林返鄉的途中，馬車搖晃得非常厲害，他覺得自己這輩子從沒這麼不舒服過，爲了減輕痛苦，他集中精神仔細感受所有的震動、搖晃和顛簸，將它們深深納入腦中細細體會。漸漸地，他清楚看見形成這整體作用中的每個細節。雖然這沒有讓他比較好過，卻讓他發現了最小約束的原理：任何運動都會盡可能配合整個系統運動。抵達哥廷根時雖然天剛破曉，但他已迫不急待要將筆記寄去給韋伯。韋伯很快地給予回覆，並提出許多聰明且有洞見的看法。幾個月後，一篇正式論文出版了。從現在起，他高斯也是個物理學家了。

午後他會去森林裡散步。如今他再也不會迷路了，沒有人比他更熟悉這附近的地形，是他把這裡所有一切固定在地圖上的。有時他會覺得，自己並非測量過這片土地，而是創造出這片土地，透過他，土地才得以真實存在。在這片只有樹木、苔蘚，雜草叢生的土地上，如今布滿了直線、夾角和數字所形成的網。任何東西只要一經測量，就再也不是，或者說再也不可能是原先的樣貌了。高斯不禁要問：不知道洪堡有沒有領悟到這一點？天忽然下起雨來，高斯趕緊躲到樹下。但見小草在雨中顫抖，空氣中瀰漫著清新的泥巴味，他眞的哪裡也不想去，只想留在這裡。

洪堡一行人根本無法順利前行。他們在融雪的季節出發；計畫錯誤，從前他絕對不會犯這樣的錯。馬車車輪一再陷入泥巴裡，濕淋淋的街道導致某些馬車經常脫隊，大家總得一再停下來等待。車隊太長，隨行的人太多。他們比預期的時間晚到達柯尼斯堡。貝塞爾教授熱情地迎接洪堡，其歡迎辭冗長而滔滔不絕。他帶他們去參觀新的天文台，向他們展示全國最大件的琥珀標本。

洪堡問起，從前他是不是跟高斯教授一起工作過？

那是他人生最輝煌的時刻，貝塞爾說，雖然不容易。當初在不萊梅，數學王子直言不諱地叫他放棄科學研究，若不會超出能力範圍太多的話，乾脆改行當廚師或鐵匠算了。當時他眞的非常難過，花了很長的時間才恢復過來。不過他還算幸運，他在彼得堡有個朋友名叫巴特斯，他被高斯損得更慘。但要對抗高斯無與倫比的優越，唯一有效的辦法就是認同他、喜歡他。

前往提爾錫特[95]的馬路上結滿了冰，馬車一再打滑。抵達俄國邊境時，哥薩克騎兵隊已等候在此，他們奉命護送洪堡一行人入境。

眞的不需要，洪堡說。

他應該要信任他們，帶隊的司令官說，因爲眞的有必要。

他曾經在沒有任何護衛的情況下，在蠻荒中生活多年！

但這裡不是蠻荒，司令官說，這裡是俄國。

無數記者和當地所有自然科學家統統等在多爾帕特㊻。大家都想把自己的礦物收藏和植物標本拿給洪堡看。

很樂意，洪堡說，但他來這裡不是爲了參觀博物館，而是爲了研究大自然。

這件事暫由他代勞，羅澤興致勃勃地說，他絕不會出任何差錯，畢竟他就是爲此而來！

當羅澤在山丘上致力於測量時，市長、大學校長以及兩位高階軍官正帶領洪堡穿越一條長到不可思議的通道，進入一間空氣極差、滿屋子琥珀標本的房間。當中有一塊琥珀裡頭有蜘蛛，洪堡沒見過這樣的東西。另外還有一塊裡頭有隻長著翅膀的蠍子，根本是童話故事裡才有的生物。洪堡將那塊琥珀舉到眼前仔細觀察，但沒有用，他的視力越來越差了。他一定要將它描繪下來！

自然由他來代勞，站在洪堡背後的埃倫貝格忽然冒出聲音，並且一說完就取走洪堡手中的琥珀，快步離去。洪堡想叫他回來，但想想還是算了。一切都怪怪的，尤其是人。後來他既沒有拿到素描，也沒有再看見那塊琥珀。當他向埃倫貝格問起此事，後者竟然說，他根本不記得有這回事。

接著他們離開了多爾帕特，前往首都。皇室代表在前方開路，兩位軍官從兩旁護衛他們，另外還有三位教授，和一位名叫沃羅汀的彼得堡皇家研究院的地理學家——洪堡老是忘記他的存在，所以每次當他安靜而小聲地說起話來，洪堡都會狠狠地嚇一跳。若非洪堡的腦袋拒絕記憶這個蒼白的傢伙，就是這傢伙擁有出神入化的僞裝技巧。他們在納瓦河畔⑰停留了兩天，靜待雪融。一路上他們的追隨者越來越多，他們需要最大艘的渡輪方能渡河，但這麼大一艘船，一定得等整個河面淨空了才能航行。所以他們比預定時間晚了許多，才抵達聖彼得堡。

洪堡在普魯士大使的陪同下晉見沙皇。沙皇握著他的手許久不放，並且一再強調，他的來訪絕對是俄國莫大的榮幸，沙皇還問及洪堡哥哥的近況，他曾經在維也納會議上見過他，對他印象深刻。

是好的印象？

這個嘛，沙皇說，坦白講，有點怕他。

派駐俄國的歐洲各國大使都爲洪堡舉行了接待會。此外洪堡還陸續跟沙皇一家人多次共進晚餐。財政部長康克林伯爵主動提議將贊助經費提高爲兩倍。

非常感謝，洪堡說，但眞是令人感傷，不禁讓他想起自己有能力負擔所有旅費的那段日子。

無須感傷，康克林說，他還是可以享受自由。然後他交給洪堡一張紙，上頭寫著他獲准行進的路線。一路上都會有人護送他，每到一站都會有人恭候，各省總督都已接獲命令，保護他的安全。

他不知該怎麼說，洪堡說，但他希望能自由行動，研究人員必須隨時隨地、即興進行探勘和研究。

只有計畫不周詳的人才需要那樣，康克林笑著說，他們爲他做的計畫，保證絕對一流。

出發至莫斯科前，洪堡又接到了一些信，其中兩封是哥哥寄來的——孤獨讓他變得喋喋不休。還有貝塞爾寫來的一封長信，以及目前正醉心於電磁實驗的高斯，他寄來了一張卡片。他現在非常認眞地致力於研究，叫人幫他蓋了間完全沒有窗戶、連門都密不通風的房子，這間房子的釘子完全採用沒有磁性的銅釘。

一開始，議會還以爲他瘋了，但經過高斯長時間的訓話、威脅利誘、苦苦哀求，甚至胡亂編出些理由，說這些實驗能製造商機、提升國家形象、促進經濟繁榮等等，議會才終於批准，在天文台旁再幫他蓋一間實驗室。如今他大多時間都待在那間實驗室裡，默默觀察那根在擴音箱裡微微震動的鐵針。它的震動非常微弱，用肉眼根本看不見；爲了計算這些細微震動的強度，他必須在針的上方安裝一面小鏡子，然後用望遠鏡對準那面鏡子來進行觀察。洪堡的看法是對的，地殼的確一直在震動，而且震動的強度呈規律性變化。不過高斯測量得比他更仔細，測量的時間間隔也更短，精確度也更高，當然，他的計算能力也更傑出；他覺得有趣，洪堡竟然沒注意到，應該要觀察綁著針的那根線，其長度會對結果產生影響，所以必須要將這項因素也考慮進去。

高斯就著一盞油燈，一直觀察那根磁針的振動情況，好幾小時不曾移動一下，整間屋子靜得聽不到半點聲音。就像當初他跟皮拉特瑞搭乘熱氣球升空後發現空間的眞相一樣，如今他正在傾聽大自然內心深處最不爲人知的騷動。根本不需要千辛萬苦地上山下海，深入叢林。只需要仔細觀察這根磁針，就能清楚看見地球內部的狀況。偶爾他的思緒會飄到家人身上；其實他很想念歐根，自從他離開後，米娜就變得很不快樂。小兒子中學快要畢業了，可惜也不怎麼聰明，想必沒機會上大學了。人眞的該面對現實，不能高估自己身邊的人。幸好，他跟韋伯之間的默契越來越佳。

不久前有個俄國數學家把他的研究成果寄來，那篇論文提出了這樣的觀點：歐基里德的幾何學並非眞理，事實上，平行的直線終會彼此相交。高斯的答覆是，這件事他早就知道了，這並非什麼新發現。此話一出，俄國人全認爲他只是個喜歡誇口的自大狂。對於別人要發表他早就知道的想法，他有一種很奇怪的不舒服感。但他已經夠老了，老到應該要懂得什麼是自尊，什麼是驕傲。每當他屏氣凝神地注視那根針，爲了怕打擾到它無聲無息的舞動而不敢呼吸時，他就覺得自己像是幽暗時光中的魔術師，是俯首古老銅桌前的煉金術士。何嘗不是？所謂的「**新科學**」不正是源自於魔術嗎！而且他向來就對魔術很著迷。

他小心地將俄國地圖一張張攤開。必須在空曠的西伯利亞蓋幾間跟這間實驗室類似的房子，並且得找些可靠的研究人員進駐，這些人要懂得如何操作儀器，並且願意留守在望遠鏡前，一小時又一小時地長時間觀察，過著安靜而細心的生活。這事，洪堡應該能安排才對，也許還能夠一一搞定。高斯開始認眞地思考此事，並且把所有適合設置觀測站的地點統統列了出來。剛列好，小兒子就猛一推門走進來，拿了一封信給他。門一開，風隨即貫入，桌上的紙張四散，指針劇烈晃動，高斯狠狠摑了兒子兩巴掌，要他記取教訓，下次不准再犯。

高斯足足枯坐了半個鐘頭，指針才恢復正常，也才敢慢慢地活動，把信拆開。計畫有所變動，洪堡在信中寫道，他無法如願以償地自由行動，當局給了他固定行程，任意偏離行程顯然不智，他只能在固定路線上進行測量，其他地方不行，而且他還得注意預算。高斯感慨地笑了笑，把信放下。他頭一次覺得洪堡好可憐。

到了莫斯科後，他們被迫中斷行程。不可能，莫斯科市長說，他絕不能讓如此難得的貴賓就這樣離開。莫斯科人等了他這麼多年，他絕不能讓莫斯科失望，他在彼得堡停留多久，就要在莫斯科停留多久。於是，洪堡每晚只能眼巴巴看著羅澤和埃倫貝格去郊外蒐集礦石，自己卻只能參加宴會；不斷有人向他舉杯致敬，不斷有穿燕尾服的人慷慨激昂地高喊萬歲。管樂隊吹奏出震耳欲聾的嘹亮樂聲，席間不斷有人關心地詢問洪堡，他是不是不舒服？還好，洪堡只能默默望著夕陽說，他只是向來不了解音樂，難道非得這麼大聲不可嗎？

一星期後，他們終於獲准朝烏拉爾前進。追隨者比先前更多了，光是要把所有馬車備妥，就整整花了一天。

不可思議，洪堡對埃倫貝格說，他簡直受不了了，這根本不是探險！

人不可能永遠都如願，羅澤從旁插嘴道。

你看看外頭那些人，埃倫貝格說，有什麼好反對的呢？全是些既聰明又值得信賴的人，或許可以讓他們完成那些他覺得麻煩的工作。洪堡氣得滿臉通紅，正當他要開口反駁時，馬車剛好衝了出去，不但話被車輪聲掩蓋住，連人也一屁股跌坐在椅子上。

到了下新城，洪堡取出了六分儀，開始測量窩瓦河的河面寬度；洪堡眼睛貼著六分儀的接目鏡，辛苦盯著晃動的水面足足半小時，嘴裡還不時唸唸有詞地計算。所有隨行者都滿臉崇拜地望著他。這就好像，沃羅汀激動地對羅澤說，親自走進了冒險故事，親眼目睹屬於那個年代的事蹟，眞是太偉大了。他簡直快哭了！

洪堡最後向大家宣布，這條河面寬五千兩百四十點七英尺。

早就知道了，羅澤淡淡地說。

更正確的數據應該是兩百四十點九，埃倫貝格說，不過他得承認，用這麼古老而落伍的方法還能算得這樣精確，已經算很成功了。

洪堡在城裡獲贈鹽巴、麵包和一把黃金打造的鑰匙，獲頒為該市的榮譽市民。除了接受兒童合唱團的獻唱之外，在搭乘巡邏艦勘查窩瓦河之前，他還得參加十四場官方和二十一場私人接待會。途經喀山[98]時，洪堡決定要進行一次磁力測量。他命人在野外搭起無鐵帳棚，然後請大家安靜，接著他爬進帳棚裡，將磁針固定在一個特製的架子上。他花了比平常更久的時間才將磁針掛好，一方面是因為手抖得嚴重，一方面是因為連日來的強風颳得他淚眼模糊。磁針開始慢慢震動，但接著又停了，完全不動了幾分鐘之久，才又開始繼續震動。洪堡想到高斯，他此刻也一定在六分之一地球圓周外的地方，做著同樣的事。那個可憐的傢伙，竟然從來沒有見過這世界。洪堡傷感地笑了一笑，突然覺得高斯好可憐。羅澤從外頭敲了敲帳棚，問道：能不能快點結束？

繼續上路後，他們在途中遇到一隊由騎兵押解的女囚犯。洪堡想停車跟那些女囚犯交談。

絕不可以，羅澤說。

千萬別有這種念頭，埃倫貝格也附和道。他用力敲了敲車頂，要馬車繼續前行。幾分鐘後，馬車隊所揚起的塵埃將囚犯們的隊伍徹底淹沒了。

到了皮爾姆，一切已成慣例：埃倫貝格和羅澤負責採集岩石，洪堡負責和總督共進晚餐。此地的總督有四個兄弟，八個兒子，五個女兒，二十七個孫子和九個曾孫，還有其他數都數不完的親戚。所有人都到齊了，都是來聽海那邊陌生國度的故事。他什麼也不知道，洪堡說，他完全不記得了，現在他只想上床睡覺。

隔天一早洪堡指示大家，把所有蒐集來的東西分成兩份：每樣東西都要有兩個樣本，並且要分開運送。

早就這麼做了，埃倫貝格說。

任何有理智的研究員都知道要這麼做，羅澤說，畢竟每個人都讀過洪堡的筆記。

接著他們來到潔卡特林倫堡。洪堡下榻在一位商人家裡，這位商人也像此地所有男人一樣留著落腮鬍，穿著腰上繫有寬皮帶的長大衣。那天洪堡很晚才從市長舉辦的歡迎會上歸來，但這家主人已經等在那裡想請洪堡喝酒了。洪堡婉拒了他，主人竟像個孩子般放聲大哭，搥胸頓足，還用破破爛爛的法文哀嚎：他眞是太悲哀，太悲哀，太悲哀了，他眞想去死！

那好吧，洪堡勉爲其難說，只喝一杯！

結果伏特加把洪堡搞得很慘，他整整在床上躺了兩天。基於各種沒人能理解的理由，當局又派遣了一隊哥薩克騎兵駐守在房子前，此外還有兩名軍官看守屋內，只見他們窩在洪堡房間的一角，邊打呼邊守衛。

洪堡終於可以起床了，埃倫貝格、羅澤和沃羅汀立刻將他帶到一處洗金場。負責管理這座礦場的官員名叫歐希波，正在爲礦井裡的積水而傷透腦筋。他帶洪堡去看一處淹水的坑道：水淹到人的髖部高，空氣中瀰漫著霉臭味。洪堡看著自己濕透的褲管，心情很差。

要抽掉更多的水才行！

但是機器不夠，歐希波懊惱地說。

那，洪堡說，就再添購一些啊。

歐希波問，但錢要從哪裡來？

如果積水不這麼嚴重的話，洪堡慢慢地說，產能自然會上升。

歐希波滿臉困惑看著他。

也就是說，抽水機會爲自己籌措經費，不是嗎？

歐希波想了一會兒，突然伸手抱住洪堡，感激地將他擁進懷裡。

繼續上路後，洪堡開始發燒。他覺得喉嚨很痛，鼻涕流個不停。一定是受了風寒，他邊說邊把毛毯裹得更緊些。爲什麼馬車不能駛慢點，他根本看不清楚這些針葉林！

可惜沒辦法，羅澤說，不可能要求俄國馬車放慢速度，他們接受的就是這樣的訓練，所以只能這樣。

到了磁鐵山，他們才停車；他們在維索卡亞哥拉平原的中央遇到了一座隆起的礦石山，礦山的顏色呈白黃色，所有磁針到了這裡統統失靈，洪堡決定爬上去一探究竟。但生病讓他覺得體力大不如前；好幾次他都得靠埃倫貝格的攙扶，才能順利往上爬。還有一次他想彎腰去撿一塊石頭，背痛得他不得不求助於羅澤，請他代爲蒐集。根本沒必要，鐵礦場的負責人早就等在山上，他已經把所有岩石標本統統分門別類裝在盒子裡，等著要交給你了。洪堡聲音沙啞地向他道了謝，山丘上的強風正憤怒地拉扯著他的毛外套。

那麼，羅澤問，可以下山了嗎？

到了鐵礦場，有個小男孩被帶到洪堡面前。他叫做帕維爾，礦場負責人說，他十四歲，笨笨的。但他發現了一塊石頭。小男孩打開他髒兮兮的手。

毫無疑問是鑽石，洪堡檢查過後說。

四周立刻響起如雷歡呼，工頭們高興地互拍肩膀，礦工們興奮得手舞足蹈，幾個男人開始唱起了歌。好幾個工人走到帕維爾面前拍了拍他的臉頰，雖然是爲了讚許他，巴掌卻打得結結實實。

眞厲害，沃羅汀稱讚道，才來幾星期，就已經爲俄國找到第一顆鑽石。大師出手，果然不同凡響。

並不是他找到的，洪堡回答說。

請容他提醒，羅澤趕緊湊到洪堡耳邊說，這樣的話下次最好不要再說了。所謂事實可分爲表面事實和內在事實，埃倫貝格說，身爲德國人應該要懂得這一點。這樣的要求太過分了嗎？羅澤語帶責備地質問洪堡，讓這些人照他們的希望高興一下都不行嗎？

幾天後，他們從一位精疲力竭的騎兵手上接過沙皇的感謝信。

洪堡的病一直沒有好轉。他們行經蚊蟲肆虐的西伯利亞針葉林帶。這裡的天空很高，太陽似乎不打算往下掉，白天長到令人忘記還有黑夜存在。遠處是長滿草的沼澤、低矮的樹林，和蜿蜒如群蛇散布的水道，潺潺流淌於朦朧的白霧間。洪堡偶爾會打幾秒鐘的盹，猛一驚醒卻發現，天文鐘上的顯示已過了一個鐘頭。望著天上的雲絮和熊熊燃燒的太陽，洪堡竟錯以爲是畫在羊皮紙上的布景，由一堆俄國人抬著——他轉一轉自己的頭——他們會隨著他的視線隨時移動這塊布景。

埃倫貝格沒好氣地問，需不需要再加一床被子？

他從來不需要蓋兩層被子，洪堡回答。但埃倫貝格充耳不聞地又幫他蓋上了一床被子。虛弱似乎戰勝了憤怒，他捉起棉被把自己裹得更緊些，然後——或許是爲了趕走瞌睡蟲——他問道：到托波斯克還有多遠？

非常遠，羅澤回答。

但也不算太遠，埃倫貝格說，這個國家大到不可思議，甚至可以說大到讓所有距離失去了意義。抽象的數學將消弭所有的距離於無形。

洪堡覺得這說法很耳熟，但是他眞的太累了，累到想不起來在哪裡聽過。但他忽然又想起，高斯曾經說過的絕對長度：一條直線，一條不容在上面增加任何東西的直線，儘管它最後會有一個終點，但它會一直延伸，延伸到讓所有可能的距離都只是它其中一部分。洪堡又進入了半夢半醒之間，但有幾秒鐘他非常清楚地意識到，這條直線跟他的人生有關，只要他掌握住這條線，一切都能豁然開朗。他快要找到答案了，他一定要寫信告訴高斯——然後他睡著了。

高斯已經算出，洪堡還有三到五年的壽命。最近他又繼續在研究死亡統計學了。委託他做這項研究的是國家保險局，報酬相當不錯，而且跟數學有關，滿有趣的。他已經幫所有認識的人算過他們大概還能活多久了。有時候他也會花一小時的時間站在天文台窗邊，計算經過的人，然後估計當中有多少人一年之內會死掉，有多少人三年或十年之內會死掉。那些算命的占星學家，他說，都該要來學學這門學問！

千萬別低估了占星術，韋伯回答說，任何一門發展完整的科學都得要將它納入其中，並且加以應用，就像我們現在才開始懂得要應用電流和電力一樣。此外，說明概率的「鐘形曲線」根本改變不了一個簡單的事實：沒有人能知道自己的死期；一顆骰子丟出去，其結果永遠是第一次發生。

高斯拜託他，別再說這種蠢話了。他太太米娜已經病了，一定會比他早死，然後是他母親，接著才會輪到他。統計學這麼說，就一定會發生。高斯透過望遠鏡盯著接收器上方的那面小鏡子好一會兒，但指針完全不動，韋伯也沒有繼續回話。也許震動訊號在半路上傳丟了。

他們最近常這樣聊天。韋伯待在市中心的物理實驗室裡，那裡有架跟這裡一模一樣的機器，同樣在擴音箱裡吊一根磁針。他們透過電流感應器，在約定好的時間彼此傳送訊息。多年前他也曾利用日觀測儀和歐根嘗試過類似的傳訊方式，但那傢伙就是沒辦法熟記訊號碼。韋伯視這項發明爲偉大創舉，只要教授願意發表，一定能夠名利雙收。對此高斯的回答是，他已經夠出名了，而且也夠富有了。這種傳訊方式應該很快就會有其他人發現，他願意留給那些笨蛋去發表。

韋伯沒有再傳來任何訊息。於是高斯站了起來，戴上絨布帽，準備出去散步。天空布滿厚重的雲層，雖然還透著陽光，眼看卻要下雨了。

他在接收器前不曉得枯等了多少個鐘頭，只爲等候她的訊息！如果約翰娜也像韋伯一樣，在外頭某個地方，或許是比較遠的地方，但她爲何不利用機會來跟他聯繫？如果亡靈願意透過一個穿睡衣的少女被召喚回來，爲何要漠視他這架一流的設備？高斯瞇起了眼睛，他覺得眼睛不太對勁，天空竟出現一層層的皺折。他察覺到天開始下雨。或許，死人再也不能說話了，因爲他們進入了一個更眞實、更強烈的現實，因爲對他們而言，「這裡」像是一場夢，一次神遊太虛，一個早就結束的謎團。如果他們想繼續在這裡活動，想跟裡頭的人說話，就必須讓自己再次進入這裡的狀態。有些人確實會嘗試這麼做，但聰明人會選擇放棄。

他在一顆石頭上坐下來，任憑雨水打在他頭上、肩上。死亡能爲我們帶來非現實性的知識，所以他才會知道，什麼是時間，什麼是空間，什麼是直線的性質，什麼是數字的本質。或許正因爲如此，所以他才會一直覺得自己像個無法盡情施展的半調子，像另一個眞實存在者的複製品，被無能的創造者安排到一個既奇怪又二流的世界裡。

他望了望四周。突然覺得有東西從天空一閃而過，以直線方式劃過，在很高的天上。眼前的馬路突然變得很寬，城牆不見了，群屋之間聳立著閃閃發亮的玻璃大廈。無數金屬盒子像蟻隊般在街上依序前進，四周充斥著轟隆隆的噪音，這些金屬盒子像是從遙遠的地平線下方持續冒上來，並沿著微微震動的地表不斷向前駛去。風聞起來酸酸的，空氣中瀰漫著一股燃燒味。除此之外，四周還充斥著一種無形的東西，他也說不清楚是什麼，像是電磁的震動，只感到輕微的不舒服，也像是太過逼眞而產生的暈眩。高斯俯身向前，但這一動，終結了眼前的一切；他驚叫一聲醒了過來。雨水將他徹徹底底淋溼了。他站起來，趕緊回到天文台。年老——同時也叫做：隨時隨地都能打瞌睡。

洪堡在馬車裡打瞌睡，在無數輛馬車裡打瞌睡，馬車換過無數匹馬，一路上他看過無數片草原，但永遠是同一片草原，他也看過無數次地平線，但永遠是同一條地平線——他覺得眼前的一切越來越不眞實。爲防蚊蟲叮咬，許多人都戴上了面具，但他覺得無所謂，這讓他想起了年輕的歲月，想起人生中最富生命力的幾個月。護送他們的隊伍越來越浩大，上百位士兵以規律的速度護送他們穿越西伯利亞針葉林。在這樣的情況下，根本別想測量或採集標本。一路上平靜無事，只有在托波斯克省發生了一些小插曲：他們在伊緒姆遇到一些波蘭囚犯，洪堡主動跟他們交談引起警方不滿。還有一次洪堡趁大家不注意時脫隊，爬上山坡架起望遠鏡，立刻被當地士兵包圍。士兵盤問他，他在幹什麼？爲什麼要用望遠鏡對準市區？護送他們的軍官將他保釋出來，羅澤竟當著所有人的面指責他：他應該跟大家在一起，由軍隊護送才對，爲什麼老是想單獨行動！

他們蒐集到的東西越來越多。到處都有研究人員殷切期盼他們到來，想把自己整理好、標示清清楚楚的岩石標本或植物標本送給他們。一個禿頭、滿臉鬍子、戴著圓形眼鏡的大學教授送給他們一小瓶宇宙的物質以太，這是他利用非常複雜的過濾儀器，從空氣中過濾出來的。那一小瓶東西非常沉重，必須用雙手才能拿起，裡頭的東西黑漆漆一團，即便舉得遠遠的，還是看不清楚裡面的東西。這東西必須小心存放，教授一邊清潔他的實驗瓶一邊說，這東西非常易燃。他的整個實驗設備就是因此而毀了，眼前這一瓶是僅剩的一瓶，他建議，爲了安全起見最好把它深深埋在地底下。此外最好不要一直盯著它瞧，對我們的精神會有不好的影響。

他們越來越常看到圓頂木屋，此地居民的眼睛比一般人細長。在空曠的原野上，經常還可以見到吉爾吉斯遊牧民族[99]的帳棚。快到邊界時，突然出現了一隊哥薩克騎兵，他們的旗幟在風中飄揚，號角響徹雲霄。接著他們又繼續往前走，大約有十幾分鐘都走在長滿苔蘚的無人之境，接著便遇到了中國官員。洪堡口沫橫飛地跟對方談論日與夜，東方與西方，以及人類整體。接著中國人也說了一大段話，但兩人之間根本沒有翻譯。

他有個哥哥，洪堡小聲地對埃倫貝格說，甚至研究過這種語言。

中國人笑著高舉雙手。洪堡送給他一束藍色手絹，中國人也回贈了一卷畫軸。洪堡將它展開，發現上頭寫了一些字，他驚訝地看著那些怪異的文字。

必須往回走了，埃倫貝格說，沙皇一定不樂見我們來這裡，更別提跨越邊界了。

回程他們經過了一間卡爾梅克人[100]的寺廟。這裡的祭拜方式非常奇特，沃羅汀說，不看可惜。

一名剃著光頭、穿著黃色袈裟的侍者前來引領他們入寺。純金打造的雕像面帶微笑，空氣中瀰漫著一股燃燒的香料味。一位身穿黃紅袈裟的喇嘛已等在大殿。喇嘛用中文跟侍者說了些話，侍者又用破破爛爛的俄文翻譯給沃羅汀聽。

喇嘛說他已經聽說了，有個上通天文下通地理、無所不知的人來到此地。

洪堡糾正道：他什麼都不知道，但他的確奉獻畢生精力爲改變自己的無知，他拚命學習知識，到世界各地去探險，如此而已。

沃羅汀和寺廟的侍者幫他做了翻譯，喇嘛聽了以後默默地笑了笑。他握起拳頭敲敲自己的肚皮。這裡！

什麼？洪堡聽不懂。

內在的充實與茁壯，喇嘛說。

這一直以來都是他努力的目標，洪堡回答。

喇嘛伸出他嬰兒般柔軟的手摸了摸洪堡的胸膛。但這裡要空，不懂得讓這裡淨空的人將疲於奔命，在世間各地奔波如旋風過境，所向披靡，卻根本成就不了什麼。

他不相信有「空」這回事，洪堡斬釘截鐵地說，他只相信大自然的盈滿與豐足。

自然乃沉淪，喇嘛說，自然呼出的盡是絕望的氣息。

洪堡覺得莫名其妙，生氣地問沃羅汀，他到底翻譯得對不對？

該死，沃羅汀憤怒地回答，他怎麼知道翻譯得對不對，全是些沒有意義的話！

喇嘛又問，不知洪堡願不願意幫他把狗叫醒？

很抱歉，洪堡說，他不了解這句話的喻意爲何？

沃羅汀向侍者請教這句話的喻意。無關乎任何喻意，他告訴洪堡，喇嘛最鍾愛的一隻小狗前天死了，被人不小心踩死了。喇嘛命人將小狗的屍體帶來，他請洪堡，這位充滿智慧的得道者，幫他將這隻狗的靈魂召喚回來。

他做不到，洪堡說。

沃羅汀和侍者翻譯給喇嘛聽，喇嘛深深一鞠躬。他了解，縱使是道行很高的人也不允許經常這麼做，他願意付出很高的代價，這隻狗對他而言眞的很重要。

他眞的沒辦法，洪堡再次強調，而且他覺得自己快要被香料和煙霧燻暈了。他什麼都不會，更別提讓動物起死回生！

他了解，喇嘛說，他了解智者話中之意。

他話中沒有任何涵義，洪堡急得大喊，他眞的沒辦法！

他了解，喇嘛說，但至少可以請智者喝杯茶？

沃羅汀提醒洪堡，這附近的人習慣在茶裡加一種酸掉的奶油，不習慣的人喝了下場會很慘。

洪堡一臉感激地婉拒了：他不習慣喝茶。

他了解，喇嘛說，他同樣了解這句話的涵義。

沒有任何涵義，洪堡大聲地說。

他了解，喇嘛又說。

洪堡莫可奈何地對著喇嘛深深一鞠躬，喇嘛也深深回以一鞠躬。然後他們又繼續上路了。

快到奧倫堡之前，又有一支上百人的哥薩克騎兵隊加入保護他們，聽說因爲附近常有強盜出沒。如今他們的陣容已非常龐大，約有五十名追隨者分乘十二輛馬車，保護他們的士兵總共超過兩百人。他們一直快馬加鞭趕路，洪堡雖一再請求休息，但中間還是沒有暫停過。

在這種地方逗留太危險了，羅澤說。

我們還有很長的路要趕，埃倫貝格說。

而且還有好多事要做，沃羅汀也附和道。

到了奧倫堡，有三位吉爾吉斯的蘇丹帶了大隊人馬恭候，他們特地趕來拜見這位無所不知的智者。洪堡小聲地問，他可不可上山去，他對這附近的岩石很感興趣，而且他好久沒有用氣壓計測量高度了。

待會兒再說，埃倫貝格說，馬上會有表演！

再度出發的前一晚，洪堡終於逮到機會偷偷在自己的房間裡進行磁力測量。隔天一早他覺得腰痠背痛，走起路來有點駝背。羅澤體貼地扶他上馬車。途中他們又遇到押解囚犯的隊伍，這次他強迫自己絕不可以打開窗戶看。

在阿斯特拉罕，洪堡第一次搭乘蒸汽輪船。兩架馬達不斷往空中排放廢氣，鋼鐵打造的船身沉重地陷入海面。當黎明浪花微微在海中閃爍時，他們在一座小島上靠岸了。洪堡看見有隻毒蜘蛛的足節陷在沙中，身體突出於沙面。洪堡輕輕碰了碰，牠立刻縮成一團，但沒有逃走。洪堡快樂地替牠畫了幾幅素描。他一定要在這次的旅遊記錄中，好好用一整個章節來描述這隻毒蜘蛛。

他並不這麼認爲，羅澤說，這次的旅遊記錄由他負責，洪堡不需要爲這件事操心。

但他想自己寫，洪堡說。

不是他想多事，羅澤說，而是國王將此重任委託給他。

汽船再度起航，不多久就完全看不見那座小島了。海上濃霧瀰漫，根本分不清海與天。偶爾會有滿臉鬍渣的海狗探出頭來。洪堡站在船頭遙望遠方，當羅澤告訴他，該是回去的時候了，他起初完全沒有反應。

回去哪裡？

先回港口，羅澤說，再去莫斯科，再回柏林。

這就是終點了嗎？洪堡說，折返點，最終的折返點？他不能去更遠的地方？

這輩子恐怕不能了，羅澤說。

船長發現這艘船嚴重偏離航道。沒人想到會遇上這麼大的濃霧，船長從不看地圖航行，所以現在沒有人知道該往哪個方向才能靠岸。船漫無目標地在海上繞行，濃霧吞噬了一切，就連馬達轟隆隆的噪音也被霧吞沒了。船長說，情況將越來越危險，因爲燃料會越來越短缺，如果船越開越遠，最後連上帝也救不了他們。沃羅汀和船長傷心地互相擁抱，好幾位教授開始借酒澆愁，船上頓時陷入一片愁雲慘霧中。

羅澤去船頭找洪堡。大家都寄望偉大的航海家能出手援救，沒有他的幫助，所有的人只能等死。

所有的人都回不了家？洪堡問。

羅澤點點頭。

就這麼消失在大海中？洪堡說，正值人生顛峰，正志得意滿航行在裏海上，竟然回不去了？

是的，就是這樣，羅澤回答。

在如此遼闊的地方，完全消失在一幅風景畫裡，就像小時候的夢想一樣，夢想自己可以鑽進一幅圖畫，進去後，再也不用回家了？

或許吧，羅澤說。

往那邊。洪堡將手指向左邊，往一片灰暗中透著點微亮、隱約有白色光線閃爍的地方。

羅澤去找船長，告訴他洪堡指示的方向。半小時後他們靠岸了。

莫斯科舉辦了空前盛大的舞會歡迎洪堡。洪堡穿著藍色燕尾服出席，大家都想見他，所以他一下被帶到這裡，一下被推到那裡，軍官們一見他就立正行禮，夫人們一看到他就屈膝致敬，教授們則一一鞠躬。突然現場安靜了下來，原來是葛令卡軍官要朗誦他寫的詩，一開始描述的是莫斯科大火，結尾則提到洪堡男爵，歌誦他是現代版的普羅米修斯[101]。掌聲持續了十五分鐘。當洪堡聲音略微沙啞、略顯心虛地想要開始發表有關他對地磁的看法時，莫斯科大學的校長打斷了他，因爲他想送洪堡一撮彼得大帝的頭髮。不是瞎扯就是閒聊，洪堡無奈地湊近埃倫貝格的耳朵嘀咕道，完全跟科學無關。他一定要跟高斯說，現在他終於了解他當初的感受了。

我一直相信你能了解，高斯在回信中寫道，你一直都能了解，我可憐的朋友，其實你了解的比你自己知道的還多。米娜問高斯，他是不是不舒服？他拜託她讓他一個人靜一靜，他正在思考。他的心情既惡劣又浮躁，一方面是因爲那個一整夜盯著他、對著他微笑的中國人——這樣看人，即便是在夢裡也太不禮貌！另一方面是因爲他又收到一篇探討星際幾何之空間觀的論文，而這篇論文的撰寫者不是別人，正是老友馬汀·巴特斯。這麼多年了，他終於超越了我，高斯說。接著他竟錯覺回答他的人不是米娜，而是洪堡，坐在馬車裡正快馬加鞭趕往聖彼得堡的洪堡：一切事物如其本身，不會因爲我們對它有所了解而不同，它還是它，不管我們或別人發現了它，或甚至沒有人發現過，它都依舊是它。

這是什麼意思啊？沙皇問，他正在為洪堡披掛別有聖安妮勳章的彩帶，但經洪堡這麼一說，他的動作突然停住。洪堡趕緊解釋，他只是在說，我們不能太高估科學家的能力，科學家並非造物者，他沒有辦法創造，他變不出土地，無法培育出果實，他既不播種也不收割。後繼者將踩著他的腳步繼續前進，他們會知道更多，後繼者又會有後繼者，又將踩著他們的腳步繼續前進，然後又會知道更多，但終有一天，所有一切又會崩塌，復歸於零。

沙皇緊皺著眉頭將彩帶斜斜披在他的肩上。歡呼聲和掌聲立刻響起。洪堡努力地站好，要自己不要彎腰駝背。上台前他有幾顆襯衫的釦子鬆開了，他滿臉通紅地拜託羅澤幫他扣好釦子，最近他的手指總是僵硬到連釦子都扣不上。眼前金碧輝煌的大廳突然變得朦朧，吊燈亮晃晃的強烈光線彷彿來自他方。大家都在交談，一位皮膚黝黑的詩人正用他輕柔的嗓音朗誦詩歌。其實他很想告訴高斯，在出發超過一年後，當他再度回到彼得堡，早有一封皺巴巴、髒兮兮的信等著他。是邦普蘭寄來的，他在信裡寫道：他的日子變得沉重而緩慢，越來越小的世界只剩下他、他的房子和四周的莊園，除此之外全是無法一窺究竟、屬於總統的世界。他被囚禁了，不再有任何希望，唯一能等待的是更可怕的事，但令人莞爾，他竟然在此刻獲得了平靜；老友，我好想念你，這輩子我再也找不到任何一個比你更喜歡植物的人了。

洪堡難過得整個人縮成一團，羅澤趕緊用手肘撞他。所有賓客都滿心期待地望著他。他終於站起身來開始致詞，但這席話卻講得混亂無比，他一心想著高斯。總之那個邦普蘭啊，教授先生一定會這麼說，就是運氣不好。我們倆還有資格抱怨嗎？當初你沒有被食人族吃掉，我沒有被愚蠢的白痴給打死。你不覺得慚愧嗎，我們經歷的一切是不是太順利了？現在發生的，不過是當年早就該發生的事：如今我們的創造者覺得夠了，祂已經留我們夠久了。

高斯放下煙斗，戴上絨布帽，收拾起俄文字典和一小冊普希金作品站了起來，晚餐前他還想散一下步。他覺得背痠，肚子也疼，而且耳鳴得厲害。其實他的健康一點問題也沒有。許多人死了，但他依舊在這裡。他還能思考，雖然沒辦法處理很複雜的問題，但應付所需綽綽有餘。頭頂上的樹枝迎風搖曳，遠處天文台的圓頂突出於所有建築物之上，今晚他會去那裡用望遠鏡再次觀測，爲了尋找新的行星，他會比平常更認眞觀測，因爲這次要從螺旋狀星系著手，朝更遠的方向去追蹤銀河。他想到洪堡。他眞的很想祝他平安歸來，但他知道，終究沒有人能安然無恙全身而退，每一次總會比上一次退化，終有一天消磨殆盡。或許，能把光線熄滅掉的以太眞的存在。當然存在，洪堡在馬車上反覆思量，他已經把它帶回來了，忘了是放在哪輛馬車上，他眞的想不起來，因爲有好幾百隻箱子，他已經搞不清楚它們的位置。他像是突然有了新發現，轉頭望著埃倫貝格大喊：眞相！

喔，埃倫貝格應了一聲。

眞相！洪堡又重複了一遍，那些仍隱而不彰的事實眞相，他要全部寫出來。一部載滿事實眞相的曠世傑作，所有世上的眞相都要記錄在這本書裡。一切眞相，並且只有眞相，宇宙將在這本書裡再次完整呈現，並且摒除所有偏見、誤解、虛構、幻想和迷霧；事實和數字，洪堡的聲音中透著些微不確定，或許能讓一個人獲得救贖。

他想到一些例子，出發至今他們已經旅行了二十三週，征服的距離長達一萬四千五百威爾斯特[102]，途經六百五十八座驛站。他猶豫了一會兒才說，一共用了一萬兩千兩百二十四匹馬。具體的數字讓所有的混亂立刻變得有條不紊，還能讓人重新獲得勇氣。但一進入柏林郊區，洪堡立刻想起，高斯此刻一定正在用望遠鏡觀察星體。忽然，他再也不是那麼確定，甚至不曉得該怎麼說：他們倆到底是誰去到比較遠的地方？誰一直留在故鄉？

16 樹木

海岸線漸漸消失在歐根眼前，他點燃生平第一根煙斗。味道並不好，也許漸漸會習慣吧。如今他也蓄起了鬍鬚，頭一次看起來不像個孩子。

他忽然覺得，被逮捕那晚和隔天早上似乎距今很遙遠。嘴巴上方留著一撮小鬍子的憲兵司令官怒氣沖沖地來到他的牢房，惡狠狠甩了他兩巴掌，力道之大，歐根的下顎立刻脫臼了。不久之後開始審訊：一個穿著正式、態度異常客氣的男人，語氣充滿憂傷地問：他爲什麼要這麼做？爲什麼要拒絕逮捕，把自己搞到這地步，值得嗎？有必要嗎？

但他根本沒有反抗啊，歐根大聲爲自己辯駁。

於是秘密警察又問，這麼說，他是想指控普魯士警察說謊囉！

歐根懇求他，請通知他父親。

秘密警察嘆了口氣說：難道他以爲，他們沒有早就這麼做了嗎？他俯身向前，小心翼翼地握住歐根的兩隻耳朵，猛然用力地將他的腦袋往桌面摔。

歐根醒來時，發現自己躺在一張乾淨的床單上。那是間很大的病房，他的床位靠牆，牆上有一扇裝著欄杆的窗。來這裡不算悲慘，年老的護士說，只有貴族或有門路的人才能進來，他應該感到慶幸。

傍晚時來了另一名同樣很客氣的秘密警察。一切都安排好了，歐根可以盡快離境。他可以到海外去了。

他還拿不定主意，歐根說，去海外太遠了。

事實上這並非提議，秘密警察回道，沒有討價還價的餘地。如果他曉得自己的命運原本該有多悲慘，此刻他會爲自己的幸運喜極而泣。

當晚父親來了。他坐在床邊，語帶責備地問：他怎能這樣對待他母親？

他眞的不是有意的，歐根哭著說，他什麼也不曉得，而且他眞的不想就這麼離開。

唉，發生就是發生了，說完父親神情恍惚地拍拍他的肩膀，又往枕頭下塞了點錢。這一切多虧男爵幫忙和安排，他是個不錯的人，雖然有點瘋瘋癲癲。

歐根問，那將來他要靠什麼生活？

父親聳聳肩。或許可以考慮從事野外測量？

野外測量？爲什麼？

可以利用球面函數，父親若有所思地說，這工作一定得有人做。父親突然整個人震了一下，望著歐根，彷彿大夢初醒。就像以前一樣，他一定做得到！說完他緊緊摟住歐根，肩膀剛好抵住歐根的下巴，歐根痛得有好幾秒鐘完全失去知覺。當頭腦再度恢復清醒時，父親已經走了。他這才意識到，他再也見不到他了。

三天後他抵達港口。在等待開往英國的船入港時，他結識了三位因公出差的人，這三個人很親切，但不怎麼聰明，他們在同一家剛成立的銀行工作。他們邀請他一起玩牌，他總是贏。剛開始贏得不多，但後來越贏越多。到最後，對方開始懷疑他作弊，於是他趕緊離開。其實他只不過是根據布魯諾⑩的方法來記牌。這方法是父親多年前教他的：可以把每一張牌當作是一個人或一隻動物，但這些人或動物要假設得越通俗越好，然後將他們編成一則故事。只要常練習就能一次記起三十二張牌。當時他怎樣也辦不到，老是被父親罵。但此刻，他竟覺得一點也不困難。

他走進另一家酒吧，喝了許多酒。他覺得四周的空氣彷彿在燃燒，四肢酥軟無力。他很想睡覺，差點沒注意到有個年輕貌美的女子忽然坐到他身邊來。年輕——近距離一瞧，才發現並不如他想像的年輕，而且也沒有那麼漂亮。他趴在桌上說他沒有錢，她卻一副備受侮辱的模樣，並且反問，他以爲她是哪種女人？爲了證明他並沒有那麼想，他帶了她回旅館。一路上他想著，該不該告訴她，她是他的第一個女人，他還不知道該怎麼做。一切其實很簡單，他在幽暗中感覺她的手落在自己的臉頰上，他覺得既快樂又疲憊。如果不是因爲她很懂得如何讓他保持清醒，他早就睡著了。她是不是年輕、長得好不好看，早就不重要了。隔天一早，他發現她把他贏來的錢全拿走了，他對自己懊惱不已。在旅途上，任何事都很容易發生。

到了英國：滿街陌生的人，怪聲怪調的語言，迥然不同的地名標示法，還有怪異的食物。據說倫敦有數百萬居民，他覺得無法想像；百萬居民，這根本沒有任何意義。他在投宿的旅館中接到洪堡的來信。他建議他改搭新式的蒸汽輪船，接著還提出了一些忠告，建議他該如何和野蠻人相處：首先要表現出友善、興致勃勃，對於他們的驕傲和自以爲是千萬別否定，也別置之不理，至於他們好爲人師、樂於解決別人的無知，此乃他們對人的樂善好施。歐根覺得好笑，說得好像他要去蠻荒定居一樣！信裡完全沒有提到他父親。夜裡他輾轉反側，覺得既孤單又想家，根本睡不著。隔天終於等到有艘汽船有一個空位，歐根決定搭乘。

甲板上只見零星幾位旅客，這種汽船不久前才開始航行在大洋間，對大部分旅客而言還非常新鮮。雲層很厚，天空顯得很低。歐根的煙斗熄了，他不打算再點上，而且風也太大了。船長聽說歐根會數學，於是邀請他去駕駛艙。

不知他是否也對航行有興趣？

絲毫沒有興趣，歐根回答。

從前，船長感慨地說，如果雲層這麼厚就慘了。但如今大家不需要靠星辰確定航向，現在有各種精確的儀器。帶著哈里遜天文鐘[104]，連門外漢都能輕而易舉繞行地球。

這麼說，歐根問，航海家的時代過去囉？不會再有布萊[105]，也不會再有洪堡囉？

船長陷入沉思。歐根好驚訝，爲什麼大家都要想這麼久才能回答。又不是什麼困難的問題！的確是過去了，船長終於回答，而且再也不會回來了。

當晚歐根一直睡不著，不全是因爲馬達噪音和愛爾蘭室友的鼾聲擾人，而是因爲他太興奮了。就在此時，忽然颳起強大的暴風雨：滔天巨浪猛烈撞擊銅製的船身，馬達轟隆隆運轉，歐根踉蹌地走在甲板上，一記巨浪迎面襲來，威力之猛，幾乎把他從甲板上拋出去。他全身溼透地逃回船艙，愛爾蘭人正好停止了禱告。

他來自一個大家庭，愛爾蘭人用破破爛爛的法文說，他得負責照顧全家人，他不可以死。他父親是個冷酷無情的人，根本不懂得愛。母親又死得太早。現在輪到他了，上帝來召喚他了。

他母親還活著，歐根說，他父親感情充沛，唯獨不愛他。不過他不相信上帝要來召喚他了。

隔天一早，海洋如湖面平靜。船長喃喃自語地一邊俯身查看地圖，一邊校準六分儀，並且還拿出哈里遜天文鐘來觀測。他們嚴重偏離航道，得盡快補給燃料。

於是他們在特內里費島靠岸。岸邊燈火通明，剛落成的海關大樓陽台上停著一隻鸚鵡，牠好奇地張望著這些人。歐根走上岸去。幾名男子正在吆喝著指揮卸貨，一些箱子被搬了下來，一群衣著單薄的婦女們踩著婀娜多姿的步伐，來回穿梭於碼頭間。有個乞丐向歐根乞討，但歐根自己什麼也沒有了。有個籠子的門鬆脫開來，一群小猴子尖叫著一鬨而散，如炸彈射向四面八方。歐根決定離開碼頭，朝著山的方向走。他問自己，假如攀上山頂會如何？一定能看得很遠，空氣一定很清新。

路邊豎立著一塊紀念石碑。上頭雕刻著一座山，山旁邊站了個披著圍巾、穿禮服、戴禮帽的男子。下面的文字歐根完全看不懂，除了那個名字。他找了塊岩石坐下來，點上煙斗吞雲吐霧，並默默看著石碑上的畫。一個披著氈毛斗篷，戴著氈毛帽的當地人停在他面前，他不斷比手畫腳，又說了些西班牙話，一下子指地面，一下子指高山，一下子又指地面。一隻觸角超長的蜈蚣沿著歐根的褲管不斷往上爬。他抬起頭環顧四周，這裡有許多新奇的植物。他思忖著：它們到底叫做什麼？但——誰在乎呢！不過是些名字。

他走到一座用牆圍起來的花園，門是敞開的。蘭花寄生在樹幹上，林間群鳥齊鳴，啁喳聲響徹雲霄。那堵牆應該是新蓋的，牆邊有棵軀幹巨大的樹，其表面粗糙，不但疤痕累累還凹凸不平。樹幹不斷向上延伸，到了頂端開枝散葉，蓊鬱而茂盛。歐根猶豫地走進樹蔭下，身體忍不住往樹幹上靠去，並且閉上了眼睛。當他再度睜開眼，一個拿著鐵耙的男人站在他面前，劈頭便是一頓罵。歐根平靜地笑了笑。這棵樹一定很老了吧？園丁用力地踱了一腳，手指向出口。歐根趕緊道歉，他只是休息了一下子，剛才他還以爲自己是另一個人，或者什麼人都不是了，這眞是個令人愉快的地方。園丁舉起鐵耙作勢要攻擊，歐根趕緊快步離開。

汽船一早就啓航，數小時後，完全看不見那座島了。大海一整天異常平靜，平靜到歐根不禁錯以爲船根本沒在行駛。不過他們一直遇到船帆高張的帆船，甚至還有兩次遇到汽船。有天晚上，歐根說他看到遠處有光影，船長警告他千萬別去看，大海有時會產生一些幻影，有時看起來又像人一樣在做夢。

海上風浪逐漸增強，突然有隻毛羽紊亂的飛鳥從薄霧中衝出，牠淒厲的叫聲劃破天際，但一轉眼竟不見了。愛爾蘭人問歐根，要不要跟他一起合作開間店，一間小小的公司。

未嘗不可，歐根回答。

他有個姊姊，愛爾蘭人又說，尙未出嫁，長得不美，但會煮飯。

會煮飯啊，歐根說，很好。

他把最後一點菸草塞進煙斗裡，走向船頭。甲板上的強風吹得他淚眼模糊，他一直站在那裡，直到夜晚的薄霧突然閃過一絲光影。一開始只是透著微亮，很不眞實，卻越來越清晰了。船長笑著說，不，這次既非女海妖，也不是遠方的閃電，而是美國到了！

（全文完）

注釋

1

❶費德烈·楊（Friedrich Ludwig Jahn, 1778-1852），素有德國體操之父之稱。

❷南美北部的河川，發源於今委內瑞拉的南部山地，全長二一四〇公里，流量巨大，注入大西洋。

❸高斯娶過兩任妻子，約瑟夫是他與第一任妻子所生的第一個孩子。歐根是和第二任妻子所生。

❹達蓋爾（Louis Jacques Mandé Daguerre, 1789-1851），銀板攝影技術的發明人。所謂銀板攝影技術就是以碘化銀爲感光材料，銅板爲片基，然後暴露於水銀蒸氣中顯影的原始照相法，又稱爲「達蓋爾照相術」。

2

❺新西班牙主要指如今的墨西哥、中美洲、北美洲西部和西南部，還包括菲律賓群島；新格

蘭那達大約包括今天的哥倫比亞、委內瑞拉、巴拿馬和厄瓜多區域。

❻ 利希頓貝格（Georg Christoph Lichtenberg, 1742-1799），德國作家、第一位實證物理學教授。

❼ 這則故事乃描寫十六世紀西班牙貴族皮薩羅在祕魯雨林的探險，想要找出傳說中的黃金之城。他派遣烏爾蘇阿及其副手阿奎爾爲先鋒，隨行的人還包括了阿奎爾的女兒佛洛瑞絲等。途中歷經無數劫難，烏爾蘇阿決定放棄，殘暴偏執、堅毅又無比自信、自大的阿奎爾竟立即叛變，並且荒謬地要求新領隊立他爲黃金之城的國王——但這個夢想國度根本尚未尋獲。當他們逼問土著黃金之城何在時，土著指著河流說「遠方」，一個「永遠在前方」的夢想國度。後來又出現了許多災難，許多人接連死亡，尤有甚者，最後大家都出現了幻覺，舉目所見，所有的一切都像幻覺，都不存在了。最後只剩阿奎爾一人頑強地站在載滿死屍的木筏上，英姿煥發地傲視前方，因爲他是國王，統治一個僅存在幻覺中的國度。這個故事於一九七二年被拍成電影，片名爲《阿奎爾——上帝之怒》（*Aguirre, der Zorn Gottes*）。

❽ 馬庫斯・赫茲（Marcus Herz, 1747-1803），猶太裔醫生。其妻亨麗葉特（Henriette Herz, 1764-1847）爲女作家，在柏林主持的文學沙龍極盛一時，許多名士名流皆是其座上賓。

❾ 拉梅特里（Julien Offray de La Mettrie, 1709-1751），法國醫生和哲學家。乃唯物論者，對

精神現象做出唯物主義的解釋，並且替行爲主義的發展奠定基礎。

⑩克羅普斯托克（Friedrich Gottlieb Klopstock, 1724-1803），德國十八世紀非常重要的一位敘事詩人和抒情詩人。

⑪維登瑙（Carl Ludwig Willdenow, 1765-1821），柏林的植物學家，其授課奠定洪堡未來在植物學上的發展。

⑫卡斯特納（Abraham Gotthelf Kästner, 1719-1800），最著名的是一七六〇到一七七六年間所著的《無窮小分析基礎》，是德國第一部微積分教材。他的著作涵蓋算術、代數、幾何和三角方面的領域，是第一位試圖證出無理數計算原理的數學家。

⑬皮拉特瑞・德・羅奇埃（Jean-François Pilâtre de Rozier, 1757-1785），法國物理學家，也是熱氣球探險的先驅；蒙特爾菲埃兄弟，法國發明家，兄名爲Joseph Michel Montgolfier，弟名爲Jacques Étienne Montgolfier，兩人於一七八三年六月共同發明了熱氣球，十一月由羅奇埃和阿爾蘭德伯爵（Marquis d'Arlandes）自願搭乘升空，在巴黎市區起飛，飛行了二十五分鐘，共計十一公里，並安全降落在巴黎市郊，自此開創人類升空之舉。

⑭布朗斯威克（Braunschweig），位於現今德國下薩克森邦。

⑮喬治・佛斯特（Georg Forster, 1754-1794），德國自然科學家、人類學家、旅行文學作家、

記者，曾參加庫克船長第二次的航海探險；庫克船長（James Cook, 1728-1779）爲英國航海家、探險家，三度遠征太平洋。一七六八年向西出發航行世界一周，並占領澳洲。第二次於一七七二年向東出發繞行世界一周。第三次於一七七六年出發，航行時發現了太平洋和大西洋之間的西北航線，還發現了夏威夷島和庫克島等。

⑯ 佛萊貝格（Freiberg），位於德國東部的薩克森邦。

⑰ 亞伯拉罕・維爾納（Abraham Gottlob Werner, 1749-1817），德國的地質學家、礦物學家，水成學派的創始人。他出身採礦世家，家族三百年來都從事採礦相關事業，他繼承家族傳統，去世前一直都是佛萊貝格礦業研究院的理事。一生著作雖不多，卻是個優秀的教授，歐洲各地的學生皆慕名而來。在他作育英才下，水成論成爲十九世紀初期地質學最主要的學說，但火成論也是由他的學生提出，例如洪堡、布赫（Leopold von Buch, 1774-1853），以及現代地質學的創始者赫登（James Hutton, 1726-1797），都是維爾納的學生。

⑱ 因爲符合聖經的內容。《聖經・創世記》中描述，地球一度爲洪水所淹沒。

⑲ 指洪堡小時候掉到水裡去所造成的恐懼症。

⑳ 伽伐尼（Luigi Galvani, 1737-1798），義大利的生理學家、物理學家，在解剖青蛙時發現金屬片接觸到青蛙肌肉時有收縮的現象，當時伽伐尼以爲此現象爲青蛙肌肉所產生的「動物電」所致。

㉑ 安德烈亞斯・德爾・里歐（Andrés Manuel del Río, 1746-1849），西班牙礦物學家。

㉒ 魏蘭德（Christoph Martin Wieland, 1733-1813），德國啓蒙時代知名詩人暨作家，以翻譯莎士比亞劇本的德文譯本而聞名；赫爾德（Johann Gottfried Herder, 1744-1803），德國哲學家、文學評論家、歷史學家和神學家，德國浪漫主義的先驅。

㉓ 布幹維爾船長（Louis Antoine de Bougainville, 1729-1811）法國航海家，曾做環球考察旅行，索羅門群島的最大島布幹維爾島即以他命名。

㉔ 鮑定（Nicholas Thomas Baudin, 1754-1803），一七七四年加入法國海軍，多次出海遠征，其中一次的任務是繪製澳洲沿海海岸圖。

㉕ 拉羅謝爾（La Rochelle），位於法國西岸，臨大西洋的一個港口。

㉖ 帕拉塞爾蘇斯（Paracelsus），十五世紀的歐洲名醫，日爾曼人，將醫學和煉金術結合成一種新的醫療化學。

㉗ 西班牙的加納利群島中的一個島嶼。加納利群島位於大西洋，非洲西北海岸外，由七大火山島嶼組成，屬西班牙自治區。

㉘ 巴斯卡（Blaise Pascal, 1623-1662），法國數學家、物理學家、哲學家。他是早慧的神童，早夭的天才。主要的數學成就在射影幾何的巴斯卡定理，並且也是機率論的奠基者。對後世影響最大的卻是他的宗教著作《沉思錄》。他二十四歲時開始進行大氣壓力的實驗，並

發現大氣壓力隨海拔增高而減少，由此得到結論：大氣層外必爲眞空。

3

㉙在十八世紀末，近代燃燒理論確立以前，亦即氧氣被發現以前，科學家認爲燃素存在於一切可燃物之中，燃燒現象是物體吸收及逸出燃素的過程。

㉚德國天文學家波特（Johann Elert Bode, 1747-1826）推廣提丟斯（Johann Daniel Titius, 1729-1796）所發現的推定太陽與行星間距離的公式。

㉛歐拉（Leonhard Euler, 1707-1783），瑞士數學家，貢獻遍及數學各領域，是數學史上最偉大的數學家之一，也是最多產的數學家。他努力不懈投入研究，在分析學、數論及力學方面均有出色表現。此外還解決了不少如地圖學、造船業等實際問題。一七三五年，他因工作過度導致右眼失明。一七四一年，他受普魯士腓特烈大帝的邀請，到德國科學院擔任物理數學所所長一職。他在柏林期間，大大擴展了研究內容，如行星運動、剛體運動、熱力學、彈道學、人口學等，這些工作與他的數學研究互相推動。同時，他在微分方程、曲面微分幾何及其他數學領域均有開創性的發現。他寫下大量的力學、分析學、幾何學、變分法的課本，《無窮小分析引論》，《微分學原理》，以及《積分學原理》都成爲數學史上的

經典著作。歐拉最大的功績是擴展了微積分的領域，爲微分幾何及分析學的一些重要分支，如無窮級數、微分方程等的產生與發展奠定了基礎。

4

㉜因爲工業革命機器取代人力，所以奴隸市場的交易逐漸萎縮。

㉝凱馬斯（Chaymas）是住在特內里費島上的印地安原住民。

㉞卡拉卡斯（Caracas），今日委內瑞拉的首都和聯邦區首府。既是委內瑞拉的政治、經濟、文化、金融中心，也是南美洲著名的歷史古城。位於加勒比海之濱的阿維拉山南麓的一個三面環山的谷地，地處熱帶，海拔約一千公尺，氣候溫和，常年如春。

5

㉟一七九五年高斯進入哥廷根大學，一七九六年十九歲，發現數學史上極重要的成果：正十七邊形尺規作圖之理論與方法。

㊱南美原住民用番木虌屬植物製成，塗在箭頭上的劇毒。後來有被醫學治療採用。

㊲維吉爾（Vergil, 70 B.C.-19 B.C.，全名爲Publius Vergilus Maro），被譽爲羅馬最偉大的詩人。下文提到的埃涅阿斯（Aeneas）是特洛伊的戰士，維吉爾曾寫過《埃涅阿斯記》。

㊳這裡指的是「質數分布定理」（Prime numer theorem）。

㊴高斯的第一任妻子約翰娜（Johanna Elisabeth Rosina Osthoff, 1780-1809），一八〇五年時與高斯結婚，一共爲高斯生了三個孩子，分別是約瑟夫、威廉米娜、路易斯。在生第三個孩子時因難產過世。

㊵法國大革命爆發後，內閣從一七九五年十月到一七九九年十一月由五位執政官組成，稱爲執政內閣。

㊶全書原本共有八章，因爲經費不足只印了七章。

㊷皮亞齊（Giuseppe Piazzi, 1746-1826），義大利天文學家。於一八〇一年發現穀神星（Ceres），是火星與木星軌道之間的小行星帶中最大的一顆行星。

㊸太陽系內最靠近太陽的四顆行星稱爲「內行星」，包括水星、金星、地球、火星，它們比小行星帶更接近太陽；軌道比火星大的行星稱爲「外行星」，分別是木星、土星、天王星、海王星。

6

㊹葛路克（Christoph Willibald Gluck, 1714-1787），德國十八世紀後半重要的歌劇作曲家。

㊺卡拉沃索（Calabozo），位於委內瑞拉中部。

㊻聖費南度（San Fernando），位於委內瑞拉中部，臨奧利諾科河。

㊼一個古老的西班牙王國。

㊽格呂菲烏斯（Andreas Gryphius, 1616-1664），德國巴洛克文學的的抒情詩人和劇作家，爲德國十七世紀最重要的十四行詩詩人。

㊾拉孔達明（Charles-Marie de La Condamine, 1701-1774），法國探險家、數學家及天文學家。一七三五年參加秘魯考察隊，測定赤道附近經度一度的長度，透過測量子午線決定地球的形式。一七四三年從基多（位於現在的厄瓜多）出發，開始搭乘木筏順流而下四個月到達亞馬遜河口，並對旅途所經地區進行人類學觀察。

㊿布蓋（Pierre Bouguer, 1698-1758），法國天文學家、測地學家及物理學家。地球物理學上的「布蓋重力異常」正是以他爲名；高汀（Louis Godin, 1704-1760），法國天文學家，秘魯考察隊的領隊。

(51)亞馬遜河的支流，流域遍布今哥倫比亞、委內瑞拉、阿根廷、巴西。尼格羅河又稱黑河，是亞馬遜河所有支流中唯一一條河水呈黑色的支流。

52 這裡轉誦的是歌德的《流浪者夜歌》（*Wanderers Nachtlied*）。

53 聖卡洛斯（San Carlos）位於委內瑞拉南部，隸屬亞馬遜省，臨尼格羅河，有赤道經過。

7

54 馬斯基林（Nevil Maskelyne, 1732-1811），英國數學家暨天文學家，第五任皇家天文學者，主要成就是改進航海技術；梅森（Charles Mason, 1730-1787），英國天文學家，與測量學家狄克森（Jeremiah Dixon, 1733-1779）一起測量的「梅森—狄克森線」成為美國南北方的分界。

55 這裡指的是高斯的「質數分布定理」。

56 貝塞爾（Friedrich Wilhelm Bessel, 1784-1846），德國天文學家、數學家、測地學家，屬十九世紀德國最重要的科學家之一。其在天文學上最大成就就是測定天鵝座六十一的距離，是人類史上第一次恆星距離的測定。

57 哲羅姆・波拿巴（Jérôme Bonaparte, 1784-1860），拿破崙之弟。

58 這裡指的應該是高斯於一八〇九年寫成的《天體運動理論》（*Theoria Motus Corporum Coelestium in sectionibus conicis solem ambientium*）兩冊。第一冊包含了微分方程、圓錐

截痕和橢圓軌道等，第二冊詳細說明及示範他計算行星軌道的方法。

8

59 欽博拉索山（Chimborazo），位於南美洲的厄瓜多，屬於安地斯山脈，海拔六二六七公尺，是一座死火山。

60 迦太赫納（Cartagena），位於今哥倫比亞，臨加勒比海。

61 馬格達萊那河（Magdalena）位於今日哥倫比亞西部，全長一五三八公里，注入加勒比海。

62 穆蒂斯（José Celestino Mutis, 1732-1808），西班牙植物學家、數學家。一八〇三年時與洪堡在波哥大會面。

63 皮欽查火山（Pichincha）位於今厄瓜多，首都基多位於皮欽查火山之山麓。

9

64 高斯爲了進行大地測量發明了日觀測儀。

65 後來高斯發明了磁強計，用來測量地球上、地球附近及太空中磁場強度，有時亦用來測量磁場方向，還可藉以校準電磁鐵和永久磁鐵。

66 高斯後來和小他二十七歲的韋伯（Wilhelm Weber, 1804-1891）合作發明了電報系統。

67 高斯以最小二乘法爲基礎，發明了「測量平差法」和求解線性方程組的方法，大大提高了測量的精確度。

10

68 科托帕西峰（Cotopaxi）隸屬安地斯山脈，世界最高的活火山，海拔五八九七公尺，位於今天的厄瓜多境內。

69 塔斯科（Taxco）位於今墨西哥境內。從阿茲特克人統治起，塔斯科已經開始出產銀礦，西班牙人統治後更發展成爲一礦業小鎭。到了二十世紀，採礦漸漸被銀器加工取代，被稱爲「銀都」。

70 庫埃納瓦卡（Cuernavaca）位於墨西哥城正南方六十公里處。

71 克爾特茲（Hernán Cortés, 1485-1547），征服阿茲特克帝國的西班牙將領。一五一九年，西班牙人從墨西哥灣登陸，當時阿茲特克人以爲是傳說中的羽蛇神歸來，邀請西班牙人進城，但西班牙人卻軟禁了皇帝蒙特蘇馬（Moctezuma）。西班牙人在城內搜括黃金，屠殺阻止他們的阿茲特克祭司，導致暴動發生。阿茲特克人遴選了新的繼任者庫伊特拉華克（Cuitláuac），蒙特蘇馬在一五二〇年的一場暴動中遭自己人殺害，西班牙人被迫放棄阿茲特克帝國首都特諾茲提朗城（Tenochtitlan），克爾特茲倉皇而逃。庫伊特拉華克在登基四個月後，因西班牙人帶來的天花而死，其姪子——帝國最後一任皇帝庫奧赫特莫克（Cuáuhtemoc）登基。一五二一年四月，西班牙發動最後圍攻，長期圍攻讓大多數阿茲特克人死於天花和飢餓。一五二一年八月，阿茲特克皇帝終於向西班牙征服者克爾特茲投降。一五二五年，庫奧赫特莫克被西班牙人絞死。帝國人口也因爲各種傳染病從一千五百萬迅速下降到三百萬，首都特諾茲提朗城被燒成平地。克爾特茲重建古都，並命名爲墨西哥城，也就是現在的墨西哥首都墨西哥市。

72 舊長度單位，一尺骨大約有五十五至八十五公分長。

73 瓜地洛普（Guadeloupe），今法屬西印度群島中的瓜地洛普火山島。

74 波波卡特佩特山（Popocatépetl），墨西哥中部墨西哥州與普埃布拉（Puebla）州交界處的眠火山，位於墨西哥高原南緣的墨西哥火山帶上。

75 阿卡普爾科（Acapulco），位於墨西哥南部，爲墨西哥太平洋沿岸最優良的海港。

76 陶蒂華康（Teotihuacán），又名眾神之城，馬雅文明極重要的一項遺跡，占地廣大，當中的建築物包括羽蛇神廟、太陽金字塔、月亮金字塔，和連接其間、既長且寬的死亡之路。

⑰ 湯瑪斯·傑佛遜（Thomas Jefferson, 1743-1826），美國第三任總統，任期爲一八〇一到一八〇九年。

⑱ 溫克爾曼（Johann Joachim Winckelmann, 1717-1768），德國藝術史學家，著有《希臘藝術模仿論》等，大力鼓吹希臘藝術爲最完美的形式。

⑲ 阿打瓦巴（Atahualpa），印加帝國最後一任皇帝，一五三二年被西班牙人處死，印加帝國也隨之滅亡。

11

⑳ 指普魯士國王腓特烈威廉三世。

㉑ 西蒙·玻利瓦爾（Simón Bolívar, 1783-1830），南美洲與委內瑞拉的獨立民族英雄，帶領人民對抗西班牙人，在西元一八二一年使委內瑞拉獲得獨立，並且與哥倫比亞、巴拿馬、厄瓜多等鄰國共同組成大哥倫比亞共和國，之後委內瑞拉在一八三〇年脫離了該共和國，大哥倫比亞也宣告瓦解。

㉒ 佛朗西亞（José Gaspar Rodríguez de Francia, 1766-1840），巴拉圭的獨裁者。在位期爲一

八一四到一八四〇年。

12

(83) 一八一五年的巴黎和會之後，俄皇亞歷山大一世提出一份文件，主張所有君主要根據正義、和平、基督博愛來解決爭端。這份文件由許多君主簽字同意，稱之爲「神聖同盟」，目的是維護君主政體，反對法國大革命在歐洲引起的革命思想。當時因爲受到法國大革命的鼓舞，民族主義和自由主義崛起，許多國家都籠罩在推翻專政的革命氣氛中。

13

(84) 申克爾（Karl Friedrich Schinkel, 1781-1841）德國畫家和知名建築師，其建築作品包括了柏林博物館和柏林音樂廳。除了眾多建築作品外，申克爾曾於一八一五至一八一六年間爲莫札特歌劇《魔笛》繪製夜之后的舞台布景。

(85) 尼普斯（Joseph Nicéphore Nièpce, 1765-1833），攝影技術的發明者之一。他將感光片放在攝影機中曝光八小時，拍攝下人類史上的第一張照片。達蓋爾將感光材料及暗箱加以改良，大幅縮短了曝光的時間。

86 古希臘哲學家設想出來的一種物質，是一種被假想出來的光波、電磁波的傳播媒介。十九世紀科學家們逐步發現光是一種波，而生活中的波大多需要傳播介質，如聲波的傳遞需要藉助空氣，水波的傳播藉助水等。受傳統力學的影響，他們假設宇宙中到處存在著一種稱爲以太的物質，正是這種物質在光的傳播中引起介質作用。但在光速不變原理（相對論）被證明出來後，以太的存在就被推翻了。

87 墨西哥東南部的猶加敦半島，北臨墨西哥灣。

88 由奧坎（William of Occam, 1285-1349）提出。「不要假設沒有必要的存在物」是奧坎剃刀的基本命題：如果用少數東西或假設就可以解釋某個現象，就無須用更多東西或假設來解釋。奧坎乃英國哲學家，倡導唯名論，對近代科學研究思想有極大影響。

89 施韋卡特（F.K. Schweikart, 1780-1859）認爲，除歐氏（歐基里德）幾何外，應該還有一種幾何，其假定就是基於三角形的內角和不是一百八十度，這種幾何可能適用於星際空間，因此稱爲星際幾何。

90 科策布（August von Kotzebue, 1761-1819），德國劇作家，其創作內容符合大眾流行喜好，因此廣受歡迎。當其在世時，其劇本上演次數遠超過同時代的歌德、席勒等文學家，開創了戲劇上「通俗文學」的新局面。他在威瑪創辦《文學週報》，發表諸多攻擊大學及大學生社團的言論，認爲「體操社團」乃革命及自由主義的孕育地，並嘲笑大學生崇拜的體操之父費德烈・楊，因此被神學院學生桑德（Karl Ludwig Sand）以「祖國叛徒」之名刺殺致死。

15

91 哈登貝格（Karl August von Hardenberg, 1750-1822），普魯士政治家，擔任過普魯士外交官、外交首長及首相，推動普魯士的改革。他與洪堡的哥哥威廉、政治家史坦（Karl von Stein, 1757-1831）一起在一八一四年起草憲法。他與威廉也是維也納會議中的普魯士代表。

92 埃倫貝格（Christian Gottfried Ehrenberg, 1795-1876）德國生物學家、生態學家、地理學家，屬於當時最有名氣的研究學者之一，是微生物學及微生古生物學的奠基者；羅澤（Gustav Rose, 1798-1873），德國礦物學者，任教於柏林大學。

93 蓋比（Henri-Prudent Gambey, 1787-1847），十九世紀前半期法國最厲害的工匠，以製造各種精密儀器聞名於世。當時許多科學家、物理學家都酷愛使用他所打造的儀器。

94 普希金（Aleksandr Sergeyevich Pushkin, 1799-1837），俄國詩人、散文家，爲俄國現代文

學發展奠定基礎。

95 提爾錫特（Tilsit）即今日俄國的蘇維埃茨克（Sovetsk），當時屬於東普魯士的領土。

96 多爾帕特（Dorpat），如今已改名爲塔爾圖（Tartu），位於愛沙尼亞境內。

97 位於今日的愛沙尼亞。

98 喀山（Kasan），俄國境內位於窩瓦河畔的一個城市。

99 俄國南部的回教游牧民族。

100 屬中亞佛教系統，蒙古族的一支，目前尚有少數定居在蒙古西部。

101 在希臘神話中，普羅米修斯因爲從天庭盜取火給人類而被天神宙斯用鐵鍊綁在高加索山的岩石上，命鷲每天啄食其肝臟，又讓他的肝臟天天重新生長，讓他長年受苦。

102 俄國的舊長度單位，一威爾斯特相當於一點零六七公里。

16

103 布魯諾（Giordano Bruno, 1548-1600），義大利哲學家，活躍於文藝復興時代，後因主張精神與物質一致，被羅馬教會視爲異端而處死。

104 約翰・哈里遜（John Harrison, 1693-1776），英國製錶工匠。他製作的天文鐘可以克服航海的惡劣環境，並且用製作精準的鐘，解決了確定地球經度的問題。

(105) 布萊（William Bligh, 1754-1817），英國軍官及航海家，一七八七年帶領「慷慨號」前往玻里尼西亞群島的大溪地採取麵包樹的種子，運往西印度群島實驗種植。離開大溪地後遇上叛變，布萊被放逐在太平洋上，他靠著精良的航海技術，駕駛小艇驚險越過托勒斯海峽抵達帝汶島。一七九〇年回到英國時，受到英雄式的歡迎。後世對海上叛變的起因見解不一，對布萊的評價也各有褒貶。

國家圖書館出版品預行編目資料

丈量世界／丹尼爾・凱曼（Daniel Kehlmann）著；闕旭玲譯. ——
初版. ——台北市：商周出版：家庭傳媒城邦分公司發行,
2006〔民95〕 面；公分.——（獨・小說；1）
譯自：Die Vermessung der Welt
ISBN 978-986-124-795-3（平裝）

882.257 95023721

獨・小說 01

丈量世界

原著書名／Die Vermessung der Welt
作　　者／丹尼爾・凱曼（Daniel Kehlmann）
譯　　者／闕旭玲
責任編輯／余筱嵐

版　　權／林心紅、翁靜如、吳亭儀
行銷業務／黃崇華
總 編 輯／黃靖卉
總 經 理／彭之琬
發 行 人／何飛鵬
法律顧問／台英國際商務法律事務所羅明通律師
出　　版／商周出版
台北市104民生東路2段141號9樓
電話：(02) 25007008 傳眞：(02)25007759
E-mail：bwp.service@cite.com.tw
發　　行／英屬蓋曼群島商家庭傳媒股份有限公司城邦分公司
台北市中山區民生東路二段141號2樓
書虫客服服務專線：02-25007718；25007719
服務時間：週一至週五上午09:30-12:00；下午13:30-17:00
24小時傳眞專線：02-25001990；25001991
劃撥帳號：19863813；戶名：書虫股份有限公司
讀者服務信箱：service@readingclub.com.tw
城邦讀書花園 www.cite.com.tw
香港發行所／城邦（香港）出版集團
香港灣仔駱克道193號東超商業中心1樓 E-mail : hkcite@biznetvigator.com
電話：(852) 25086231 傳眞：(852) 25789337
馬新發行所／城邦（馬新）出版集團 【Cite (M) Sdn Bhd】
41, Jalan Radin Anum, Bandar Baru Sri Petaling,
57000 Kuala Lumpur, Malaysia. E-mail : cite@cite.com.my
電話：(603) 90578822 傳眞：(603) 90576622

封面設計／arron
打字排版／極翔企業有限公司
印　　刷／韋懋實業有限公司

■2007年1月1日初版
■2015年10月27日二版9.5刷
定價280元

Printed in Taiwan

 ISBN 978-986-124-795-3

商周出版

廣	告	回	函
北區郵政管理登記證			
北臺字第000791號			
郵資已付，免貼郵票			

104 台北市民生東路二段141號2樓

英屬蓋曼群島商家庭傳媒股份有限公司城邦分公司 收

請沿虛線對摺，謝謝！

商周出版

書號：BUC001X 書名：丈量世界

請於此處用膠水黏貼

商周出版

讀者回函卡

感謝您購買我們出版的書籍！請費心填寫此回函卡，我們將不定期寄上城邦集團最新的出版訊息。

不定期好禮相贈！
立即加入：商周出版
Facebook 粉絲團

姓名：＿＿＿＿＿＿＿＿＿＿＿＿ 性別：□男 □女

生日：西元＿＿＿＿年＿＿＿＿月＿＿＿＿日

地址：＿＿＿＿＿＿＿＿＿＿＿＿

聯絡電話：＿＿＿＿＿＿＿＿ 傳真：＿＿＿＿＿＿＿＿

E-mail ：

學歷：□ 1. 小學 □ 2. 國中 □ 3. 高中 □ 4. 大學 □ 5. 研究所以上

職業：□ 1. 學生 □ 2. 軍公教 □ 3. 服務 □ 4. 金融 □ 5. 製造 □ 6. 資訊
□ 7. 傳播 □ 8. 自由業 □ 9. 農漁牧 □ 10. 家管 □ 11. 退休
□ 12. 其他＿＿＿＿＿＿＿＿

您從何種方式得知本書消息？

□ 1. 書店 □ 2. 網路 □ 3. 報紙 □ 4. 雜誌 □ 5. 廣播 □ 6. 電視
□ 7. 親友推薦 □ 8. 其他＿＿＿＿＿＿＿＿

您通常以何種方式購書？

□ 1. 書店 □ 2. 網路 □ 3. 傳真訂購 □ 4. 郵局劃撥 □ 5. 其他＿＿＿＿

您喜歡閱讀那些類別的書籍？

□ 1. 財經商業 □ 2. 自然科學 □ 3. 歷史 □ 4. 法律 □ 5. 文學
□ 6. 休閒旅遊 □ 7. 小說 □ 8. 人物傳記 □ 9. 生活、勵志 □ 10. 其他

對我們的建議：＿＿＿＿＿＿＿＿＿＿＿＿

請於此處用膠水黏貼